『宋書』のなかの沈約

――生きるということ――

稀代 麻也子

汲古書院

序

稀代麻也子さんは、「沈約論―『宋書』の文学的考察を中心として」と題した論文で、二〇〇三年三月に博士（文学）の学位を取得し、青山学院大学大学院文学研究科の博士後期課程を修了した。本書はそれをもとに一書として公刊するものである。

研究対象とした沈約は、梁初の文壇の大御所で、声律美の主導者として、唐代になって成立した近体詩の整斉に大きく寄与した。また、武帝のブレーンとして政治の表舞台で活躍したいわゆる大物であるが、俗物に過ぎないと単純には片づけられない、王朝交代期を生きた時代精神の体現者でもあった。仏教思想にも深く関わりをもったし、正史の『宋書』を編纂した、等々のことでも分かるように、その全体像はきわめて大きい。ところが後世、その全体像にまともにぶつかっていくということはなされなかった。その原因の幾分かは沈約の側にもあろうが、それだけであろうか。沈約の全体像をイメージすることから、〈文学〉の様相の基本的なことは見えてこないのだろうか。ごくごく近年、各領域・分野で再評価の試みが少しずつなされ、その成果が上がってきたという情況である。

著者は文学研究の立場から、その全体像・統一像に向けて果敢に試みた。沈約の『宋書』を単なる歴史書にとどまらない文学作品として読むという切り口でである。たとえ史書であろうと、公的文章であろうと、書かれたものは作品にほかならないとすること、そしてその作品の書かれた中にしか、表現者の文学も思想もないのだとすること。そのような文学研究の立場は頭では分かっていても、なかなか具体的に検証されない。特に、六朝時代には何も表現営為は詩文に限られたものではない。六朝文学の研究もずいぶんと盛んになったが、しかし、詩文に限定されない〈書くこと〉の意味の分析を、個々に書かれたものに即して内在的に解きほぐしていく分析はそんなに多くはない。著者は『宋書』をとりあげ、いかに書かれているか、その編纂態度、伝の立て方、構成、叙述の順序、さらにはその人物の文学作品を伝記の中で掲示する際の引用の仕方を詳しく分析し、そこにこそ沈約の文学性の根幹があると認めたのである。

本書の構成と概要については、序論に詳しい。また、沈約研究を一歩も二歩も進めたことは間違いない具体的な成果と今後の課題については、審査報告書で書いた（「博士学位論文　論文の内容の要旨及び審査の結果の要旨」第四七号　二〇〇二年度青山学院大学）ので、ここではくり返さない。以下に一点、本書の書名を眼にしてあらためて感じたことを少し述べておきたい。

著者は沈約という存在の全体を十全に生き返らせるために、沈約にとっての文学という営みの意味を肯定的に述べようとしている。それは沈約一人に限らない、〈文学〉そのものの価値を問うている。文学の価値をアプリオリなものとして疑わないことではない。そうではなくて、それを疑い、問い続けることの中から、書かれたものを通しておぼろに見えてくるものと執拗に関わり、確かな姿になるまで待つように行論する、著者のねばり強い文体にそれはうかがわれる。沈約を通して、決して自明でない文学の営みの意味を考えていくこと、しかも肯定的に。著者は、実は、文学の営みをそれでも肯定的に受けとめようとすることを通して、〈生〉を肯定的に受けとめようとしているのではないか。そこには著者の祈りに近いものがあるのではないか。今回、書物をあらためて読み直して、その祈りの響きが文脈の底から静かに届けられてくるような気がしたことを言っておきたく思う。だから、終始些か武骨にも感ぜられる用語も、これから少しずつ解きほぐされた言葉になっていくであろうことも楽しみの一つとすることができる。対象から導かれて表現すること、それは生の困難を克服し、一つ一つ意味を付与していくことでもあり、研究の素朴な原点を見る思いがして、すがすがしい。

論文審査の主査にあたった関係から、序文を求められた。決して恵まれたとは言えない研究の場しか提供できなかったのに、努力を重ね、自らと対峙し続け、博士論文に結晶させたことについて、それを遠くから時には近くで見守っていたものとして、ひとしお感慨深いものがある。今後の更なる成果を期待して、ささやかな一文を草した次第である。また、私の指導を受けるだけでなく、何人かのすぐれた先生方から暖かな教えを受けたことについては、これを機に稀代さんとともに喜びたいと思う。

二〇〇四年八月二六日

大上正美

目次

序論

一、研究史——従来の方法の意義と限界

沈約研究の専著は、Richard B.Mather『The Poet Shen Yüeh』（一九八八）をもって嚆矢とするが、沈約を正面から扱おうとする研究の源流になっているのは、戦前に発表された鈴木虎雄「沈休文年譜」（一九二八）である。これは一九三〇年代に数度にわたって中国語にも訳されている（Mather によれば一九三五年に郝立権「沈休文詩注」が刊行されているが、筆者は未見）。以後、沈約の年譜を作成する者が必ず鈴木年譜を祖型としてきたことは言うまでもないが、その影響は年譜作成の範疇にとどまらない。五〜六〇年代になってから、この研究に触発されて論文を発表する研究者が現れはじめた。岡村繁「沈約郊居賦雷張同箋補正」（一九五二）、大矢根文次郎「沈約の詩論とその詩」（一九五二）、網祐次「南朝士大夫の精神の一側面——沈約について」（一九六一）、小尾郊一「沈休文集考証——其一、賦」（一九六一）などは、沈約または彼の作品を深く追究していこうとする方向のものである。沈約を広く追究していこうとするいま一つの流れは、藤原尚「〈隠遁の賦〉の流れよりみた〈郊居賦〉の位置」（一九六五）、歴史学の吉川忠夫「沈約の伝記とその生活」（一九六九）「沈約の思想」（一九七〇）等によって作られた。

七〜八〇年代にかけて、中森健二「沈約と鍾嶸」（一九八三）等が作品を読むことを通して、越智重明「沈約と宋書」（一九八五）は歴史学の立場から、沈約の偽善性・劣等性を探ったが、これは沈約を深く追究する流れを承けたものといえる。また、清水凱夫は「沈約声律論考」（一九八五）以後の論考によって、沈約が声律論研究を正しい方向に導いた功績を緻密に証明した。尚、最近になって井上一之・長谷部剛らが、声律に対する興味から沈約に接近している。また、神塚淑子の「沈約の隠逸思想」（一九七九）は多くの研究者に刺激を与えた。姚振黎『沈約及其学術

探究』（一九八九）に至っては、神塚の論の一部を引き写したと思われる部分すらある。一方、広い観点をもって追究していく方向では、興膳宏「艶詩の形成と沈約」（一九七二）「『宋書』謝霊運伝論をめぐって」（一九八〇）、林田慎之助「『宋書』謝霊運伝論と文学史の自覚」（一九七九）があり、歴史学の面からは安田二郎が「南朝貴族制社会の変革と道徳・倫理」（一九八五、二〇〇三年二月刊行の『六朝政治史の研究』に収められた）を書いて、時間的流れの中の沈約に能動性を与えた。

九〇年代以降、沈約という人物と彼の学問や作品との関係性を追究することによって深さを目指す流れを承け継ぎ、その成果を着実に発表しているのは、中国の林家驪と日本の今場正美である。林家驪の論は思考と論証とが正確に噛み合っていることを長所とするが、九〇年代に発表された彼の一連の論考は論文集『沈約研究』（一九九九、筆者は未見）にまとめられた。今場正美は「沈約『宋書』隠逸伝考」（二〇〇一）などの一連の論考（二〇〇三年六月刊行の『隠逸と文学――陶淵明と沈約を中心として』に収められた）によって、実体験によって検証されていった沈約の思想という捉え方を提出した（なお、欧米を中心に広い活動範囲をもつ前述Richard B.Matherは、二〇〇三年に刊行された『The Age of Eternal Brilliance』のVolume Oneにおいて沈約を取り上げ、彼の詩の全訳を成し遂げた）。いま一つ、戦前の岡崎文夫「梁の沈約と宋書」（一九三二）の興味の持ち方を結果として承け継ぎ、沈約『宋書』の叙述を足がかりとする方法をとる者として、韓国では李潤和に「従『宋書』史論看沈約対現実的認識」（一九九三）をはじめとする一連の論考があり、日本では、筆者の「沈約『宋書』の〈帯叙法〉と鮑照伝」（二〇〇一）などの論がある。また、中山千晶「『宋書』孝義伝について」（二〇〇〇）は、歴史学の立場からの丁寧な論である。広い視野を持とうとする流れの中からは、五―六〇年代までの不備を補うものとして、陳慶元『沈約集校箋』（一九九五）と、歴史学では川合安「沈約『宋書』の史論――一」（一九九二）に始まる一連の『宋書』関連の訳注と論考が提出された。

以上、戦前から現在に至る沈約研究の、現段階における筆者なりの見取り図を提示した。これを、日本の情況に絞って言葉を換えてまとめれば、次のようになろうか。戦前に、広汎な知識と深い思索に裏付けられた沈約研究の種が播かれた。第二次世界大戦後の混乱と高度成長という模索の中で、研究者の主たる関心は、敢えて図式化するならば、深く追究していくのか、それとも広く把握していくのか、という二つの流れに分かたれた。七−八〇年代、バブル期に向かう勢いの中で、研究者は確固たる価値観を自信をもって述べる力強い論を書いた。深く追究する流れは、沈約という人と作品・学問との関係性を探る方向へ発展し、広く把握しようとする研究は、時間的流れの中に沈約の作品や学問を位置付ける方向で展開された。九〇年代以降、バブルの絶頂と崩壊を経たのと連動するかのように、研究者の多くはそれまで当然のこととして受け容れてきた、研究対象への接近方法への信頼を喪失した。これは戦争後の価値観の崩壊とは全く異なる。戦後に直面せざるを得なかった価値観の転換は、それがあまりに激烈なものであり、かつ人為的に強制されたものであった為、その時代を通ったすべての人に大きな苦しみを与えた。人々はその中でもがき苦しみ、自分という枠組みを作り直すことに必死にならざるを得なかった。ところがバブル崩壊における価値観の転換は、特定の国や個人の強制によるものではなく、いわば不幸な事故のようなものとして感受された。人々はこの出来事の責任がどこにあるのかを明確につかむことができず、自分自身が過ちに荷担したという感覚を身にしみてもつこともなく、従って自己同一性に対する危機として感受する必要もなかった。そういう中で、所在のわからない無力感が世の中をおおうようになった。人々はそれまでの価値観が崩壊したこと、自分が不信感を抱いてしまったことをうすうすと感じ、時には口で唱えさえする。しかし、それは現実的な経済のレベルでの呟きにとどまり、この外的な出来事が実は内面にまで深く影響を及ぼさずにはいないことを見ようとしない。社会的な問題が個人レベルでも価値観の転換を齎し、信ずべきものまでも信じられなくなってしまう危険性を孕んでいる深刻な問題であるとして捉えることができずにいるのである。もちろん研究者も例外ではあり得なかった。己から枠組みが抜き取られてしまっているということに気づくことができないでいる為に、研究者は、この無力感の責任が新たな方法を模索しようとしないでいる自分自身にもあることが理解できないままに、正体の掴めない不安を抱えている。その不安感を、或いは氾濫する情報に身を任せることによって、或いは崇拝する研究者に無批判にのめりこんでいくことによって、或いはまた自己に崇高な内面があるようなつもりで対象を見下すことによって、ごまかしている。伝統継承の稚拙という負の伝統だけが伝統として引き継がれてきてしまっているといえるかもしれないと、自戒の念をこめて強く思う。

現在、沈約の研究者は悪い意味で孤独な情況におかれている。これは日本に限ったことではないが、先行論文の表面的な引用や、時に無自覚ですらある剽窃、また感情的な異議申し立てはその場その場でするものの、先行論文に目を通すだけでなく本当に「読んで」いる研究者は、筆者自身を含め、殆ど絶無といっていいのではなかろうか。足場が見えない不安の中で、過去の、或いは同時代の研究者を見据えるだけの余裕と靭さがなくなっている。沈約研究者は、たとえ遠回りであるかに見えようと、もう一度八〇年代までの研究成果を理解しようとすることから始めるべきである。ごく一部の天才を除いて、研究者一人の能力には限界がある。また、人間の思考は、その深浅の問題を別とすれば、私達が望むよりもはるかに少ないいくつかのカテゴリーしか持たないものである（それ故にこそまた、相互に理解できる可能性も開かれるのだが）。過去の研究をおろそかにするということは、過去の研究者がすでに明らかにしてくれていることを多大な労苦の末に自分が初めて発見したかのように錯覚することにつながるし、同じ土壌にたつ者同士の微妙な違いを発見して自分の思索をより深める余裕を放棄することにもなる。また、自分とは違う土壌の存在を実感することが間接的に齎す発想の転換の可能性を放棄することにもなる。受け売りをする為や単なる反抗の為、或いは、実は未消化の情報にしか過ぎない「知識」があることを殊更に見せつける為にだけ先達の論文を読むことは愚の骨頂である筈なのに、私達の多くはその愚を日常的におかして、それに気づかない。理解するということは、そこから脱却することができるほどに先行論文を咀嚼するということである。よく咀嚼された良質の論文は、研究者自身において吸収される段階では原形をとどめていず、寧ろ酵素的な働きをする。酵素の働きが有効になる為には研究者自身に予め変化に耐え得るだけの考えが備蓄されていなければならない。この働きを理解しようとせず、思考はそのままの形で他人から貰えるものであると思いなしてしまう脆弱さは、生命力を枯渇させる。現在の、特に若い研究者に、騒がしいのではない静かな本物の活気が欠けがちなのは、このどうしようもない脆弱さから抜け出す為には是非ともしなければならない筈の、思考を鍛えることと無縁だからである。自分で考えることから逃げている者は、すべて悟ったような傷ついた顔をして他の研究者を無視する態度、でなければ、自分は安全な高みにしがみついて足で他の研究者を踏みつけるような態度をとる。そして、研究の正当な結論として沈約や先行論文を批判するのではなく、研究対象や他の研究者に自分の弱さの責任を押しつける目的で論文を書こうとする。自分の弱さを自分で受けとめることをせずに弱さの上に胡座をかく吝嗇な態度は、酵素になり得る論を見極めるだけの眼も、咀嚼する歯も退化させる。このまま何事もなければ、彼はその愚かさについに気づくことなく、他人の思考を自分の思考であるかのように信じ込み、やがて得意気に自分の思考と信じるものを吹聴する立派なエピゴーネンと化すに違いない。彼は、自分が望んでいるのとは全く逆の方向を向き、しかもそれを至高の教義として他人にも強いることになるのである。そうして彼に利用された思考は、徹底的に侮辱され見る影もなく変形されて、奇怪なドグマになり下がる。

しかし、筆者は決して沈約研究の未来を悲観しているわけではない。日々更新される情報の海で溺れるのをそろそろ終わりにして、泳ぎを覚えること。それが一つの突破口になると考えているからである。溺れる海さえなかった過去の研究者に比べれば、現在の研究者は格段に恵まれていることを忘れてはならない。工具自体や工具が齎す情報に研究者としての自由を奪われることなく、自在に使いこなすだけの鑑識眼・感覚を身につけるならば、空前の工具の充実は、現在に生きる研究者を拘束する為の足枷ではなく、飛翔する為の翼として機能することになるであろう。

たまたまこの時代に研究者になったというだけで、私達は豊富な情報を享受する機会を賦与されている。過去の研究者は持ち得なかったこの特権を最大限に活用しつつ、人と作品・学問との関係性の探求をどのように継承するか。また、八〇年代以降停滞している観のある時間的・空間的なひろがりの中に沈約を位置付けていく方法をどのように発展させることができるか。そしてこの両者をどのように有機的に結びつけていくか。さらにはそこからどのように自立していくか。これこそが今後の課題である。このようにして、先行論文や氾濫する情報に振り回されることなく、かといって無視し去ることもなく、正当な意味で必要なものを見極めて吸収し続けること。こういう意味において決して後込みしない靱さを身につけるならば、自分とは別の関心をもって別の方法で沈約を研究している他の研究者を祭り上げたり無視し去ったりすることなく、真の意味で尊敬して交流を持とうとすることができるようになるだろうし、そうであってこそ一人一人の研究成果とは別の次元で、学界全体で作り上げる沈約世界とでも言うべき、研究者を育み鍛えるエネルギー世界を現出し続けることになるだろう。

二、本論の立場――新しい接近方法の模索

沈約を研究していく場合に従来とられてきたスタンスは、大きく二つに分かれる。一は確固たる「作者」、確固たる「作品」というものを想定する立場である。この立場にあっては、例えば沈約という実在の人物を今目の前に当時のままに甦らせようとするとか、沈約の作品をできるだけ作者の書いた時点に近づけるという方向で復元するとか、

そういう作業が目指される。このような立場をとる研究者は、沈約の人物をみることを優先することが多い。その場合まず読まれるのは彼の伝記であるが、不注意な研究者がこの方法をとった場合、正史の列伝やその他の史料を、それぞれの編纂者の側の感受性の問題には触れないままに無批判に受け容れた上で沈約が階級的に上になったこと、そして和帝殺しを武帝に勧めたとされること、等に着目してから作品を裁断することになる。そこにみられるのは、沈約という実在の人物に対する反発か同情に過ぎないものとなる。このような方向へ研究を進めてしまったら、この立場はやがて行き詰まる。だが、言うまでもなく、そのような隘路にはまりこまない限りにおいてこの立場は不可欠である。これは既成の枠組みの中に沈約や作品をあてはめようとする方法だといえる。従来の研究の立場としていま一つの大きな流れは、沈約の果たした役割を時空の中に正しく位置づけようとするものである。この場合、オピニオンリーダーとしての沈約の作品と、沈約と時空を共にし或いは異にする作者たちの作品とを比較してその関係を探るのが典型的な方法である。こちらは枠組みを自分で作り出そうとする方法だと言え、広い視野を必要とする立場であり、それ故にまた研究者自身の超越的視点がすべてを正しく把握できるのだという錯覚に陥った場合には自分の作りだした枠組みを決して踏み越えられなくなってしまう。この立場も、方法としての限界を自覚している限りにおいて、すべての研究者にとって不可欠である。前節で触れたように、これらの枠組みを喪失したままでは研究自体が不可能になってしまうから、研究者は是非ともこれらの視点を自覚して必要な技術を身につけなければならない。沈約研究に未来があるかどうかは、これらの枠を枠として十分身につけた上で、いかにそれを組みかえるか、ということにかかってくる。沈約研究にあってはまだそこまで行ってしまってはいないが、今ひとつ想定されてよいあり得べからざる立場は、枠組み自体を破壊するというものである。沈約像はどのようにでも造形できるし作品もどのようにだって読める、とするもので、この方向に進んでしまったら、研究自体もその瞬間その場で終焉する。研究者は自分が則るべき枠組みについて自覚的にならねばならない。しかし、その枠組みを教条化して技術だけを身につけてしまうと、必ず前述したように陥穽にはまりこむことになる。そうならずに、しかも枠組みなど不要だと思い上がることもせずに自分の方法を模索し続ける為には、文学研究にあっては、研究者もまた読者であるという当たり前のことをもう一度心に刻みつけねばならない。誤解を恐れずに言えば、主体的な読者であるということは、同時に創作者でもあり得ていることを意味する。研究者は常に主体的な読者、すなわち創作者であろうとしなければならない。主体的な読者は、読書すれば必ずその作品に対する感想をもち、必要に応じてそれを他人に伝えようとする。研究者もまた、基本的にはこれと同じことをする。しかし研究者は単なる読者とは違い、そこにとどまることをしない。研究者は、読書した結果の創出をその作品にだけ当てはまる感想としてではなく、その作品以外にも通底しうる、ものごとの根源にまで迫ろうとする言葉として外部に向けて提出しようとせずにはいられないのである。その時に踏む手続きについての意見の相違は、それから議論すればいいことである。大切なことは、まず真の意味での読者でなければ文学研究者でもあり得ない、という事実だ。

ある書物は、読者を得なければ言葉の羅列にしか過ぎない。読者がその羅列の中に自分と共通の体験を感じ取った時にその驚きが衝動となってその作品を咀嚼しはじめ、その過程で作品の言葉を自分自身で編み直してゆくことになる。その編み直された言葉によって単なる体験だったものは物事を洞察する智に組み入れられる。偶発的な出来事として終わったかもしれない体験は、こうしてより深い経験となる。しかし、研究にあってはこの過程は否定されることも多い。最初の言葉の羅列の部分がどれだけ事実と合致するかということにのみ関心を向ける態度を選ぶ場合、研究者自身をいかに押し殺すか（隠しおおせるか、ではなく）という所にまで行き着いてしまいかねない。それは作者や言葉をまるで標本でもあるかのように目の前にピンでとめておくことが要請されることを意味し、対象から生命力を奪うに至る。また、読者の個々の体験に頼るという方法を相対的だと見なして斥ける態度をそのまま押し進めていけば、結局言葉など信じられないとして、最初の言葉の羅列自体をも含めてすべてを無化してしまうことになる。筆者は、『宋書』の主体的な読者となることを研究の出発点とした。その上で、歴史書であるという確固たる枠組みの中に『宋書』をひとまず入れてみて、そこからはみだしてしまう部分の表現について考察し、沈約とは生きる時空を異にする者にも理解が比較的容易な面から作品に対する新たな接近方法の模索を試みた。

筆者は、沈約の当時にあって名作と言われた作品でさえも、現在の読者にとってはそれほど心に響いてこないことが不思議でならなかった。しかしやがて、沈約とは時空を異にする世界に生きる私たちが彼の作品を理解することに困難を感じるのは仕方のないことであるし、だからこそなるべく当時に近づこうとして声律研究や典故探しといった角度から沈約が論じられることが多いのだということに思い至った。これら従来のアプローチがもちろん大切な必要欠くべからざる研究であることは動かない。しかし、音の復元や単語の意味の復元は沈約と生きる時代も地域も違う読者にとっては困難を極める作業となることもまた否めない。筆者は、時空を異にする者にも比較的理解が容易な方法は何かを考え、その結果、沈約のその他の詩文ではなく、『宋書』という編纂された作品によってこそ、沈約を深いところで捉えることができるのではないかという結論に達した。文学作品がARTであり音楽的であるとするなら、「八詠詩」や「郊居賦」が時代の変化に伴って受容されにくくなっていくのは当然で、必ずしも作品自体に責任があるとは限らない。これに対して、より客観的より学問的であろうとする歴史書である『宋書』は、その編集という方法を通じて、時空を異にする読者でも自分自身の体験との共通項を探ることができる。従来の研究のように詩人としての沈約を探求して彼が果たした役割を共時的に或いは通時的に捉えようとするのではなく、歴史書という体裁を持ちながら時空を踏み越える内容となっている『宋書』という作品がどのように編集されているのか、それを具体的にみたのが本論である。

歴史書としての『宋書』は批判されることが多い。その場合まず第一に根拠とされるのが、編纂期間の短さである。確かに紀伝における年代矛盾など、事実としての正確さをみる場合には批判されて当然の粗雑さを『宋書』は持っている。しかし、文学者としての沈約が編纂した『宋書』を彼の作品としてみようとする時、そういう意味での粗雑さは必ずしも重要な問題ではなくなる。『宋書』は、確かに勅が下ってからの編纂期間は短かったし、その為に事実の記録として要請される正確さには欠けているかもしれない。しかし、そのことによって『宋書』の書物としての価値をすべて無化してしまおうとすることは早計であるように思われる。なぜなら、できあがったこの作品をみる限り、彼が『宋書』で表現しようとしたその感触を掴むために費やした努力が一年にしか過ぎなかったとは到底言えないからである。寧ろ、ある面においては、努力の跡が一見しただけではわからない程に努力されているといえる。例えば、画家が一筆で素晴らしい円を描いたとして、その円が描けたのはその画家のそれまでの総体があってこそであり、しかもそれら一つ一つの努力など忘れ去られている程に熟練されているからこそできたことである。円を描くのに一秒もかからなかったからといって、そしてその円が幾何学的な意味で正確な円でないからといってその画家の不実を責めるのは、芸術に対する評価としては的はずれである。

表現者としての沈約の本領はドノヨウニ語っているか、にある。そして、時空を異にした人間である読者にとってドノヨウニは、沈約自身が一番にそうであろうとした「知音」としての理論――声律の体系化からよりも、むしろ事柄の取り上げ方や記述の繁簡からよく見えてくる。沈約を声律に連なる論議の面から理解しようとする研究はなされてきているが、音は時空を越えにくいという性質を抱えもっていた。また、編集ということに関しても研究者はしばしば興味をもつものの、その関心は書誌的なものであるか、或いは作者の「人物」を浮き彫りにする、というところにあった。筆者は、そのようななまの情報に対してではなく、それぞれの読者に応用できる幅の広さを持つエッセンス化された情報に対して関心がある。この関心のあり方を沈約も確かに持っていたし、根源を探ろうとする当時の問題意識の中にあってそれは決して突飛なものではなかった筈である。そういった知的情況の中にある者にとって編集のもつ意味は大きく、だからこそ類書や総集の編纂が盛んに行われたのであり、本論でみていくように、沈約がその能力に卓越していたことは、『宋書』という作品を通して現代に生きる私たちにも了解可能なのである。

三、本論の概略——『宋書』における枠の踏み越え

以上述べた通りの立場で論ずる為に、本論は主として『宋書』を題材としたものになっている。

第Ⅰ部では、沈約が山濤や王戎のような人物に共感を寄せていること（「七賢論」等）、既成の枠組みにとらわれることの危険性に対して注意を促していること（「修竹弾甘蕉文」）、実人生においてもその主張と同じように保身を第一に考えていたこと（「八詠詩」）をそれぞれみて、沈約の詩文が彼の実生活上の主張によって書かれていることを確認した。

第Ⅱ部から第Ⅳ部までを使って、沈約の本領が第Ⅰ部でみてきたような詩文によってではなく『宋書』によってこそ発揮されることを論じた。

第Ⅱ部では、まず「智」を持ちながらその智を曇らせてしまった人々によって引き起こされる悲劇の構造を劉義康事件をめぐって分析し（范曄伝）、その上で『宋書』では人物を個性的に描こうとはしていず、デフォルメされていること、人物評価が第Ⅰ部でみた基準の通りになされていること（主として王微伝と袁淑伝との比較）、基本的には

称揚する際には言葉多く、マイナスの価値として設定する場合には言葉少なに語ること（主として蔡興宗伝と袁粲伝との比較）をみた。

第Ⅲ部では、沈約が『宋書』に登場する人物の作品を提示するにあたって、場合によっては本来その作品がもっていた意味を変えてしまうことになるような危険を敢えておかしてまでも、沈約自身の洞察を表現することをこそ目指していたことをみた。その例として、「妙徳先生伝」が本来は作者である袁粲の崇高な精神を示すものである筈なのに、『宋書』にあっては袁粲のような教条主義者のたどる運命の空しさを強調する為に利用されていることを挙げた。そして袁粲の作品継承のあり方が話材の安易な敷き写しにとどまるのに対して、陶淵明の場合は、それを自分自身を語りうるまでに消化した上で表現していることが『宋書』において示されていることをみた。さらに謝霊運「臨終詩」を、従来の『広弘明集』的文脈による解釈ではなく、『宋書』の文脈によって読む試みをした。

第Ⅳ部では、表現の自立ということについて考察した。『宋書』の文脈に則る限りにおいて、陶淵明は既成の枠組みからは逸脱してしまう自分の生活を素直に受け容れ、十分に満足し、そのことを誠実に言葉として提出している。沈約はそのことを、時代・類伝・隠士像といった既成の枠組みから陶淵明が逸脱してしまうということを通して表現した。また、鮑照の本領は、自分とは異質の現実をいかにうまく異質ではないと言いおおせるか、というところにあった。沈約は「帯叙」という枠組みを設定しておいて、その上でその中からはみ出してしまう鮑照伝を書くことによって、権力者に寄生する文章を書くという形でしか表現し得なかった、しかしその狭い枠組みを軽やかに踏み越えて十分に表現しえた希有の存在として鮑照の名を『宋書』に記した。そして、謝霊運は、褊激の性をもつ者がそれ故に死へと追い込まれてゆく苦しみを、まさにその褊激によって生命力に満ちた言葉へと変化させた表現者として描かれる。謝霊運は、死という枠から言葉の力によって生の世界へと突き抜けているという点で、生の枠内で作品を書いた陶淵明や鮑照とは決定的に違う。陶淵明や鮑照の作品は、それぞれの人生と密接に結びついていて、人生と作品を切り離さないでおく方が切り離した場合よりも、人も作品もより深く理解できるという性質を帯びている。沈約は、専伝の枠を踏み越えた作品引用という方法で文学者としての謝霊運の天才を表現し、表現がたしかに作者の経験を通して生まれるものであること、そうでありながら優れた作品は作者の個人的な経験を遙かに踏み越えるものでなければならないことを示した。

以上の論点を中心に、以下に詳しく論ずる。

本論

第Ⅰ部　時空を越えない主張

――詩文作品をめぐって

第1章　政治家として見た「竹林の七賢」——山濤敬慕と向秀嫌悪

はじめに

沈約は、政治的に暗雲立ちこめていた南朝という時代に生を享けながら、徹底した保身術を武器に宋斉梁の三代をたくましく生き抜いた。この点で典型的な南朝の文人貴族であったといえる。そして、史書等の描く沈約像をみる限り、彼の処世方法は概ね成功していたらしい。(一)

では、図太くしたたかに時代を生き抜いたように見える沈約は、華々しい活躍に似つかわしい、豪壮な精神を持った人物だったのだろうか。答えは、「否」であろう。(二)本章の目的は、権力側の論理を無反省に振りかざしているかに見える彼の言説が、実は繊細さに連なるものであることを探ることにある。

この問題を解くにあたって有力なヒントとなるのは、竹林の七賢に対する沈約の評価である。周知のように、七賢は官界で身の処し方がそれぞれ違っている。沈約の彼らに対する態度のありようを吟味すれば、彼が何故権力側に与するかのような言動をとらざるを得なかったのかも自ずと明らかになってくるだろう。

沈約は徹底した保身術によって革命を生き抜いた。魏晋革命期に生を享けた七賢の中では、山濤・王戎・向秀・劉伶・阮咸が西晋王朝樹立後まで生きている。革命期を無事乗り切った、という点で沈約とこの五人は共通している。この中で、沈約と同じように貴に至った――即ち三品以上の高官になった――のは、山濤・王戎・向秀である。この点で、三人は七賢の中では生き方として沈約と似通っていた。しかし、沈約が抱いた感情は、山濤・王戎に対するものと向秀に対するものとでは全く異なっていたようだ。沈約は向秀に対してはひたすら無関心を装いながら、山濤・王戎の生き方は是とし、特に山濤を実際の手本としていた節があるのだ。この評価の差はどこから来るのだろうか。

一、向秀への嫌悪感

向秀は沈約と同じように革命を生き抜き、官位は貴に至った。そして、それぞれの言説は、引き出されている結論を見る限りにおいては、同じことを言っているかのようであり、二人とも、いわゆる朝隠をはっきりと肯定している。(三)

(1) 大小論議と中智論

「郊居賦」では、「惟至人之非己、固物我而兼忘。自中智以下愚、咸得性以為場（惟だ至人の己に非ざるのみ、固より物我兼ね忘る。中智より下愚を以てするに、咸 性を得て以て場と為す）」と、「至人」と「中智以下」の者が根本的に違う存在であることが述べられ、自分は中智以下であるから自分のいるべき場所に落ち着きたい、とうたわれている。このように、沈約にとって、大である存在というのは別次元にある。中智以下こそが現実に有り得るものであり、従って魅力を感じるものなのだ。

この考え方は「七賢論」での「嵆生是上智之人。…阮公才器宏広（嵆生は是れ上智の人。…阮公は才器宏広たり）」

という発言にも見られる。ここでは、嵆康と阮籍を特別な存在として別格に扱い、実際問題として手本にできるのはもっぱら他の五人であることを議論している。

しかし、沈約が繰り返し表現した「中智」の考え方は、彼が突然変異的に考え出したものではなく、向秀が展開した大小論議の解釈にみられ、さらにその源流は向秀が足場とした『荘子』逍遙遊篇における大小論議にあると捉えることができる。

『荘子』逍遙遊篇の「小知不及大知（小知は大知に及ばず）」は、伝統的に大を是とし小を非としているものと解釈されていた。それを打ち破ったのが、『世説新語』文学篇の注に引く向秀・郭象の「逍遥義」である。ここでは、大小ともに是とする解釈がされている。[四] これを更に発展させたのが、支遁の「逍遥論」での、大より小をよしとする考え方であろう。[五] これこそ、沈約の中智論に連なるものではないか。

以上の考察をまとめると、逍遙遊篇のこの部分の解釈は、次のような発展形として理解することができる。

（伝統）大である存在＞小である存在

↓

（向秀）大である存在≒小である存在

↓

（支遁）大である存在＜小である存在

↓

（沈約）　大ではない存在

本来、大と小との間には厳然たる溝があった。次元の違う存在だったのである。ところが、向秀はこれらを同じ土俵

に乗せた。これが、支遁になると大小の関係が完全に逆転してしまっている。(六)

沈約には、直接「逍遙遊」を評した作品は伝わっていないが、それでも作品を見て行くことによって、彼が「大である存在」を普通の人間の世界をよりよくしていこうとする思考の対象から除外していることがわかる。彼は「郊居賦」において「至人」と「中智以下」とを根本的に違う存在として認識し、自分を中智以下の存在と位置づけていた。沈約は、大なる者を決して否定はしなかったが、単なる理想でしかないものとして、現実の世界を語り得る中智とは区別していた。

このように、『荘子』の大小論議をみることによって、沈約の思想が向秀の思想の延長線上にあること、しかし、生身の人間が実践し得るものとして大なる存在を考えてはいないという点で、向秀の思想とははっきり一線を画していることがわかるのである。

(2) 養生の実践に対する姿勢にみる類似性

次に、嵆康の「養生論」を軸にして沈約と向秀の考え方をみてみよう。

江淹の「雑体詩」「許徴君詢」の『文選』李善注に引く向秀「難嵆康養生論」は、人間の性質を列挙して嵆康の「養生論」が実現不可能であることを証明しようとしたものである。(七)ところで、沈約の仏教思想を述べた文章を調べ、実際にものした詩をみてみると、ことごとく向秀の五難を支持しているかのようである。そもそも、沈約自身の生活が名利や喜怒・声色・滋味に彩られているという。「服冕栄国、裂土承家、潤盈身己、慶流僕妾、室非懸罄、俸有兼金…自斯已上、侈長非一（栄国に服冕し、土を裂きて家を承け、身己を潤盈し、僕妾を慶流し、室は懸罄に非ず、俸は兼金有り…斯れ自り已上、侈長一に非ず）」［「捨身願疏」］と、名誉と利益にまみれたものとして自らの生活を描写しているし、「五情各有分域（五情各分域有り）」「「神不滅論」」と、人間に感情があることを認めている。また、『玉台新詠』に沈約の詩が多くとられていることだけをみても、彼が女性美に関心をもっていたことがわかる。しかも彼は「玉粒晨炊（玉粒晨に炊く）」「「捨身願疏」」という食事をしていた。そして、「情霊浅弱、心慮雑擾（情霊浅弱にして、心慮雑擾す）」「「神不滅論」」と、人間にはおさえきれない精神的起伏があることを認めている。（八）

このように、沈約も向秀もともに「人間にとって養生は難しいものである」という主張をもっていたことがわかる。ただ、向秀は前述の逍遙遊篇の解釈からもわかるように、偉大な人間もそうではない人間も同一の次元に属する存在であると捉え、理想化された「人間」をも含めて人間全般を抽象的にひとつのものとして扱っていた。これに対して沈約は、自分の属する凡夫の世界と、聖人の属する世界とをはっきりと区別している。（九）彼は興味の対象を偉大ではない人間だけに絞ることによって、大小の存在を等し並に扱う向秀の思想に、根本的な部分で異を唱えたのだといえる。

養生に関する解釈の仕方もこれと同じで、向秀は「どの人間にとっても養生は難しい」と考え、沈約は「聖人ではない普通の人間にとって養生は難しい」と考えている。

以上みてきてわかるように、実際の身の処し方が似ていた沈約と向秀であるが、「思想」的には決して単純な系として扱うことはできないのである。

（3）向秀無視の態度

以上のことから、一見自分と似ている向秀に対する沈約の関心が極めて低いことの理由が見えてきた。

「七賢論」では「自嵆阮之外、山向五人、止是風流器度、不為世匠所駭。…非五人与、其誰与哉（嵆阮自りの外、山向五人は、止だ是れ風流器度のみ、世匠の駭する所と為らず。…五人の与に非ざれば、其れ誰にか与せん哉）」と、向秀の名前は出てくるし、与すべき五人の一人にも入れられている。しかし、「山向五人」という言い方を、「山濤と向秀以下の五人」でなく、「山濤から向秀までの五人」と理解し、五人の中で山濤が一番上で向秀が一番下、と宣言しているとでも読めないだろうか。また、向秀だけについて述べた言葉は、「七賢論」の中では、「子期又是飲客（子期も又是れ飲客）」の六文字に過ぎない。これは、劉伶と並んで最も短く、他の五人に比べると極端な程で、「七賢」を論ずるにあたって成り行きで言及したに過ぎないかのような印象を受ける。『宋書』ではもっと顕著である。『宋書』には歴史上の人物として竹林の七賢のうち六名についての言及はあるが、向秀だけが一度も出て来ない。また、『宋書』巻七十三の顔延之伝には、顔延之が七賢を詠んだ「五君詠」が引用されているが、向秀を詠じた詩だけは無視されている。そこでは、「五君詠」に詠まれていない山濤と王戎については、なぜ「五君詠」に詠まれていないかについて言及しているのに、である。これらはあまりにも不自然ではなかろうか。これでは関心が薄いというだけではなく、まるで殊更に無視しているかのようでさえある。

（4）嫌悪の原因

梁の武帝は天監七年（五〇八）を頂点とする天監の改革を断行したが、その際、政治的な支配者層に次門層を加えた。ところが沈約は次門層を被支配者層であると考え、越智重明氏によれば、この見解の相違によって武帝と沈約の間に確執が生まれた。

沈約が、自分の出身階層を被支配者層として捉えようとしていたことは、彼が差別意識を持っていたという単純な理由からではないと筆者は考える。『宋書』恩倖伝序[一〇]の記述から、彼が警戒していたものが愚者による政治の支配であったことがわかるからである。彼が『宋書』で第三品とした散騎常侍（野田俊昭氏によれば、散騎常侍は沈約の時代には評価が低下していた官職である。）[一一] で卒したことになる向秀に関心を寄せようとしないのは、向秀の官品が低く、しかも彼の智のあり方も決して「正」に向かうものではなかったことにあるのではないか。つまりこういうことである。沈約は向秀に恩倖的要素を見いだしていたからこそ、正面から論ずるには値しないと判断したのではないか。

向秀は、当時羽振りの良かった人物達と交際しているが、この友人たちの中には、張華の様に殺されてしまった人もいる。[一二] それなのに、張華と親しくつきあっていた筈の向秀は無事だった。嵆康が殺された時も、親しい友人だった筈の彼は、生命の危険に陥った形跡がない。これは、嵆康が殺されるとさっさと任官した向秀の行動によるものだろう。このことは、己を取り巻く情況に対する彼の敏感さを如実に示しているといえる。このように、向秀は現実の情況に応じて実に巧みに生きていた。

これに対して、沈約はどうだったか。文学の才能を武器として向秀よりも高い地位に安んじていた沈約は、その点では実際の処世術に長けていたといえる。しかし、彼の具体的な行動は、向秀と比べるといささか不格好である。先ず挙げられるのは、竟陵王推戴の事件に連座して左遷されているらしいことだ。[一三] また、晩年には、梁の武帝との確執もあって不本意な地位に甘んじなければならなかった。

沈約には確かに皇帝に阿っているかに解せられがちなエピソードが多く伝わる。しかし、それらをよくよく吟味してみると、単純に恩倖的だと言い切れない面がある。宋の皇帝の悪口を『宋書』に書き過ぎて斉の武帝の顰蹙を買ったこと、袁粲伝を立てるかどうかのお伺いをたてたとされることはそのいい例といえよう。前代の皇帝が暗愚であったとしすぎることは、裏を返せばそのように書かせた斉の武帝の狭量を晒すことになる。また、袁粲伝をたてなかった場合に世間が武帝に寄せるであろう評価を考えてみれば、伺いを立てる前から武帝の答えは決まっている。これらのエピソードを沈約自身の資性を示すものとして受け取り彼を弾劾する材料にしてみても、そこから掴み出せるもののはあまりに小さい。これらは寧ろ沈約が身を置いていた情況を象徴的に示すものとして考えるべきである。次の興味深い挿話も同じである。「先此、約嘗侍讌、値予州献栗、径寸半、帝奇之、問曰、『栗事多少』与約各疏所憶、少帝三事。出謂人曰、『此公護前、不譲即羞死』帝以其言不遜、欲抵其罪、徐勉固諫乃止（此れより先、約嘗て讌に侍るに、予州栗を献ずるに値ふ、径寸半、帝之を奇とし、問ひて曰く、『栗事は多少《いかほど》か』と。約と各憶する所を疏するに、帝より少きこと三事。出でて人に謂ひて曰く、『此れ公は前を護る、譲らざれば即ち羞死せん』と。帝其の言の不遜なるを以て、其の罪に抵せんことを欲するも、徐勉固く諌むれば乃ち止む）」〔『梁書』巻十三　沈約伝〕、梁の武帝に対して気配りをしたところまではよかったのだが、御前を退くや迂闊にも本音を出して危うく罪せられるところだったという話である。この記述は図らずも沈約が梁朝建国以後に辿り着かざるを得なかった心境を露呈している。ともかくも、沈約の処世術とみえるものの内実は、向秀のもののように単純ではない。沈約が不自然なまでに向秀の存在を無視したのは、外面において自らといくつかの類似点があるかに見えるにもかかわらず、その内実が全く異なっている向秀に対する苛立ちを示しているのではないだろうか。

二、山濤・王戎への敬慕の念

山濤と王戎とは、同じく革命期を乗り切り新王朝で活躍したという点で沈約と似ていた。向秀に嫌悪感を抱いていた沈約だが、この二人に対しては敬慕の念を抱いていたようだ。沈約が何故二人に憧れたのか、それを考察するのが本節の目的である。

（1）山濤への憧れ

沈約は十三歳の時に父親を亡くして貧乏のどん底で苦労したが、山濤も早くに孤となり貧乏の辛さを味わったという点で沈約と似た体験をしている。[一四]ところで、沈約が側近を務めた蕭統は、山濤を「身体は政治の場にあって活躍したが、心は玄遠だった」と評している。[一五]沈約もまた、「郊居賦」という作品を書く一方で高官でもあった。『梁書』沈約伝では、山濤と沈約に類似性がみられることについて、「論者之を山濤に方ぶ[一六]」という記し方をしている。少なくともこの二人はイメージとして同質のものを持っていたことになる。

では、この二人の内実はどうだったのか。言い換えれば沈約は山濤をどのような点において評価していたのか。それを考察するにあたってヒントとなるのが「闇合」である。山濤には「期せずして真理と合致する」才能があった[一七]が、沈約はこの問題に大きな関心を払っていた。山濤は老荘に関する書物を読まないでおきながら、その作品が老荘と深い所で合致していたという。『世説新語』に載せるこのエピソードを顧愷之『画賛』の「濤有而不恃（濤は有《たも》つも恃まず）」（『世説新語』賞誉篇注）という言葉を引いて、観念に頼らずに自分自身で思考する山濤の態度として劉峻が解釈するように、自分で考える習慣を身につけている者であって初めて「闇合」は可能となる。このような理解のもとに沈約が「闇合」の実例として挙げたのが、『宋書』謝霊運伝論における声律の問題であり、「究竟慈悲論」における廬山の僧の菜食の問題であり、「均聖論」における火食の問題であった。物事の本質をシンプルな形でしっかりと掴んでおけば、知識としては身につけていない筈のことを直観として正確に把握していくことができる。このような意味において「闇合」は、根源にさかのぼっていこうとする『宋書』の表現姿勢や、梁建国以後に沈約が武帝に幻滅していかざるを得なかった問題とも通底する。「闇合」にまで達するほどに思考することは決して簡単にできることではないし、「闇合」によって見えてしまったものを受容するだけの強靱さを身につけることもまた決して容易にできることではない。それをやってのけたとされる山濤に対して沈約が畏敬の念を持ったとしても不思議ではない。

ところで、十二歳で父を刑死に近い形で失った沈約にとって心の励みとなったであろう言葉を、山濤は残している。刑死した父親をもった嵆紹に対して、「為君思之久矣。天地四時、猶有消息、而況人乎（君が為に之を思ふこと久し。天地四時すら、猶ほ消息有り、而るに況んや人をや）」〔『世説新語』政事篇〕と言ったのである。時は移り変わるものなのだから、父の死にいつまでも拘る必要は無い、と。逆境に負けずに生きてゆけ、という励ましを、沈約はどれ程心強く感じたことだろう。この言葉だけをとってみても沈約が山濤を心の師として仰ぐようになったという筆者の類推がそれほど的はずれなものではないことが知られる。

（2）王戎との比較

沈約も王戎も皇帝に一目置かれていたとされるが[二八]、その一方で、共に政治的な才能が無いと評されてもいた[二九]。

この二人には、他にも極めて似た言葉が残っている。幼い我が子を失った王戎がひどく悲しんでいると、「まだほんの小さな子だったんだから、そこまで悲しむことはないんじゃないか」と声をかけた人がいた。それに対する王戎の答えが、「聖人忘情。最下不及情。情之所鍾、正在我輩（聖人は情を忘る。最下は情に及ばず。情の鍾する所は、正《た》だ我が輩に在るのみ）」〔『世説新語』傷逝〕である。これは、まさに沈約の中智論とも通じるものだ。

「難保」という感覚にも、王戎と沈約の考え方には類似性がみられる。蜀を伐った鍾会が、勢いに乗って文王に対抗しようとしていた。その時に王戎は、「成功することは難しくない。それを守ることが本当に難しいんだ」と忠告した。そして、その言葉どおりになったのである[三〇]。ところで、沈約も保つことの難しさを、「嗟敝廬之難保（嗟《ああ》 敝廬の保ち難し）」〔「郊居賦」〕と述べている。目先の事柄だけではなくより妥当な未来を目指そうとする難保の感覚はまた、的確な情勢判断にも通じる。『晋書』王戎伝を一読すれば、彼に情勢を判断するずば抜けた能力があったことがわかる。また、王戎といえば吝嗇の代名詞のようになっているが、「但与時浮沈、…尋拝司徒（但だ時と与に浮沈し、…尋いで司徒を拝す）」〔『晋書』巻四十三 王戎伝〕それは実は韜晦の手段に過ぎなかった、と詩に詠んだのは、太子少傅だった沈約と交渉のあった蕭統である。[二二] このような慎重さは沈約が『宋書』で政治家を称揚する時に強調した側面であることについては、第II部で詳述する。

沈約自身の意見を述べる場として設定された『宋書』「史臣曰」の条に取り上げられたのは、七賢の中で山濤と王戎だけである。[二三] 沈約はここで山濤の言葉を引用し、それを是としている。山濤の言葉自体は大将について述べたものである。しかし、同じ文脈の中で王戎の処世方法を描写していることから推測すれば、ここでは、政治家全般に通じるよりよき在り方についての沈約の考えをも述べようとしていると考えられる。王戎も山濤もともに、目先の現象に囚われずに「大体」〔第II部第1章参照〕を見極める、政治家としての智を備えていた。沈約はこの点においてこそ彼らを評価していたのである。

おわりに

以上、向秀・山濤・王戎に対して沈約がどのような見解をもっていたのかを考察した。そこでわかったことは、沈約と似た人生を歩んだかに見える三人の中で、彼が向秀を取るに足りないと見なす一方で、王戎と山濤とを称揚していた、ということであった。

向秀は、様々な面で沈約と酷似しているかのように見えるが、内実は異なっていた。次門層出身者が政治家になることと恩倖的単純な発想から政治に関わろうとすることとは必ずしも重ならない。伝えられる向秀の言葉に政治家にふさわしくない臭いを嗅ぎ取ったからこそ、沈約は殊更に向秀を無視しようとしたのだろう。

王戎は、人間というものをしっかりと見据え決して安易な性悪説や性善説に落ち込むことがなかった。山濤もまた物事の本質を掴んで的確に言い当てる智を持っていた。しかも山濤の場合には、そのことが友人の思索を更に深めさせる方向に作用していた。嵆康が本心を明かしてもよいと信じて山濤に対する絶交書を書いて自分の考えを伝えようと試みることができたのはこのためである。互いに相手の智を知っているからこそ、信頼する者同士だからこそ成立する言葉のやりとりを、沈約も梁になってから試みた形跡がある。

嵆康は、権力者に殺されてしまった。沈約は彼の気高さを認めながらも、そこに危うさを感じ取っていた。嵆康のようなあり方が後の世のエピゴーネンを生みやすいことを熟知すればこそ、それを「上智」と位置づけて、実際の世界と切り離そうとしたのである。

阮籍の生と文学も、亜流を作りやすい。ひどい世の中にあって心に憂いを抱きながら「詠懐詩」をのこし死んでいった彼を、沈約はやはり「上智」に次ぐものとして実際的な評価から切り離した。

沈約は、音楽の問題以外では阮咸に興味を示していない。劉伶にも殆ど関心を示さない。七賢を政治家として捉えようとする時、この二人に照明をあててみても、そこから何かを引き出すことはできないとの判断からだろうか。

本章で考察してきたことから、七賢に対する沈約の評価は概ね以上のようなものであったと思われる。山濤こそが、沈約が政治家として手本とするにふさわしい人物であると見なした存在であったと言える。図太く、したたかに時代を生き抜いたかに見える沈約は、実は非常に繊細な精神を持っていた。第Ⅱ部までを使って具体的にみてゆくように、彼は、よりよき政治家とは、という問題を真摯に考えようとしていたのである。

注

（一）「沈公宿望、何意軽脱」〔『南史』巻四十一　斉宗室伝・蕭穎達〕という梁の武帝の言葉や、「有梁武帝及名臣沈約・范雲・周嗣已下三公数十人銅像。初梁武帝登極、乃立私宅為寺、寺内有此像」〔『建康実録』巻十七　天監六年条所引「東都記」〕という事実などが、その顕著な例である。

彼は、次門層として奉朝請に起家しながら、永明年間には制度上甲族となった。そして最晩年には、第二品の官である特進を加えられている（以下、「甲族」「次門層」などの呼称と官位をめぐる考え方は、A越智重明『魏晋南朝の人と社会』研文出版、一九八五年一〇月・B野田俊昭「梁の武帝による官位改変策をめぐって」九州大学文学部東洋史研究会『東洋史論集』一三、一九八四年一〇月・C野田俊昭「南朝における家格の変動をめぐって」九州大学文学部東洋史研究会『東洋史論集』一六、一九八八年一月による。官品については『宋書』巻四十の百官志下に従う）。

（二）『宋書』撰述の際に宋の孝武帝や明帝の悪口ばかりを書こうとして斉の武帝の不興を買ったり、宋の忠臣・袁粲の扱いに迷った末、斉の武帝にお伺いを立てたりした〔『南斉書』巻五十二　文学伝・王智深〕という記事については本章で以下に触れる。

（三）「嵆中散既被誅、向子期挙郡計入洛、文王引進、問曰、『聞君有箕山之志、何以在此』対曰、『巣・許狷介之士、不足多慕』王大咨嗟」〔『世説新語』言語篇〕。「夫何適非世、而有避世之因、固知義惟晦道、非曰蔵身。至於巣父之名、即是見称之号、号曰裘公、由有可伝之迹、此蓋荷篠之隠、而非賢人之隠也」〔『宋書』巻九十三　隠逸伝序〕。

（四）「小大雖差、各任其性。苟当其分、逍遥一也」〔『世説新語』文学篇注所引「逍遥義」〕。

（五）「夫逍遥者、明至人之心也。荘生建言人道、而寄指鵬・鷃。鵬以営生之路曠、故失適於体外。鷃以在近而笑遠、有矜伐於心内。……若夫有欲当其所足、足於所足、快然有似天真。……苟非至足、豈所以逍遥乎」〔『世説新語』文学篇注所引「逍遥論」〕。

（六）『高僧伝』では、支遁と向秀が並び称されている。「孫綽道賢論以遁方向子期、論云、『支遁・向秀雅尚荘老。二子異時、風好玄同矣』」［巻四］。

（七）「養生有五難。名利不滅、此一難。喜怒不除、此二難。声色不去、此三難。滋味不絶、此四難。神慮転発、此五難」。文中、「神慮転発」の部分は、嵆康の「答向子期難養生論」（厳可均校訂）に引用されている「難嵆康養生論」に従う。

（八）沈約は、「形神論」において「神」と「心」とをほぼ同じ意味で使用していると考えられる。「念与形乖、則暫忘。念与心謝、則復合。…形神幾乎」。「神慮転発」は「心が動揺して露見してしまう」ことであり、「心慮雑擾」は「心が秩序無く乱れている」ことであるから、内容的にはほぼ同じである。

（九）「凡夫之所知、不謂所知非善。在於求善、而至於不善」［「仏知不異衆生知義」］。「人有凡聖。聖既長存。凡独滅。本同末異、義不経通」［「神不滅論」］。

（一〇）「凡厥衣冠、莫非二品、自此以還、遂成卑庶。周・漢之道、以智役愚、台隷参差、用成等級。魏晋以来、以貴役賤、士庶之科、較然有弁」［巻九十四　恩倖伝序］。

（一一）注（一）論文C参照。

（一二）「使者至曰、『詔斬公』…遂害之於前殿馬道南」［『晋書』巻三十六　張華伝］。

（一三）竟陵王推戴事件に沈約が関わっていたことについては意見がわかれるところだが、ここでは吉川忠夫氏の意見に従う［『六朝精神史研究』同朋舎、一九八四年二月、二一四頁］。

（一四）「濤早孤、居貧。少有器量、介然不群。…初、濤布衣家貧、謂妻韓氏曰、『忍飢寒、我後当作三公、但不知卿堪公夫人不耳』。及居栄貴、貞慎倹約」［『晋書』巻四十三　山濤伝］。

（一五）「聿来値英主、身游廊廟端」［「詠山濤王戎詩」］。

(一六)「及居端揆、稍弘止足、毎進一官、輒殷勤請退、而終不能去、論者方之山濤」〔『梁書』巻十三　沈約伝〕。

(一七)「此人初不肯以談自居、然不読老荘、時聞其詠、往往与其旨合」〔『世説新語』賞誉篇〕。「王夷甫亦歎云、『公闇与道合』」〔『世説新語』識鑑篇〕。

(一八)『晋書』巻四十三　王戎伝。

(一九)「学士輩不堪経国、唯大読書耳。経国、一劉係宗足矣。沈約・王融数百人、於事何用」〔『南史』巻七十七　恩倖伝・劉係宗〕。「戎在職雖無殊能、而庶績修理」〔『晋書』巻四十三　王戎伝〕。

(二〇)『晋書』巻四十三　王戎伝。

(二一)「徴神帰鑑景、晦行属聚財」〔「詠山濤王戎詩」〕。

(二二)「夫将帥者、御衆之名、士卒者、一夫之用。…山濤之称羊祜曰、『大将雖不須筋力、軍中猶宜強健』。…王戎把臂入林、亦受専征之寄。…仁者之有勇、非為臆説」〔巻五十九　殷淳・張暢・何偃・江智淵伝〕。

第2章　亜流の齎す危険性――「修竹弾甘蕉文」にみる「敗政」の位相

はじめに

沈約と「隠」との関係は深い。『後漢書』逸民伝の後をうけて『宋書』で初めて「隠逸」という名称を用いて伝をたてたし、「郊居賦」「八詠詩」などは、隠逸への憧憬を前面に押し出した作品として有名である。（一）また、具体的な意味は異なるものの、梁の武帝によってつけられた諡までもが「隠」だったことも象徴的である。

沈約独特の隠逸論は、『宋書』隠逸伝の序で展開されている。要約すれば、沈約は常識的には隠者の典型とされる許由や巣父などの在り方を「荷蓧之隠」とみなし、心をのびやかにできる「賢人之隠」よりも劣るものとしたということになろう。沈約にとって「事は人に違ふに止まる」という巣父や許由のような在り方は偽善的なものに過ぎず、「義は自らを晦ますを深しとす」という在り方こそが理想とすべき隠者であった。（二）

本章で取り上げる「修竹弾甘蕉文」という作品は、一読したところ沈約の隠逸思想とは関係なさそうに見える。題名が示すように滑稽味を帯びた作品だし、話の大筋も「甘蕉が伸び過ぎたから刈るべきだ」というものだからだ。ところが、この文の後半部分には、話の流れとは不釣り合いな内容が差し挟まれている。雑草取りの陳情書に、馮衍・

嵆康・厳君平という隠逸に関係深い人物が唐突に登場し、これによって「修竹弾甘蕉文」は単純明快な論旨の文章たり得なくなっている。本来則るべき枠組みを踏み越えるという沈約独特の表現方法については主として第Ⅱ部と第Ⅳ部で詳述するが、「修竹弾甘蕉文」にあっても、文の流れが不自然になっているところからこそこの作品の核心を掴み得ると筆者は考える。

本章の目的は、『宋書』を始めとして色々な作品で沈約が主張している「賢人之隠」の内実を「修竹弾甘蕉文」という作品を通して考察していくことにある

一、「修竹弾甘蕉文」

先ず「修竹弾甘蕉文」の文章を実際に読み進めながら考えていくことにする。

(1) 風聞

滑川長兼淇園貞幹臣修竹稽首。臣聞、芟荑蘊崇、農夫之善法、無使滋蔓。翦悪之良図、未有蠹苗害稼、不加窮伐者也。

切尋蘇台前甘蕉一叢、宿漸雲露、荏苒歳月、擢本盈尋、垂蔭含丈。階縁寵渥銓衡百卉。而予奪乖爽、高下在心。毎叨天功、以為己力。

風聞籍聴、非復一塗。猶謂愛憎異説。所以挂乎厳網。

(滑川の長官にして淇園の貞幹を兼ねている私、修竹が申し上げます。聞くところによると、雑草を刈り取っ

てつみあつめるのは、農夫が上手で、雑草をはびこらせたりしません。雑草をとるよい方法は、大切な苗を駄目にしたり作物に悪影響を与えることがないうちは、無闇に抜いてしまわないことだそうです。<そのように考える私は、抜くべきか否かを見極める為に>自ら蘇台の前の甘蕉共を見て参りましたが、もともと水分豊富なところだった上に、長い間ほうっておいたものですから、根本から一尋<八尺>、影は一丈<十尺>にもなってしまっていました。手厚く遇されているのをたのんで百草に対して評価を下しています。しかしその賞罰は明らかでなく、評価は彼らの心次第です。いつもお天道様のお陰を蒙っているのに、それが自分の力だと勘違いしています。

官吏の非行を弾劾する匿名の風聞によって判断してみますと、甘蕉共がもはや私達とは途を異にしてしまったことがわかります。しかしながら愛憎によって言い分が違うかもしれません。慎重に取り締まらなければならない所以です。)

文中の「風聞」とは、御史中丞に差し出して官吏の非行を弾劾する書のことであり、匿名性が保証されている。[三] 沈約は『文選』李善注によれば、永明八年（四九〇）に御史中丞になった。彼はこの官にあった時に「奏弾王源」をはじめとしていくつかの弾文を書いているが、それらの事実を根拠として「修竹弾甘蕉文」の制作年代を決めることは、この作品を読み解いてゆくにあたって有益であるとは思えない。甘蕉に擬えられている特定の個人の存在が直接の動機となって沈約がこの作品を書いたと考えること自体は大切である。しかし、そのことと読者の側がそれを穿鑿しようとすることとは全く別であり、たとえその人物を言い当てたとしたところで読者が現在の政治を考える為の足場を与えてくれるわけではない。この作品にあってはそういう読み方よりも、寧ろ甘蕉的在り方がいつの時代にあっても政治に害悪を齎すと沈約がみなしていたということを先ず確認したうえで、そもそも「修竹弾甘蕉文」においては、どのような人物を「敗政」者であると位置づけていたのかということを考える読み方の方が本質を捉えることになると筆者は考える。

「渭川」の沿岸には『史記』貨殖列伝に「渭川千畝竹」ともあるように、竹を多く産する所があるという。「修竹」を擬人化しているとすれば、彼が「渭川長」であることは、極めて自然だ。また、ここは太公望呂尚が釣りをしたという『史記』斉太公世家にある話でも有名で、この言葉を使うことによって、「修竹」が王佐の才をもっているものとして設定されていることがわかる。勿論、そこに『詩経』邶風・谷風の「涇は渭を以て濁る」という渭川の清いイメージを加味すれば更にこの作品での「修竹」のキャラクターが鮮明になるだろう。なお、最初の部分を福井佳夫氏は「長く淇園を兼ねし貞幹の臣修竹」と読み下し、渭川の問題には言及していない。[四] なるほど、殆どのテキストは「長兼」から始まる立場をとっているが、陳慶元が『沈約集校箋』〔浙江古籍出版社、一九九五年一二月、一〇七頁〕において指摘するように、『四庫全書』所収の『漢魏六朝百三家集』では、「兼」の前に「渭川」の二文字を入れている。『四庫全書』がこの二文字を加える立場をとったのは、「修竹弾甘蕉文」が弾文という公式の文書のパロディーであることを考えれば妥当だといえる。「～の長官と～を兼任する」とした方が「長」が浮かないからである。[五]

このように、まさに竹のごとく清く正しく筋の通っている「修竹」が弾劾する相手は、淇園にはびこる「甘蕉」である。甘蕉は「南州異物志」によれば「草類なれども之を望むに樹の如く、株の大なる者は一囲余り、葉長は一丈、或は七・八尺余り…此の蕉に三種有り」〔『芸文類聚』巻八十七　菓部下・芭蕉〕という大きく育つ草で、甘いのを特徴とするもの、実が牛乳に似ているもの、絣になるもの、の三種類にわかれるという。また、「寒ければ毒無く…熱ければ毒なれども亦効あり」〔『重修政和証類本草』巻十一　甘蕉根注引唐本草余注〕という性質を持つ薬草であるともいう。沈約自身も「修竹弾甘蕉文」の後半で甘蕉がもともとは薬草であるといっている。ところが今や他の草に害毒をなすようになり、是非とも除かねばならない雑草に堕してしまった。沈約には「詠甘蕉詩」〔『芸文類聚』巻八

十七　菓部下・芭蕉」という作品もある。

抽葉固盈丈　　葉を抽かば固《まこと》に丈に盈ち、
擢本信兼囲　　本を擢かば信《まこと》に囲を兼ぬ。
流甘掩椰実　　流甘　椰実を掩《おほ》ひ、
弱縷冠絺衣　　弱縷　絺衣に冠たり。

一丈にもなろうかという大きな葉、抜いてみると一抱えもある根。椰子の実よりはるかに強烈な臭い、弱い繊維は葛の衣に勝る程度。甘蕉は、この詩においてもマイナスのイメージで描かれている。甘蕉のイメージが「修竹弾甘蕉文」と近いものとして、時代はやや下るが、庾信の「擬連珠」四十四首その三十八に登場するものが挙げられる。

巻葹不死　　巻葹は死せず、　　※巻葹：草の名。心を抜いても枯れないという。
誰必有心　　誰か必ず心有りとせん。
甘蕉自長　　甘蕉自ら長じ、
故知無節　　故に節無きを知る。

甘蕉で示されるのが作者自身であるか否かの違いはあるが、節操なく蔓延る者に対する嫌悪を表すという点では同じである。

(2) 訴え

匿名の「風聞」があることを、実際に目で見てきた甘蕉の様子と共に述べた上で慎重に判断すべきであるとした修竹は、今度は言葉の出所のはっきりしている訴えがあったと報告する。

今月某日、有台西階沢蘭萱草、到園同訴。「自称雖慚杞梓、頗異蒿蓬、陽景所臨、由来無隔。今月某日、巫岫斂雲、秦楼開照。乾光弘普、罔幽不矚。而甘蕉攢茎布影、独見障蔽。雖処台隅、遂同幽谷」。

（今月某日、園の私の所へ台の西階の沢蘭と萱草がやってきて一緒になって訴えるには、「私たちは決して杞梓ほど良材で有能な存在ではないけれど、雑草である蒿蓬とは違うんだから、太陽の光を浴びるということに関してはもともと差別されるということはありませんでした。ところがある日、巫山の洞穴が雲をおさめ、秦楼に燦々と光が注ぐことがありました。日光はあまねく行き亘り、薄暗い所なんてあろう筈もありませんでした。それなのに甘蕉が茎を集めて影を作った為に、私たちはその蔭にすっぽりと覆われてしまいました。私たちは曲がりなりにも台の端にいるというのに、こういうわけで今や深い谷にいるかのようです」。）

沢蘭と萱草の訴えは以上のようなものであった。

（3）検証

臣謂、偏辞難信。敢察以情。登摂甘蕉左近杜若江蘺、依源弁覆。両草各処、異列同款。既有証拠。羌非風聞。

切尋。甘蕉出自薬草、本無芬馥之香・柯条之任。非有松柏後彫之心、蓋闕葵藿傾陽之識。馮藉慶会、稽絶倫等、而得人之誉靡即。称平之声寂寞、遂使言樹之草、忘憂之用莫施。無絶之芳、当門之弊斯在。妨賢敗政、孰過於此。而不除戮、憲章安用。

請以見事、徙根翦葉、斥出台外。庶懲彼将来。謝此衆屈。

〈私が思いますに、台の西側に身を置く沢蘭と萱草のルサンチマンに衝き動かされた言葉を鵜呑みにするわけには参りません。できるだけ自分の実感に基づいて判断すべきです。そこで私は台に登って甘蕉の東側に身を置く杜若と江蘺に確認したところ、理路整然と甘蕉が蔭を作っていることを話してくれました。立場を異にする東西両陣営の証言が一致したのです。

さあ、これで証拠もそろいました。噂だけではなかったのです。

申し上げます。甘蕉は薬草で、もとより芳しい香りもなく、周囲と違う立派なことをしようなどともしませんでした。草ですから冬でも緑を保つ松柏のような志などありません。それならば太陽の方を向く葵藿のような見識があるのかといえば、そうでもないでしょう。

馮衍は光武帝に黜けられるという屈辱に敢えて甘んじて己が忠心を示しました。また、嵆康は友人等と絶交することによって己が志を示しました。しかし彼らの言動に世人が喜ぶにしても、安易に彼らの亜流となるべきではありません。

厳君平の寂寞を標榜してついに分不相応な主張をはじめた甘蕉共の暴走は、周囲に苦しみを巻き起こし、さすがの萱草をもってしてもその憂いを消すことができない程になってしまいました。〈自分の正義を信じて疑わないものの〉限度を弁えない俗臭が門に充満することの弊害は、周囲を巻き込むというところにあるのです。他の賢く生きている者の邪魔をし政治に悪影響を及ぼすこと、これよりひどいものはありません。これでも取り除かないとおっしゃるなら、きまりが何のためにあるのかわからなくなってしまいます。

どうか事実を直視して、植えかえ剪定して、台から追い払ってしまって下さい。今現在のことだけでなく将来を見据えて下さることを願ってやみません。ここに伏して御報告申し上げます。〉

この段落が一番わかりにくい。前述したように、甘蕉を追放する為に書かれたはずの文章にいきなり馮衍や嵆康や厳君平といった、隠逸と関係深い人物が出てくるからである。

この部分を抜いてしまえばこの段落もすっきりし、また「修竹弾甘蕉文」全体も単純この上ない作品となる。しかし、前述したように筆者はこの部分にこそ沈約の思考の深部が表現されているのではないかと考えている。

そこで問題にしたいのが、甘蕉の性質の変化である。本来は薬草である筈の甘蕉が、厳君平達の物真似を始めると「賢を妨げ政を敗る」存在に変貌をとげてしまう、という点である。

それでは、馮衍・嵆康・厳君平にはそもそもどんな共通点があるのだろうか。馮衍は『後漢書』馮衍伝によれば、政争に巻き込まれて「門を閉ざして自ら保ち、敢へて復び親故と通ぜず」という生活を送り、「顕志賦」で「寂寞を守りて神を存せり」という心境を吐露した。嵆康は「与山巨源絶交書」で「吾、頃ろ養生の術を学ぶ。方に栄華を外にし、滋味を去りて、心を寂寞に游ばしめ、無為を以て貴しと為す」と言い、山濤と絶交してしまった。厳君平は「大音は響を掩ふこと能はず」〔「座右銘」〕と言い、仕えたことがなく、鮑照に「君平は独り寂漠、身と世と両ながら相ひ棄つ」〔「詠史」〕とうたわれた。

つまりこの三人は、いきさつはどうであれ、寂寞を求め門を閉ざすという「荷篠之隠」的生き方をしたという点で共通性を持つ。甘蕉は彼らの言動のみを教条化した。その結果、「芬馥之香」を有するようになり、「柯条之任」にあたるようになってしまったという。柯は『広韻』によれば下平七歌韻で古俄切。荷も下平七歌韻で胡哥切。条は下平三蕭韻で徒聊切。篠も下平三蕭韻で吐彫切。これから考えると、柯条は荷篠とみて差し支えあるまい。

では、「荷篠之隠」をよしとする人が招く「敗政」、「妨賢」といった「当門之弊」とは具体的には何をさすのか。嵆康は同時代を生きる大学生達に与える思想的な影響力が大きく、政治権力者達に反政府主義者と見なされて処刑されるに至るほど危険な存在であった。厳君平は、「未だ嘗て仕えず、然れどもその風声は以て貪を激し俗を厲するに足る。近古の逸民なり」〔『漢書』王貢両龔鮑伝〕という人物で、やはり時人に対する影響力の大きい人物であった。また、言語が帯びる危険性を十分に認識してもいた彼は「座右銘」で「口舌者禍福之門、滅身之斧。言語者天命之属、形骸之部。出失則患入、言失則亡身。是以聖人当言而懐、発言而憂（口舌は禍福の門にして、身を滅するの斧なり。言語は天命の属にして、形骸の部なり。出でて失あれば則ち患入り、言ひて失あれば則ち身を亡ぼす。是を以て聖人は言に当たりて懐ひ、言を発して憂ふ）」と、失言が招く憂いについて述べて言語の否定的側面に注意しているのである。

馮衍は後漢時代の人である。彼と鮑永とは更始帝の死を知らなかった為に光武帝に降るのが遅くなった。鮑永はすぐに功績を立てて埋め合わせをした為大丈夫だったが、馮衍は黜けられてしまった。鮑永は劉邦の故事を引き合いに出して、英邁の君主は新しく臣下になる者が以前仕えていた君主に忠節を尽くしたのであれば用いてくれる、と馮衍を説得しようとした。馮衍は、楚に対して二心を抱いているのではないかと疑われた陳軫が秦王に語った譬え話を引き合いにだして、それに答える。

楚人有両妻者。人誂其長者、詈之、誂其少者、少者許之。居無幾何、有両妻者死。客謂誂者曰、「汝取長者乎、少者乎。」「取長者。」客曰、「長者詈汝、少者和汝。汝何為取長者。」曰、「居彼人之所、則欲其許我也。今為我妻、則欲其為我詈人也」。

（楚人に両妻有る者あり。人其の長なる者に誂むに、之を詈しり、其の少なる者に誂むに、少なる者は之を許す。居りて幾何も無くして、両妻有る者死せり。客誂む者に謂ひて曰く、「汝長なる者を取るか、少なる者をか」と。「長なる者を取る」と。客曰く、「長なる者は汝を詈り、少なる者は汝に和す。汝何為れぞ長なる者を取る」

と。曰く、「彼の人の所に居るに、則ち其れ我を許さんと欲す。今我が妻と為さんとするは、則ち其れ我の為に人を詈らんと欲する也」と。）［『戦国策』秦策一］

前夫の生前貞節を守った妻が新夫の信用を得て再嫁したという話で、陳軫は秦王に対する忠義が確固としているからこそ自分が楚王に信頼されているのだと弁明している。馮衍がこの話をしたことについて李賢らは『後漢書』に次のように注す。

　引之者、言己為故主守節、亦冀新帝重之也。

　（之を引くは、言は己 故主の為に節を守る、亦新帝の之を重んずることを冀ふ也。）［馮衍伝注］

馮衍には、敢えて退けられたままでいることによって光武帝に自分の節操を認めて貰おうという下心があったとするのである。『後漢書』注は馮衍をこのような打算的人物として描き出している。ともかくも、馮衍の言動は自分に節があるのだと周囲に示すことを目指していたことになる。

　なお、慶会が嘉会の意味だとすれば、聖主と賢臣が巡り会う得難い機会のことである。（六）馮衍が光武帝の時代にいきあって外戚との親交があつかったことをさすのだろう。ただし、彼は光武帝に重用されなかった。外戚と結んで政治を乱した彼も、やはり「当門之弊」を招いたといえる。

　沈約は『宋書』隠逸伝序で、袁淑の「真隠伝」は「荷蓧之隠」を目指した人を収めているに過ぎないと結論づけている。沈約はそういった人物を敬慕した袁淑自身をも「荷蓧之隠」の部類だと考えたであろう。袁淑は劉義康側の勢力に引き込まれそうになった時に「種蘭」詩を作り、そこで「蘭を種うるに門に当たるを忌む」と言い「門は蘭を植うる所に非ず」と言った。そして健康上の理由をつけて官を免れた。（七）彼はこの詩で自分を蘭に譬えたのだが、沈約は袁淑の矜持を逆手にとって、「こういう人種がことにあたると弊害がある」と言い換えているかのようである。弊害として挙げられている「妨賢」は、李周翰が「賢きを妨ぐる人の路は塵汚」というように［顔延之「応詔讌曲水作」の「三妨儲隷」文選注］、賢ではない人の邪魔によって、賢人が行く手を阻まれてしまうことをいうが、これについても『宋書』に載せる袁淑に関わる次の話が参考になる。

良由内懐耿介、峻節不可軽干。袁淑笑謔之間、而王微弔詞連牘。

（良に内に耿介を懐くに由り、峻節軽んじ干す可からず。袁淑笑謔の間、王微　弔詞牘を連ぬ。）［王微伝］

これは、王微が求職の文章を書いたと言って袁淑がからかったことについて、沈約が「王微の節操は他人が軽々しくおかすべきものではない」と非難しているものである。（八）王微伝には、袁淑を「群賢を塞ぐ人物」であるとする王微自身の書簡も載せている。理想は立派だが内実を伴わないままそれを押し通そうとして賢人を侮蔑する袁淑のような人物に政治を任していたら大変なことになる。「挹洪図而軽天下（洪図に挹れども天下を軽んず）」［『宋書』巻七十　袁淑伝論］というのが、観念に囚われている者に特有な態度である。小手先の論理の整合性を主張することに夢中になって、肝心の人間の世界の生命力を否定してゆくことになる。彼は、自分の正義（「荷蓧之隠」的発想）の奴隷であるかのように政治を支配しようとし、本当に血の通った政治家の邪魔をしているのである。

沈約は「保身之路、未知攸適。昔之戒子、慎勿為善。（保身の路、未だ適く攸を知らず。昔の子を戒むるや、慎みて善を為す勿かれと。）」［『宋書』巻七十二　文九王伝］と、自分の善が他者の善と同じであると思い込むことには注意深くあれと、殊更に事をなすことを戒め、さらに、左のようにこれみよがしに「隠」を振りかざす態度への嫌悪感を露にする。

莫不激貪厲俗、秉自異之姿、猶負掲日月、鳴建鼓而趨也。

（貪を激し俗を厲せざるは莫く、自ら異の姿を秉り、猶ほ負ひて日月を掲げ、建鼓を鳴らして趨くがごとき也。）

〔『宋書』巻九十三 隠逸伝序〕

彼のこうした「荷蓧之隠」批判が「修竹弾甘蕉文」でも矛盾なく述べられていることが、この段落を注意深く読むことによってわかる。

二、嵇康批判

本文にも登場する嵇康は、沈約の意味での「賢人之隠」とは全く異なった生き方をした人物である。(九) 沈約は、英邁を隠さなかった嵇康を「七賢論」で「自非霓裳羽帯、無用自全（霓裳羽帯に非ざる自りは、自ら全うするに用無し）」と仙人ででもない限り殺されてしまうのは当然だったとし、上智の人として表面上は評価しながら、実際に現在を生きる為の範とするに足りないとの結論を事実上くだしている。そして「修竹弾甘蕉文」でこうした嵇康流の生真面目な考え方のもつ危険性を示す。

もともとは薬草だったはずの甘蕉が、「寂寞」〔「与山巨源絶交書」〕という「荷蓧之隠」的在り方を慕った結果、鼻持ちならない臭いを発するようになって迷惑をかける。周囲の者はとうとう我慢できなくなってしまい、かくて甘蕉は本来いた場所から追い出されてしまうことになった。

「修竹弾甘蕉文」を嵇康の「養生論」の内容と比較してみると、もっとわかりやすい。「養生論」にも「修竹弾甘蕉文」にも、作物の植え方の譬えがでてくるが、「養生論」の畑は乾燥しきっていて、嵇康は水のひと撒きの大切さを説く。ところが、「修竹弾甘蕉文」では湿潤この上ない土地に甘蕉が育ち過ぎて弊害を招く。嵇康が「心を安んじて以て身を全うす。愛憎情に棲ましめず…体気和平なり」と精神を平静に保つことによる心身の安全を言えば、「猶ほ謂へらく、愛憎説を異にす。厳網に挂くべき所以なり」と、人間が愛憎に基づいた意見を持つ存在であることをまず認める。まるでその主張とは裏腹に実際には愛憎をもってしまった為に司馬昭に殺されてしまった嵇康のことを言っているかのようである。「萱草の憂ひを忘れしむるは、愚智の共に知る所なり」と嵇康が言えば、沈約は「憂ひを忘れしむるの用、施す莫し」と萱草も服用者の状態如何では効き目がないことをいうし、嵇康が「芬の香たらしめて、延さしむる無からんや」と言えば、沈約は「絶する無きの芳あり、当門の弊斯に在り」と、香りが強すぎて追放されてしまう甘蕉の運命を用意する。「多を以て自ら証し、同を以て自ら慰む。謂へらく、天地の理、此に尽くるのみ」と嵇康が多数意見に対する疑問を投げかければ、実地の検分に赴いて「既に証拠有り、羌《すなは》ち風聞に非ず」と、多数意見を占める風聞が正しかったことを言う。そして、嵇康が誇らかに「先覚を以て将来の覚者に語げん」〔「答向子期難養生論」〕と宣言すれば、「庶はくは彼の将来を懲らさん」とやりかえす。

「修竹弾甘蕉文」では「稽絶倫等」という形で嵇康が出てくる。(一〇)そこで「与山巨源絶交書」を見てみると「吾、頃ろ養生の術を学び…心を寂寞に游ばしむ」と、嵇康が寂寞を慕っていたことがわかる。しかし、寂寞を慕う嵇康の心は「吾困《くる》しみ多し」であった。まさに「修竹弾甘蕉文」の言う「平の声寂寞たるを称し、…忘憂の用施す莫し」と符号する。嵇康は「与山巨源絶交書」においては山濤批判をしたが、その嵇康を沈約は「修竹弾甘蕉文」で事実上批判している。沈約が嵇康的な考え方の道筋を、少なくとも嵇康の隠逸観を否定的に捉えていたことは、嵇康の「高士伝」をみるとより一層はっきりする。荷蓧丈人・巣父・被裘公・漢陰丈人・河上公と、沈約が『宋書』隠逸伝の序で批判していた隠者の殆どが、嵇康の「聖賢高士伝」〔厳可均輯『全三国文』〕にも挙げられている人物なのである。

沈約が嵇康の「高士伝」を、ひいては嵇康の隠者観を批判していたことは疑いない。

三、袁淑・袁粲批判

沈約は『宋書』袁粲伝に、嵆康の「高士伝」に続くと袁粲が自ら況えた作品として「妙徳先生伝」を挙げている。そこで語られる妙徳先生は「楊子の寂寞、厳叟の沈冥と雖も、是に過ぎざる」人物であり、自分一人が志を高くもっているが為に「以て独立し難」き苦しい情況に陥っている。

一方、袁粲の叔父の袁淑にも、敬慕すべき隠者を集めた「真隠伝」がある。ところが沈約は『宋書』隠逸伝において、袁淑の「真隠伝」を名指しで批判している。袁淑が選んだ人物は隠逸として名前が伝わっているのだから、「真を去ること遠し」、つまり沈約の言う「賢人之隠」には遠く及ばない者たちに過ぎない、というのである。

袁淑には他に「鶏九錫文」「驢山公九錫文」「大蘭王九錫文」「常山王九命文」があり、みな擬人化によって滑稽味を出している。松浦崇氏によれば、袁淑の「真隠伝」と「鶏九錫文」をはじめとする「誹諧文」は、方法こそ違うものの、憂国の士によって一貫した価値観のもとに編纂されたものである(一一)。

「修竹弾甘蕉文」では植物が人間のように描かれているが、袁淑の「誹諧文」でも擬人法が用いられている。また袁粲の「妙徳先生伝」もこれから考察していくように、袁粲が妙徳先生すなわち文殊菩薩になりかわって仏典由来のエピソードを紹介した作品であり、この点から考えれば一種の擬人法を用いているといえる(一二)。

このように、袁淑の「誹諧文」・袁粲の「妙徳先生伝」と沈約の「修竹弾甘蕉文」とはともに表現の方法として擬人法を選んだ。しかし結論を先取りしていうなら、出来上がった作品の性質は全く違っていた。袁淑・袁粲が「荷篠之隠」を称揚したのとは対照的に、沈約は「賢人之隠」を称揚したのである。

沈約が『宋書』において「一巻一人」という待遇を与えて伝をたてているのは、謝霊運・袁淑・顔延之・袁粲である(一三)。

このうち、文学者としての謝霊運・顔延之への評価は第Ⅳ部第3章で考察するが、政治家としての袁粲と袁淑への、言葉少なに語るという手法によって表現される裏返した形での強い関心は注目に値する。この二人の生き方を沈約は一応称揚する。しかし、一見そうみせながら実は彼らの生き方に賛成しているわけではない(二四)。袁粲伝で、沈約は政争に敗れて死んだ袁粲に対して「豈に所謂義は生より重からんや」といい、やはり政争に巻き込まれて死んだ袁淑についても「乃ち義は生より重きが若し」と、生が義よりも優先するという観念を信奉して結果として生きることを否定してしまった二人の政治家としての資質に疑問を投げかけている。

義よりも生を重んじる沈約の姿勢は、『宋書』隠逸伝序で「荷蓧之隠」よりも「賢人之隠」を重視していることと通底する。地に足をつけて現実生活を営んでいるように見えるが心は人知れず自由の境地をさまよう、というのが沈約の求める「賢人之隠」だった。先ず生きる、それが大前提なのである。

袁淑も袁粲も「隠」に憧れてそれを喧伝したが、結局彼らが求めたのは「荷蓧之隠」に過ぎなかった。彼らは「隠」を声高に標榜した時点で既に沈約の言う「自晦」から遊離してしまったし、事実「自晦」を心得ていなかった為に、あまりに率直に忠義を叫んで命を落とした。

袁淑や袁粲は確かに、彼ら自身の意識においては政治家として誠実に生き、死んでいったのであろう。「平之声寂寞」たるを称した二人は、萱草をもってしても「憂ひを忘るるの用施す莫」き状態に陥り「誹諧文」や「妙徳先生伝」を書いた。しかし、自分の正しさを声高に主張したことによって「政を敗り」自らも殺戮されてしまう姿は、「無絶之芳」を撒き散らした挙げ句に刈り取られてしまうことになる「修竹弾甘蕉文」の甘蕉に重なりはしないだろうか。

袁淑は「真隠伝」や「誹諧文」を書くことによって何尚之を代表とする似非隠者を非難し、また袁粲も「妙徳先生伝」で志の低い者を非難したのだが、沈約は「修竹弾甘蕉文」において、何尚之的人間を非難する袁淑・袁粲的人間の持つ単純さと、その単純さが政治に齎す混乱までをも見通して彼らを非難しているのである。

おわりに

清末の譚献は「修竹弾甘蕉文」について、「寓意甚だしく顕るるは、権要聞くを楽しまざる所なり。然らば亦望みて世に趨くの士たるを知る。有道者の言に非ず」［李兆洛『駢体文鈔』巻三十一　雑文類注引］と、沈約が権力側の人物であり、「修竹弾甘蕉文」という文章もとても「有道者」が書いたとは思えないとする評価を下している。そのように考えれば、「敗政」の「甘蕉」たるべきは、「権要」に阿って志を捨て去っている沈約の方でこそあるべきである。たしかに、沈約は宋斉梁を通して体制側の人物だったように見えるし、この作品も真摯に生きる人間を無反省に茶化しているように見える。しかし、高官に至った沈約をその部分において断罪する為に「修竹弾甘蕉文」を資料として持ち出すのではなく、『宋書』を編纂して新たなひとつの作品とした沈約に即して読み直していくと、この作品が深い思索に裏付けられたものであることがわかってくる。修竹が弾じているのは、観念の奴隷となって生きることを否定しようとする、そういう態度なのである。沈約が甘蕉によってあらわそうとした類の人物は、自分が正しいということを無邪気に信じて、その正しさを周囲にも強いて結局周囲を巻き込んで死に傾斜してゆくことになる。彼らは政治家でもあるから、結果として大いに社会を混乱させることになる。「修竹弾甘蕉文」を体制側の主張であると簡単に決めつけてそこで断罪してしまったなら、この作品のもつ、政治家的観点を備えた繊細さを見落とすことになる。譚献の見解は、彼自身の価値基準を無自覚に沈約に押しつけている、という点では不当なものだと言えないだろうか。

沈約にとって「隠」とは「賢人之隠」でなければならなかった。仕官しなかった厳君平、司馬昭側へ取り込まれることを拒んで殺された嵆康、忠義の為に死んだ袁淑と袁粲、光武帝に重用されなかった馮衍。そして、似非隠者を弾劾したが自らは要職にあり続けた孔稚珪。(一五)彼らの政治的立場は様々であったが、沈約にとっては「荷篠之隠」を慕う「妨賢敗政」の人として同列の存在だった。沈約は、結局根っこのところで人の評価をあてにする「荷篠之隠」称揚に対抗して「修竹弾甘蕉文」で彼らの態度が決して生きる智として参考に出来ないことを示し、否定的評価を与えられがちな「賢人之隠」を肯定的に捉える態度を表明した。彼は、生きることから逃げない為の政治家の在り方を様々な表現方法を通して示そうとし続けた。その試みが歴史著述の方法を用いた『宋書』であり、論の形式を用いた「七賢論」であり、擬人法を用いた「修竹弾甘蕉文」だったのである。

注

(一)「郊居賦」については、Richard B. Mather: The poet Shen Yüeh(441-513)the reticent marquis, Princeton University Press, 1988 参照。「八詠詩」については、本論第Ⅰ部第3章参照。

(二)このような沈約の隠逸論については、既に神塚淑子「沈約の隠逸思想」(『日本中国学会報』三一、一九七九年一〇月)と安田二郎「南朝貴族制社会の変革と道徳・倫理」(東北大学文学部『研究年報』三四、一九八五年三月。二〇〇三年二月京都大学学術出版会発行の『六朝政治史の研究』に収められた)とがそれぞれ思想・歴史の方面から詳述している。

(三)「御史許風聞論事、相承有此言、而不究所従来。以予考之、蓋自晋宋以下如此。斉沈約為御史中丞、奏弾王源曰、風聞東海王源。蘇冕会要云、故事御史台無受詞訟之例、有詞状在門、御史採状、有可弾者、即略其姓名、皆云風聞訪知」[宋・洪邁『容斎四筆』巻十一 御史風聞]。なお、「風聞」について考察した論に、中村圭爾「『風聞』の世界」(『東洋史研究』六一―一、二〇〇二年六月)がある。

(四)福井佳夫「孔稚珪の『北山移文』について」(中京大学文学部『紀要』二四―三・四、一九八九年三月)。

(五) たとえば沈約の「奏弾王源」の冒頭は「給事黄門侍郎兼御史中丞呉興邑中正臣沈約稽首」であり、「肩書・兼・肩書」という構造が「修竹弾甘蕉文」と同じである。「奏弾秘書郎蕭遙昌」の冒頭は「謹按、兼秘書郎臣蕭遙昌」といきなり「兼」がきているが、この場合も、最初の肩書きを省略したものとして読むのが妥当であろう。肩書きを述べる場合、「兼」の上にある「長」を、「兼」という動詞を修飾するものであると捉えることには無理があると思われる。従って筆者は、より古い状態の「原文」がどうであったかとは別の次元の問題として、『四庫全書』所収の文章が「兼」の前に「渭川」の二文字を入れている解釈を支持する。

(六) 潘岳「西征賦」の「遭千載之嘉会」に、『文選』李善注は『聖主得賢臣頌』に曰く、上下懽然として欣を交ふは、千載に一会のみ」を引く。

(七)『南史』巻二十六 袁湛伝附載袁淑伝。なお、『太平御覧』では、『宋書』からの引用としているが、現行の『宋書』には見えない。

(八) なお、袁淑が王微をからかったことに対して沈約が批判を加える、という構造は、孔稚珪の「北山移文」や、後述の袁淑「真隠伝」と通じるものがある。袁淑が何尚之へのからかいとして編んだのが「真隠伝」であり、沈約は『宋書』隠逸伝でこれを批判している。注(一五)参照。

(九) これについては、第Ⅰ部第1章。

(一〇) 嵆氏の嵆はもともと稽であった「又東逕嵆山北、嵆氏故居。嵆康本姓奚、会稽人也。先人自会稽遷于譙之銍県、改為嵆氏、取稽字之上以為姓、蓋志本也」[『水経注』淮水]。

(一一) 松浦崇「袁淑の『誹諧文』について」(『日本中国学会報』三一、一九七九年一〇月)。

(一二) 第Ⅲ部第1章。

(一三) ここでは、謝晦伝には商玄石伝と延陵蓋伝が附載されており、蔡廓伝には蔡興宗伝が附載されているという中華書局標点本の見解に従う。王鳴盛も『十七史商榷』巻五十九の「沈約重文人」で次のように言っている「一部宋書以一伝独為一巻者、謝霊運之外惟顔延之・袁淑・袁粲而已」。

（一四）沈約の袁粲に対するネガティヴな評価に関しては、注（一二）安田論文において詳しく論証されている。

（一五）孔稚珪は「北山移文」で似非隠者たる周顒を批判していたが、沈約の「奏弾孔稚珪違制啓仮事」を読めば、沈約は孔稚珪を「聞を干めて」隠遁しようとする似非隠者とみなしていたことがわかる。

第3章　政治に対する意欲——挫折の克服と「八詠詩」

はじめに

沈約は、政治的に暗雲立ち込めていた南朝に生を享け、逞しく宋斉梁三代を生き抜いた。特に斉梁交代期にあっては機敏に立ち回り、梁王朝建国の功臣として銅像を建てられる程に成功した一人であった。[一] 最晩年に至って梁の武帝との間に確執が生じたとはいうものの、七十三歳という天寿を全うした彼は「保身の士」[二] として位置づけられるに相応しい人物である。実際の処世術においてそうであっただけでなく、沈約が歴史上の人物として慕っていたのも、山濤・王戎のような人物の生き方であった。[三]

このように見てくると、政治的な成功者たらんとした彼の保身思想は、ある程度実を結んだ、とひとまずは言えそうである。たとえ政治的には無能なのだと見なされていたにしろ、沈約が士大夫世界の中枢に位置していたことは否めない。しかし、御用文学者的に生きたそのことによって沈約個人を不実だと裁断してみても、或いは時代が悪かったのだと庇ってみても、本論が目的とする文学者としての沈約の表現に迫ることにはならない。沈約の表現における本領がどのようなところにあるのか、言葉が彼の人生となまの形でかかわる地点にある時に彼は最も自在に表現しているといえるのかどうか、という視座がある限りにおいて、彼の実人生は本論にとって必要なものとなる。

本章で取り上げる「八詠詩」は、沈約が東陽太守に左遷されていた時の作品である。(四) 本章では、この作品がイメージとして濃厚に持つ『楚辞』的な、『玉台新詠』的な、或いは隠逸に対する憧れといった要素にではなく、彼の実人生に敢えて結びつけて読んでみることを通して、作者である沈約のもつ逞しさを確認し、更にそのような逞しさを「自分の言葉」(典故があること自体は自分の言葉であることとは矛盾しない)を通じて表現している彼の「作品」が、果たして本当に彼の本領を示すものとなり得ているのか否かを、同時代の人々からは絶賛されたこの作品によって確認する。

一、東陽太守への左遷

沈約の東陽太守赴任がいつからいつまでだったのかについては、意見がわかれるところである。今、「八詠詩」を政治との関わりを視野に入れて解読するにあたっては、彼の赴任期間を特定することが不可欠だろう。結論を先に言えば、筆者は沈約の赴任期間を、永明十一年(四九三)九月から、明帝の建武元年(四九四)十月の間と推測している。(五) そのことを以下に証明していく。

この期間の特定をめぐって研究者によって意見が分かれてしまう主たる原因は、沈約自身の言葉と『梁書』の記載が食い違っていることにある。

永明末、出守東陽。

(永明末〈四九三〉、出だされて東陽を守る。)[「与徐勉書」]

隆昌元年（四九四）、除吏部郎。出為寧朔将軍・東陽太守。

（隆昌元年、吏部郎に除せらる。出でて寧朔将軍・東陽太守と為る。）〔『梁書』巻十三 沈約伝〕

吉川忠夫氏は、四九四年四月の竟陵王の死に遭い東陽へ赴任し、十月の明帝即位に伴って建康へ帰ったと見る。

王融の計画に沈約がどこまでかかわっていたかは、謎のヴェールにつつまれている。だが、ごく親しい友人であった王融の謀反と、それにつづく竟陵王の死が、彼を微妙な立場においこんだことは疑いえない。彼の東陽太守転出はそのためであった、と私は考えたい。…明帝が即位し、建武と改元されると、沈約は輔国将軍に進められ、五兵尚書として建康に戻った。〔『六朝精神史研究』、二一四－二一五頁〕（六）

このように考える氏は、沈約の「与徐勉書」の記載が間違っていると見る。

永明末とするのは、むしろ沈約の記憶ちがいではないか。憶測をたくましくすれば、竟陵王のもとでの幸福であった時代と永明の年号とが、彼の頭のなかで分ちがたく結びついており、その幸福な時代が竟陵王の死をもっておわったのを、うっかり永明末と書きあやまったのではないか。〔同右二一八頁〕

確かに、記憶違いというのは誰にでもあることかも知れない。まして、目まぐるしく年号の変わっているこの時期のことを後から思い出したら記憶の混乱も否めないだろう。

鎌田茂雄氏の見解も吉川氏と同じである。

竟陵王の死後、ただちに沈約は東陽太守に転出した。…金華山で隠棲生活をしていた沈約も、明帝が即位すると、ふたたび都へ出て輔国将軍に進み、五兵尚書となり、さらに国子祭酒にかわった。〔『中国仏教史』三、一七八－一七九頁〕（七）

また姚振黎氏は、四九四年一月から七月とする。

鬱林王在位僅六月余、年号隆昌、故沈約除吏部郎出為寧朔将軍・東陽太守、応在隆昌元年正月丁未至七月丙申之間。

（鬱林王は僅か六ヶ月あまりしか在位せず、年号は隆昌だった。だから沈約が吏部郎に除せられ寧朔将軍・東陽太守として出されたのは隆昌元年正月丁未から七月丙申の間でなければならない。）〔『沈約及其学術探究』四二頁〕（八）

これら吉川説・姚説は、いずれにせよ東陽太守在任期間を半年とするのだが、しかし沈約自身の「去東陽与吏民別詩」に見える次の表現と食い違ってしまう。

下車如昨日　車を下りたるは昨日の如くなるに
曳組忽弥朞　組を曳くこと忽ち弥朞《いちねん》なり

沈約は、赴任して来てから丸一年たったと言っているのだ。今から建康へ帰るという時の言葉だから、半年を一年と勘違いしたりはしていないだろう。この詩は第一義的には「吏民」に向かって発せられたものである。「弥朞」を単なる文学上の修辞であると片づけてしまうことは、この場合妥当とは言い切れない。

鈴木虎雄「沈休文年譜」は、赴任期間を一貫して四九三年春から四九四年春とし（九）、永明十一年の条に「八詠詩」などを挙げた上で次のように言う。

右の諸詩は赴任途上、及び任地に到着後の作なり。「八詠」のうち会圃臨春風、晨征聴暁鴻は春時に関す、或は明春の作ならん。

文恵太子の死と沈約が東陽太守に出されたこととの因果関係については、「億測すべき限にあらず」とし、「早発定山詩」を根拠に、沈約の東陽太守赴任を永明十一年暮春とする。更に、明帝の建武元年の条では、「与徐勉書」を信頼して、『梁書』の記載を誤りであると断言する。加えて「去東陽与吏民別詩」の記載から東陽滞在が丁度一年であったとし、隆昌元年春に鬱林王の即位によって建康へ帰ったと結論する。つまり、「沈休文年譜」によれば、沈約は四九三年暮春から四九四年春の間、東陽にいたことになるという。（一〇）なお、政局との関連については、『玉台新詠集』の解説が「沈休文年譜」のそれよりも考察を進めている。

　永明十一年正月に文恵太子が死し、七月武帝死後に帝位継承のごたごたがあつたことから推して、彼は早くも機微のうちに察する所があつて都から危難を避けたのではあるまいかとおもはれるのである。〔同右二八〇頁〕

武帝死後の帝位継承の問題を東陽赴任の原因としている点に関しては、筆者は鈴木氏の考えと同じである。

筆者が沈約の東陽太守在任期間を四九三年九月から四九四年十月としたのは、以下の理由からである。

i　彼が東陽において二回の秋冬を過ごしていること。

復値冬氷合　　復た冬氷の合するに値ひ

…　　…

復値南飛鴻　　復た南飛の鴻に値ふ〔「八詠詩」⑤「夕行聞夜鶴」（一一）〕

ii　沈約の在任が丸一年間だったこと。

下車如昨日　　車を下りたるは昨日の如くなるに

曳組忽弥朞　　組を曳くこと忽ち弥朞なり〔「去東陽与吏民別詩」〕

iii　沈約が「斉武帝謚議」を書いていること。武帝没後の問題に巻き込まれたとするならば、鬱林王側の勢力が本格的に反対分子を除いたことを、即位後、しかも改元前とみるのが自然ではなかろうか。鬱林王が四九三年の七月に即位しながら、年が明けるまで改元しなかったことから、鬱林王側の勢力は「鬱林王の年号」をクリーンなイメージにしようとしていたと考えられる。鬱林王側としては、即位によって反対派勢力の根絶を実行するための大義名分を手にした。しかし、武帝の喪が明けるまでは体裁を考えておとなしく過ごし、喪が明けるや行動に出たのである。そして、「武帝の年号」を使っている間にきな臭いことをやってしまおうとしたのではないか。そうだとするならば、沈約は四九三年九月に諡議を書いてから左遷されたとみるべきである。

iv　明帝即位後に建康へ戻っていること。

明帝即位、進号輔国将軍、徴為五兵尚書、遷国子祭酒。

（明帝即位するや、輔国将軍に進号せられ、徴せられて五兵尚書と為り、国子祭酒に遷せらる。）〔『梁書』巻十三　沈約伝〕

v　永明末に東陽太守に出たが、明帝の世になって建康へ戻ったという沈約自身の記述があること。

永明末、出守東陽、意在止足。而建武肇運、人世謬加、一去不返。行之未易。

（永明末、出でて東陽を守り、意は止足に在り。而れども建武の肇運、人世謬加し、一たび去りて返らず。之を行ふこと未だ易からず。）〔「与徐勉書」〕

これらのことを考え合わせると、沈約の東陽太守在任期間は、前述のように必然的に決まってくるのである。こう考えた時に問題となりそうなのが「早発定山詩」〔『文選』巻二十七〕だ。李善は「梁書曰、約為東陽太守、然定山東陽道之所経也（梁書に曰く、約　東陽太守たり、然らば定山は東陽道を之れ経る所なり）」という。もし「早発定山詩」が沈約の赴任途上の作だとすると、彼の出発は春でなくてはならない。しかし、これはあくまでも李善の推測の域を出ないと思われる。なぜなら、沈約は東陽にいる間、ただおとなしくじっとしていたわけではないからである。彼は、例えば金華山や赤松澗へも赴いている（二二）。東陽は会稽の西にあり定山は浙江の中洲にあるから（二三）、東陽勤務の彼が浙江の中洲にある定山を訪なったのが赴任後であっても、別におかしくないのではなかろうか。「早発定山詩」を赴任途上の作と決めつけなくてもいいのである。こういうことであれば、沈約の東陽への出発を春としなくてもいいことになる。

それに、四九三年九月というのは、微妙な時期である。斉の武帝は没してしまったが、まだ永明という年号を使っている。しかも、武帝没後すぐに即位した皇帝は翌年から隆昌という年号を使った鬱林王だ。こう考えるならば、「与徐勉書」の「永明末」という記載も間違っていないことになるし、『梁書』が隆昌元年とするのも頷ける。

以上の考察により、筆者は沈約の東陽太守在任期間を特定したのである。

二、「八詠詩」の二面性

（1）隠逸思想の投影

「八詠詩」は沈約が東陽に赴任している間、建武元年（四九四）十月に彼が建康へ帰還するまでの間に作られ、沈約が建てた玄暢楼に題された。(一四) 最初玄暢楼と名付けられたこの建物は、名作「八詠詩」に因んで、趙宋以降、八詠楼と呼ばれるようになった(一五)という。

「八詠詩」八首は、それぞれが四十句から五十句にいたる長編に属する雑言詩である。この長編の作品全体を包括するモチーフは、八首それぞれの題名を概観することで掴める。

①登台望秋月　　台に登りて秋月を望み

②会圃臨春風　圃に会して春風を臨む
③歳暮愍衰草　歳暮れて衰草を愍み
④霜来悲落桐　霜来たりて落桐を悲しむ
⑤夕行聞夜鶴　夕に行きて夜鶴を聞き
⑥晨征聴曉鴻　晨に征きて曉鴻を聴く
⑦解佩去朝市　佩を解きて朝市を去り
⑧被褐守山東　褐を被て山東を守る

題名をつなげることによって、五言詩が出来上がることについては、既に趙翼も指摘している。(一六) この五言詩が隠逸への憧れを述べたものであることに異を唱える人はあるまい。とすれば、「八詠詩」の個々の作品を隠逸のイメージが支配していることは確実であろう。沈約自身の「永明末、出でて東陽を守り、意は止足に在り。」(「与徐勉書」)という言葉もそれを裏付けているように思える。

しかし、隠逸という言葉だけで「八詠詩」という作品を捉えてしまっていいのだろうか。それを考える為には、ひとまず「隠逸」という要素をできるだけ排除して「八詠詩」を読み解いてみる作業を経ることが必要である。作品全体を包む表層のイメージだけで理解することは作品の享受の仕方としては認められるとしても、それだけで終わってしまう読み方が沈約の表現を深いところで捉えるのに役立つとは思えないからである。

(2) 権力闘争との関わりの投影

「八詠詩」の内容を具体的にみてゆき、この作品が読者に与える印象が果たして表層的なものにしか過ぎないのかどうかを推測する足がかりとしよう。

①と②は徐陵が『玉台新詠』に採録していて、(一七) 女性美や女性の悲しみが歌い込まれている非常に美しい詩である。

①「登台望秋月」では、秋月の光が織り成す幻想的な美の世界を描き、男性と離ればなれになってしまった女性の悲しみを言う。そして、末尾の二句では想う女性のいないこの山東の地に徒に長逗留している自分を嘆いている。

41余亦何為者　　余も亦何為る者ぞ
42淹留此山東　　淹留す此の山東に

(私は一体何の為に、いまだにこの地にぐずぐずと留まっているのだろうか。)

②「会圃臨春風」では、春風から歌い起こして女性美を描き、やはり離ればなれの悲しみを歌う。そして、想う人がここにいないから気持のよい春風も味気ないものになってしまう、と結ぶ。

49佳人不在茲　　佳人茲に在らず
50春風為誰惜　　春風誰が為にか惜しまん

(あのすばらしい方は今ここにいらっしゃらない。それだのに気持ちのいい春風が吹いたとて一体なにになるというのか。)

①と②の内容はまことに『玉台新詠』にふさわしい。しかし、すぐに連想されるように、「淹留」、「佳人」など、使われている言葉は『楚辞』にみえるものである。

時亹亹而過中兮、蹇淹留而無成。
(時は亹亹《びび》として中を過ぎ、蹇《ああ》淹留して成る無し。)[九弁]
惟佳人之永都兮、更統世而自貺。

（惟れ佳人の永く都なる、統世を更て自ら貺《たま》ふ。）〔九章「非回風」〕

「蹇淹留而無成」に李善は「雖久寿考、無成功也（久しく寿考なりと雖も、功を成す無し）」と注し、「惟佳人之永都兮、更統世而自貺」を王逸は「言己念懐王長居郢都、世統其位、父子相挙、今不任賢、亦将危殆也（言は己 懐王を念ひて長く郢都に居る、世よ其の位を統ぐに、父子相ひ挙ぐるに、今賢を任ぜず、亦将に危殆ならんとす）」と解釈している。このように、「淹留」は、時ばかりが過ぎ去ってゆくのに活躍できない自分という文脈で用いられ、「佳人」は政局の危機を案じるという文脈で用いられている言葉であり、ともに政治に対する強い関心を示すものである。詩の結びにこれらの言葉が使われていることから、『玉台新詠』にもともと採録されていた①②も、内容的に『玉台新詠』にはふさわしくないとして採録されていなかったと思われる③以下と、作品の主眼が政治に対する関心という要素を詠み込むことにあるという点で実は通じ合うものであることになる。

この推測を裏付けてくれるのが、③と④である。③「歳暮愍衰草」は、「衰草」から歌い起こして古きよき時代を懐かしむ。そして最後は都建康への帰還を願って締めくくられている。

45願逐晨征鳥　　願はくは晨の征鳥を逐ひて
46薄暮共西帰　　薄暮共に西に帰らん

（できることならば晨の空にゆくあの鳥を追って、薄暮には一緒に西の方あの地に戻りたい。）

鈴木虎雄氏は「西帰」について「これは女から言うたとおもはれる、東陽（即ち今の浙江省金華府）は都から西南にあたつてゐる」〔『玉台新詠集』下　二六九頁〕と説明している。しかし、譚其驤主編『中国歴史地図集』（一八）によれば、東陽は都から東南に位置する。これに従えば、「西」とは、東陽からみた都の方向ととれるのではないだろうか。そう見ると、この部分における主格は沈約自身となり、西イコール建康へ帰りたいのは彼となる。（一九）

では、その彼が一緒に建康へ行きたがっている人物は誰だろうか。「晨の征鳥を逐ひて」、寒くなると北から南へ渡鳥を追ってこの東陽に来て欲しい、来てくれたならばすぐにでも――その日の暮れ方にでも――一緒に建康へ行きたい、と願う人物とは誰だろうか。思いを寄せる女性だろうか。勿論そうともとれる。しかし、筆者はこの詩にあってはそれは竟陵王であるのだととりたい。竟陵王は西邸での集まりの盟主であり、永明十一年（四九三）に武帝が危篤になった時に、次の皇帝の候補としてかつぎ出された人である。[二〇]王融首謀のこの計画は失敗に終わったが、沈約の頭の中にはまだ竟陵王推戴の希望が残っていたのではなかろうか。今度こそ竟陵王を皇帝にしたい、そう思ったのではなかろうか。竟陵王は、吏事を重んじた斉の武帝とは違う。沈約の文学仲間で彼のよき理解者だったのが竟陵王である。その竟陵王が皇帝になれば、という夢が沈約の脳裏にあったとは考えられないだろうか。

鬱林王の即位に伴って、武帝の他の子たちは父の陵に留まることすら禁止され、[二一]事実上鬱林王側の勢力の監視下に置かれることになった。敵の目の光る都又は南徐州にいる竟陵王をこの東陽の地に呼び寄せ、万全を期して建康入場を謀りたい――そう夢想したのではなかろうか。

右の願いは、④「霜来悲落桐」に至って更にはっきりしてくる。ここでは自分を桐に、君を太陽にたとえて、とても貧弱な自分だが、琴に仕立ててくれれば立派に役に立とう、と自分の意気込みを伝える。

27自惟良菲薄　　自ら惟ふに良に菲薄なれば
28君恩徒照灼　　君恩徒らに照灼するのみ
29顧已非嘉樹　　顧みるに已に嘉樹に非ず
30空用憑阿閣　　空しく用って阿閣に憑る
31願作清廟琴　　願はくは清廟の琴と作せ

32為舞双玄鶴　為に舞はしめん双玄鶴

（思えば思うほど私は浅学非才で、あなたの御恩に満足に答えることもできません。何もせずに建物に寄り添っているだけの役立たずの樹の様になってしまったようです。どうか、私であなたの清らかな廟で奏でる為の琴を作って下さい。そうしたら、私は心を込めて双玄鶴のメロディーを紡ぎ出しましょう。）

さらに、自分は卑賤のものだが、清らかな音を提供しよう、という。ここには、彼が寒門の――武門の出という事実と、声律に対して一家言もっているという自負とが巧みに歌い込まれている。

35勿言草木賤　言ふ勿かれ草木賤しく
36徒照君末光　徒に君が末光に照らさると
37末光不徒照　末光徒には照らされず
38為君含噭咷　君が為に含まん噭咷を

（どうかお思いにならないで下さい、私があなたの元にいたとしても、きっとあなたの御恩をただ無駄に消費するだけだろうなどとは。私は何があってもあなたの御恩に報いたい、あなたの為に高らかにうたって差し上げたい。）

そして、④は、取るに足りない自分ではあるが、もし春がやって来たら体一杯に芽吹いて清らかな流れに爽やかな緑のかげを投げかけよう、と結ばれる。

41厚徳非可任　厚徳任ふ可きに非ざるも
42敢不虚其心　敢へて其の心を虚にせざらんや
43若逢陽春至　若し陽春の至るに逢はば

44吐緑照清潯　緑を吐きて清潯を照らさん

（私の能力では到底あなたの果てしない徳に報いきることはできませんが、でもだからといって最初からすべてを諦めたりすることはできません。もしも時さえ満ちれば、春の陽光さえ差してくれたら、新緑が流れに映えるようにあなたのお心を照らして差し上げますものを。）

まるで、チャンスさえあれば――あなたが皇帝になって私に高い地位を約束してくれたなら、才能を存分に生かしてあなたの周りに爽やかな息吹を提供しよう、と宣言しているようではないか。③・④を見てくると、君主にあたる人が現皇帝の鬱林王ではなく、竟陵王である可能性の高いことがわかる。

これは、⑤・⑥の調子が④までと違ってくることによっても裏付けられる。

05伊吾人之菲薄　伊れ吾人の菲薄なる

06無賦命之天爵　賦命の天爵無し

07抱跼促之長懐　跼促たる長懐を抱き

08随春冬而哀楽　春冬に随ひて哀楽す

（私の力が足りないばかりに、天も私に味方してくれません。むすぼれた心で、季節の移り変わりにいちいち喜んだり悲しんだりしてきました。）

自分にはそんな運命は約束されていないのに浅薄にも希望を抱いて、局面の変わる度に一喜一憂してきた。そんな自分は、連れ合いをなくしてしまった鳥達に激しく共感する。

09愍海上之驚鳧　海上の驚鳧を愍み

10傷雲間之離鶴　雲間の離鶴を傷む

（広い海原を、大空を、たった一羽で飛ぶ鳥たちよ、かわいそうに。）

次の一句は、竟陵王の西邸で過ごした楽しい日々を言うのであろう。

11離鶴昔未離　　離鶴昔未だ離れず

（昔はあの鶴だってひとりじゃなかった。）

ところが、充足した日々は終わりを告げる。

13忽値疾風起　　忽ち疾風の起こるに値ひ

14暫下昆明池　　暫く昆明池に下る

（ふいに突風が巻き起こり、雌伏を余儀なくされてしまった。）

「疾風」とは、永明十一年（四九三）の一月に文恵太子が没し、四月に皇太孫（つまり鬱林王）が立てられたことを指すと思われる。そこで地下に潜伏して竟陵王推戴の計画を練るのだ[二二]。

15復値冬氷合　　復た冬氷の合するに値ふ

（また氷の張る季節がやってきた。）

ところが、再び思いもかけないことが起こった。竟陵王の死である。三十五歳という若さといい、竟陵王の死を鬱林王が喜んだ[二三]こといい、ただの病死ではなかろう[二四]。ともかく、沈約にとっては頼みの綱がなくなってしまったのである。最早東陽での逗留は八方ふさがりの状態となってしまった。

17欲留不可住　　留まらんと欲して住む可からず

18欲去飛已疲　　去らんと欲して飛ぶこと已に疲る

（留まろうとしても叶わず、さりとて進もうにも、もうどうしようもなく疲れてしまった。）

沈約が片割れを失った鳥に同情を寄せたのは、他でもなく自分自身の経験が重なったからなのだ。

33既不経離別　　既に離別を経ずんば
34安知慕侶心　　安んぞ知らん慕侶の心を
（別れてみて初めて、片割れを失うことの寄る辺なさが身にしみてわかるのだ。）

万全を期して建康へ戻るという希望が潰えた今、都へ戻るなどという考えは、しばらくおいておくほかなかろう。しばらくは仙人のことでも考えておとなしくしているしかないのである。

37且養凌雲翅　　且く凌雲の翅を養ひ
38俛仰弄清音　　俛仰して清音を弄せん
39所望浮丘子　　望む所は浮丘子
40旦夕来見尋　　旦夕来たりて尋ねられんことを
（しばらくゆっくりと自然の中に遊び英気を蓄え、後々の飛翔に備えることとしよう。そうだ、あの浮丘子がたずねてくるかもしれない、そんな生活をしよう。）

右に見た⑤「夕行聞夜鶴」が半ば諦めの境地を詠んだものだったのに対して、⑥「晨征聴暁鴻」では大分立ち直っている。

05恍春帰之未幾　　春帰の未だ幾くもあらざるを恍《いた》み
06驚此歳之云半　　此の歳の云《ここ》に半ばなるに驚く
（ついこの間春だと思っていたら、もう秋になってしまったとは。）

まずは、日月の早さをうたう。第五句は、①から④で繰り返し願っていた春帰――しかるべき君主を推戴しての建康への帰還——の情を思い出している。あれはつい昨日のことのようなのに、ふと気づくともう秋になっている。まるで強風や吹雪のように災難がふりかかった。

13集勁風於弱躯　勁風を弱躯に集め
14負重雪於軽輸　重雪を軽輸に負ふ

(この弱い体を、風も雪も容赦なく痛めつけてゆくのだ。)

政局は不安定で混迷している。

21楚山高兮杳難度　楚山高く杳として度し難し
22越水深兮不可測　越水深くして測る可からず

(楚の山は高すぎて、越の水は深すぎて、到底はかり知ることなどできない。)

だが、自分はまだ諦めてはいない。すばらしい君主に対する憧れは潰えてはいないのだ。

23美明月之馳光　明月の光を馳するを美とし
24顧征禽之騁翼　征禽の翼を騁するを顧みる

(私にはまだ感受性が残っている。明月の光を美しいと思えるし、禽の力強い羽ばたきに憧れることもできる。)

まだ、希望はある。

26知吾行之未極　吾が行の未だ極まらざるを知る

(私の行く先はまだ完全に閉ざされてはいないことが、自分自身に対して確認できた。)

私の今の生活は体裁はそれなりにいいかも知れない。しかし、よくよく考えてみれば本来の希望とはかなり懸け離れている。

37攬袛形雖是　　袛を攬《と》るに形是なりと雖も
38撫臆事多違　　臆を撫すれば事多く違ふ

（外面はそれなりにととのっているように見えても、本当のところ満足などしていない。）

官職は簡単に解かれ易く、伝説上の官職である白雲は手の届かないものであるが、私は官職というものが欲しいのだ。

39青緺雖長復易解　　青緺長しと雖も復た解け易し
40白雲誠遠詎難依　　白雲誠に遠きも詎ぞ依り難からん

（官職は解かれやすく手に入れがたいとはいっても、だからといって全く望みがないわけではない。）

このようにうたう沈約は、⑦・⑧で転機を迎える。⑦「解佩去朝市」は、時間を溯って東陽に赴任して来た時のことから歌いおこす。あの時は川から都を振り返ってよき時代の追憶に耽ったものだ、と当時の胸のうちを思い出す。そして、筆が進むにつれてしだいに現在の自分の思いが重なってゆく。

05逢天地之降祥　　天地の祥を降すに逢ひ
06値日月之重光　　日月の重光に値ふ
07伊当仁之菲薄　　伊れ当仁の菲薄なる
08非余情之信芳　　余が情の信に芳しきに非ず

（はからずも時の巡り合わせが私に味方し、私は素晴らしい方々に接する機会を得た。とはいえ、これは何も私が偉いからではなくて、真実あの方々の御威光によるものである。）

別に私に徳があったわけではないが、運のいいことに素晴らしい御二方に出会うことができた。なお、「日月」について鈴木虎雄氏は「斉の高祖とその次の武帝とを日と月とにたとへた」(二五)とするが、より直接的には、文恵太子と竟陵王を指すのであろう。何故なら、沈約の人生で大きな支えとなっていたのは、事実上この二人だったからである。彼が最初は文恵太子を、文恵太子亡き後は竟陵王を、未来の皇帝として見ていたという推測は不自然なものではないと思う。

21天道有盈欠　　天道盈欠有り
22寒暑遞炎涼　　寒暑遞《たがひ》に炎涼
23一朝売玉椀　　一朝玉椀を売る
24眷眷惜余香　　眷眷余香を惜しむ

（ところが、巡り合わせには波があるもので、いい時もあれば悪い時もある。あの方々がいらっしゃらなくなった今は、ただその素晴らしさを思い出し懐かしむしかない。）

折角の素晴らしい出会いにも拘わらず、運命には曲折があるものだ。たちまち彼らは亡くなってしまい、私はただ昔を懐かしむだけの身となってしまった。

しかし、人生も暮れ方になって、私のもとに再び幸運が舞い込んできた。

29薄暮余多幸　　薄暮余多幸
30嘉運重来昌　　嘉運重来昌んなり

（しかし、私の命運は尽きた訳ではなかった。またもや幸運がやってきたのだ。）

これは、明帝の時代がやってきたことを喜ぶのだろう。

31忝稽郡之南尉　　稽郡の南尉を忝くし
32典千里之光貴　　千里の光貴なるを典どる

33別北芒於濁河　北芒に濁河に別れ
34恋横橋於清渭　横橋を清渭に恋ふ
35望前軒之早桐　前軒の早桐を望み
36対南階之初卉　南階の初卉に対す

（私はこの地にやってきて、素晴らしい毎日を送ることができた。だけれどもやっぱり都が恋しくて、新しく芽吹いた木々の緑に自分の思いを託してしまうのだ。）

この東陽の地で禄を食んできたが、もう亡くなった人のことでくよくよするのはやめよう。新しく芽吹いた可能性にかけようではないか。古きよき時代を参考にして、こう思うのだ。幸運はいつ消えてしまうか分からない。さあ、帰ろう。

39眷昔日兮懐哉　昔日を眷《かへり》みて懐ふかな
40日将暮兮帰去来　日将に暮れんとす帰り去らん来《いざ》

（昔を思い出すにつけて思うのだ。早くしなければ、早く帰らなければ、と。）

この最後の言葉は、言うまでもなく陶淵明の「帰去来兮辞」を踏まえている。自分の決断によるというより、むしろ外部の事情によって思いが遂げられた、という点で陶淵明と沈約は共通している。しかし、沈約の思いは、「帰去来兮辞」の陶淵明とは全く逆の方向のものである。陶淵明は官吏たることに嫌気がさして田園に帰ろうと宣言したが、沈約は中央での官吏生活に向けて出発しようとしているのだ。

そしてこの決心は、⑧「被褐守山東」の余裕ある表現によって裏付けられる。まず、東陽の自然が描写され、自然の景色の厳しい美しさがのべられる。次に、西邸での遊びなどの素晴らしい思い出を捨て、東陽に来ることになってしまったことが描写される。

23余捨平生之所愛　余平生の愛する所を捨て

24欻暮年而此逢　欻《たちま》ち暮年にして此に逢へり

（愛すべき思い出を捨ててこの地にやってきて、あっという間に時間が過ぎてしまった。）

こんなところとは早くおさらばしたいと願ったが、田舎の暮らしをせざるを得なかった。ところが幸運にも明帝が即位されて、政治が立て直され、その徳化がこの地まで及んで来た。

29幸帝徳之方升　幸ひに帝徳の方に升る

30値天網之未毀　天網の未だ毀たれざるに値ふ

（なんと素晴らしいことに素晴らしい皇帝があらわれて、私は捨て置かれることを免れようとしている。）

もう心配することは何もないのだから、安心して任期切れを迎えられる。しばらくのあいだ仙薬でも飲んでのんびり過ごそう。

39秩満撫白雲　秩満たば白雲を撫し

40淹留事芝髄　淹留芝髄を事とせん

（この地での任務は終わったけれど、いましばらく仙人のような生活を楽しもう。）

ここでの沈約の隠遁宣言は、言葉どおりには受け取れない。何故なら彼は明帝が即位すると輔国将軍に進められ、五兵尚書として建康に戻ることになるからだ。そして都城内にある国子学の長官である国子祭酒にうつっている。沈約は⑧を制作した時には、既に都へ帰れることを予測していたのではなかろうか。文恵太子も竟陵王も失ってしまった今の彼にとって、皇帝の交代による建康帰還は、再び中央で文壇をリードするチャンスである。しかも、招聘を断るようなことをしたら、痛くもない腹を探られることになり、余計に危険かも知れない。東陽に残る理由は何もないのである。しかし、帰るにあたってそれをあからさまに喜んでみせるわけにもいかない。隠逸への憧憬を前面に押し出した詩で「八詠詩」を締めくくろう。

以上、一篇のまとまった作品として読むことを通して、「八詠詩」には、現実の政治社会を生き抜こうとする沈約の主張が表現されていることを確認してきた。しかし、だからといって「八詠詩」の①②から『玉台新詠』的に解釈する読み方を排除すべきだ、などと考えているわけではない。沈約の言葉は表層的な理解を決して拒否しないものであり、様々な深度によって理解していくことができる。

沈侯文章、用事不使人覚、胸臆語也。深以此服之。

（沈侯の文章、用事人をして覚らしめず、胸臆の語なり。深く此れを以て之に服す。）〔『顔氏家訓』巻四〕

読者に出典があることを気づかせない程に自然に故事を作品に取り入れる才能が沈約にはあったと、顔之推は敬服している。顔之推は、「用事不使人覚」であるから沈約の詩文作品が「胸臆語」たりえているのだと直結して考えており、この点で「胸臆」の言葉を必ずしも「用事」の洗練においてのみ認めるわけではない筆者とは考え方を異にするが、それはともかくとして、沈約の詩文作品が何も考えずに読んでも楽しめるし、注意深く読むと隠された主張がきちんとあると考える点では、顔之推と筆者の見解は一致している。沈約は、自分の主張を言葉に定着させる為の確かな技術を身につけていたのである。そしてそのような手続きを閑却しない誠実な表現者にとって、生のままの心をストレートに叫んでみたり、他人の不幸に対してかわりに叫んでみたりすることなど最も避けるべき醜態の筈である。

自嵇阮之外、山向五人、止是風流器度、不為世匠所駭。且人本含情、情性宜有所託。慰悦当年、蕭散懐抱、非五人之与、其誰与哉。

（嵆阮よりの外、山向五人、止だ是れ風流器度なれば、世匠の駭する所と為らず。且つ人 本より情を含み、情性 宜しく託する所有るべし。当年を慰悦し、懐抱を蕭散するは、五人の与に非ざれば、其れ誰にか与せん。）

［「七賢論」］

これを意訳すると、次のようになる。

「嵆阮以外の五人はただ楽しみの為に酒を飲んでいたので、嵆阮を絶対化する人々から称賛されることがなかった。そのうえ人間には情念というものがあって、その情念はとかく自分を何か崇高な観念に重ね合わせようとするものだ。しかし、今この時を生き心のびやかに暮らす為であれば、この五人のようなあり方以外にどのようなあり方があるというのだろうか。（二六）」

沈約は、嵆阮の方法を他の五人が正当に受け継いだわけではないと明言し、その上で、この五人の方に自分を属さしめている。嵆阮の運命を自分の運命とすることができるなどというような安易な考え方は、沈約にはない。沈約にとって亜流とは、嵆阮と酒を共にした五人のようなあり方ではなかった。あたかも嵆阮の生を自分もまた苦しんでいるとでも言いたげな、生活を楽しむこととは無縁な人々こそが、亜流と称するにふさわしいと考えたのである。嵆阮を決して真正面からは否定せずに、しかし亜流を生みやすい嵆阮のようなあり方を沈約は事実上の目標とはしない。そうではなくて、可能性がある限り、まず生きることを考え、生きることがかなったならばより楽しく生きることを考えるという沈約の一貫した姿勢は、彼の実人生にあっては、宋斉革命を乗り越え、斉代の政情不安をなんとか乗り越え、そして斉梁革命を軽々と乗り越える方向に作用したのである。

おわりに

本章では、沈約の代表的作品であり、沈約の当時にあって絶賛された「八詠詩」を取り上げ、表面的なイメージの底に確かに沈約の主張が聞き取れることを確認した。

本心を隠すことをよしとして政治社会でとりあえず成功を収めた沈約の生き方は、政争に敗れて甘んじて殺されていった宋代の袁粲とは対照的である。[二七] 安田氏も指摘しているように、沈約の当時にあっては一般に袁粲のような英雄的な死に方が称揚され、蕭道成側に取り込まれていた褚淵のような人物は人気がなかった。しかし、沈約にとって与すべきは、やはり褚淵のような生き方であった。本論第II部以降で詳しく論じていくが、『宋書』において沈約のこの判断とその根拠は十分に表現されている。今要点だけを述べれば、「忠貞の臣」たる袁粲のような生き方を、沈約は否定という方法によってではなく逸脱の一切ない無味乾燥な、言葉だけを取り出せば袁粲を肯定しているかのような記述によって描いた。その結果、「忠貞の臣」として華々しく死んでいった英雄的人物である筈の袁粲であるのに、『宋書』ではその英雄性が剥奪されている。『宋書』でそのような見解を示していた沈約は、本章でみてきたように、自らは「機変の臣」として生きる道を選んだ。[二八] この点において、『宋書』の記述と、沈約の実際の生と、「八詠詩」という作品とは一貫しているといえる。そしてその一貫した姿勢は、後に梁の武帝のもとで建国の功臣となる道へと繋がってゆくのである。

「八詠詩」には、彼が実際の生き方において斉代の挫折を乗り越えたということが詠み込まれている。そしてその主張を取り出すことによって、「八詠詩」という作品は、主張を読み込まない場合よりも深く理解できる。しかしながら、このことは同時に、「八詠詩」がそのような具体的事実を読み取ることを読者に許す性質を帯びていることを示す。これは、表現が作者の生から自立しきれていないことを示すのではないだろうか。沈約は『宋書』で謝霊運の作品を彼の生と関わらせながら引くが、そうであるにもかかわらず、謝霊運「山居賦」は謝霊運の具体的な生からは自立していることを『宋書』は示唆している。沈約が『宋書』において示した見識は、残念ながら「八詠詩」では生かされきれていないと筆者は考える。

注

（一）「有梁武帝及名臣沈約・范雲・周嗣已下三公数十人銅像。初梁武帝登極、乃立私宅為寺、寺内有此像」〔『建康実録』巻十七 天監六年の条に引く「東都記」〕。

（二）網祐次『中国中世文学研究』〔新樹社、一九六〇年六月、六三頁〕。

（三）第Ⅰ部第1章。

（四）そもそも東陽へ赴任したことを左遷ととる考え方に関して越智重明氏は疑問を提出し、その理由の一つとして、政治的に無能な彼が政争に巻き込まれる筈がないことを挙げている（『魏晋南朝の人と社会』研文出版、一九八五年十月、二五七頁以下）。しかし、彼が後に梁王朝建国の功臣とされるようになったことに端的に表れているように、政治的に無能であったかどうかということと、政争に巻き込まれないこととは別問題である。それに、何より「八詠詩」には官界で取り残されることに対する焦りがうたい込まれている。沈約には政治に対する野望があったと考える方が自然であろう。

（五）関連部分の略年表を以下に示す。罫線は、本章で引用した文献をもとに制作時期についての諸説を筆者がまとめたものである。

（鈴＝鈴木虎雄氏の説　姚＝姚振黎氏の説　鎌＝鎌田茂雄氏・吉川忠夫氏・神塚淑子氏の説　稀＝筆者の説）

四九三　一　永明十一　（武帝）　文恵太子没
　　　　四　皇太孫（鬱林王）を立てる　「鈴
　　　　七　武帝没　→

			鬱林王	鬱林王即位				
	九			沈約「斉武帝諡議」	←			「稀
四九四	一	隆昌　元		改元	鈴」	「姚		→
	四			竟陵王没		↔	「鎌	..
	七			鬱林王没		姚」	→	..
		延興　元	海陵王	海陵王即位、改元			..	..
	十			海陵王廃される			←	←
		建武　元	明帝	明帝即位、改元			鎌」	稀」

（六）同朋舎、一九八四年二月。

（七）東京大学出版会、一九八四年一一月。神塚淑子氏も全く同じ意見である。「沈約の隠逸思想」［『日本中国学会報』三一、一九七九年一〇月］参照。

（八）文史哲出版社、一九八九年三月。ただし、鬱林王は武帝が七月に亡くなると同時に即位している。隆昌という年号は四九四年四月からだが、鬱林王在位は四九三年七月から四九四年七月である。

（九）狩野教授還暦記念『支那学論叢』所収、弘文堂、一九二八年二月。

（一〇）鈴木氏はほかに『玉台新詠集』の解説でも、同じ結論を導き、「永明十一年の春に東陽に赴任して翌隆昌元年春まで居たのである」（下、一九九頁）という。

（一一）以下、「八詠詩」の文字の異同については注記を含め原則として逯欽立輯校『先秦漢魏晋南北朝詩』に従い、適宜諸本を参照した。

(一二) 沈約の東陽赴任に随行した慧約について「常て金華山に入りて桔を採り、或ひは赤松澗に停り遊止」〔道宣撰『続高僧伝』巻六、大正蔵五〇所収、四六九頁〕していたという記述も同様であるが、沈約が「遊金華山詩」や「赤松澗詩」を書いたのを東陽赴任途上と限る必要はないと思われる。

(一三) 「東陽実会稽西部是」〔劉峻「東陽金華山栖志」〕、「銭塘西南五十里有定山…横出江中」〔謝霊運「富春渚」の『文選』李善注に引く「呉郡緑海四県記」〕。

(一四) 玄暢楼という名前の由来は、或いは玄暢という人物に関連があるのかも知れない。

(一五) 「南斉東陽太守建玄暢楼。賦詩八章。時号絶唱。宋更名八詠楼。作祠楼東号沈隠侯祠」〔『明一統志』巻四十二〕。

(一六) 「已全是五律」〔『陔余叢考』巻二十三〕。

(一七) 残りの六首について、呉兆宜は『玉台新詠箋注』巻九で「宋刻原注、八詠、孝穆止収前二首。此皆後人附録、故在巻末」と注している。

(一八) 第四冊、南朝斉の項〔地図出版社、一九八二年一〇月〕。

(一九) 深読みをするならば、竟陵王の西邸との関連も考えられる。また、西王母や浄土への連想から、「西」は肯定的イメージを与えられ得るだろう。

(二〇) 『南史』巻二十一 王融伝。

(二一) 「成服後、諸王皆出、子良乞停至山陵、不許」〔『南斉書』巻四十 武十七王伝〕。

(二二) 昆明池は、漢の武帝が自分の行く先を妨げる敵に対抗する為に水戦訓練用に穿った池である〔『漢書』巻六〕。

(二三) 『南斉書』巻四十 武十七王伝。

(二四) 『南史』〔巻四十四 斉武帝諸子伝・竟陵文宣王子良〕に、「道路籍籍、又云竟陵不永天年」と、竟陵王が天寿を全うしなかったという風評がたったことを記している。

(三五)『玉台新詠集』下、二七六頁。

(三六) 陳慶元『沈約集校箋』[一四六頁]の校を参考にした。ただし、下文とのつながりから、「情性宜有所託」を句点で、「慰悦当年」を読点で切った。

(三七) 袁粲については第Ⅲ部第1章で触れる。

(三八)「忠貞の臣」「機変の臣」は、安田二郎氏が「南朝貴族制社会の変革と道徳・倫理」[東北大学文学部『研究年報』三四、一九八五年三月。二〇〇三年二月京都大学学術出版会発行の『六朝政治史の研究』に収められた]の中で使っている術語。

以上、第Ⅰ部では沈約の詩文を題材として、彼が竹林の七賢の中では山濤や王戎に対する敬慕の念を持っていたこと、思想の亜流を安易に人生に持ち込むことがいかに危険であるかについての見解を持っていたこと、それら沈約の主張が、当時絶唱とされた「八詠詩」においても盛り込まれていることをみた。それにより、沈約の詩文作品は沈約という作者や彼の生きた時代を濃厚に反映したものではあるものの、それらから自立したものとはなっていない為に時空を越えうる靭さを持ち得ていないことが確認された。

第II部　人物像の構築――『宋書』論一

第1章「智昏」の罪——劉義康事件の構造と「叛逆者」范曄の形象

はじめに

沈約の父沈璞は、元嘉十七年（四四〇）に始興王劉濬の主簿となった。この揚州時代のライバルが、『後漢書』を編纂した范曄である。沈約の『宋書』自序によれば、（一）劉濬はまだ幼く、本来頼るべき後軍長史范曄は資質の上で難があった為、軍事的要地を任せられなかった。自序では更に、実際に揚州を切り盛りできるのは沈璞をおいてないことを、文帝が沈璞に言った言葉を引くことによって示している。揚州における本当の実力者はお前だという文帝の信任に応え、沈璞は誠心誠意働いた。揚州が「大治、民無謗黷（大いに治まり、民に謗黷無）」かったのは、すべて沈璞の功績だという。その間、「性疎」なる范曄は、「曄正謂聖明留察、故深更恭慎、而莫見其際也（曄正《た》だ謂へらく聖明留察すと、故に深更恭慎するも、而れども其の際を見る莫き也）」と、沈璞と文帝の関係に全く気づかないでいた。「莫見其際」は、ここでは「国家を良い方向へ導く為の、綿密な謀が人に知られずに行われる」ことを意味し、文帝と沈璞の繋がりを肯定的に判断している使い方と読むのがいいであろう。

自序をみる限りでは、范曄は決して称揚さるべき存在ではない。これは沈璞称揚という自序の意図を考えれば当然のことであるが、范曄の本伝をみても、記述自体に関しては細かい矛盾があるものの、自序を読んで受ける印象と本伝を読んで受ける印象との間に大きな落差はない。文帝の場合、自序における記述は、後に述べるように『宋書』の他の部分と随分趣きが違う。自序では明らかに沈璞称揚の具としての機能だけを担わされている。それはともかく、沈約が范曄を見習うべき政治家として位置づけているわけではないことは、以下にみていくように明白であるのに、本伝における描かれ方は簡略を旨とするものではなく、意外にも懇切に書かれている。後に考察するように[二]、積極的な価値を見いだせない袁淑や袁粲を描くにあたっては、沈約はできる限り素っ気なく書くという方法で反転させた批判をしている。

本章では、正価値としてではない范曄伝の記述が何故詳しいものであるのかを、どう詳しいのかをみることによって考えていく。

一、「利令智昏」

沈約が范曄をどのような存在として描きだそうとしているかということは、范曄が生まれた時のエピソードや外見の悪さを、文脈上は必要なさそうであるのにわざわざ記述していることに端的にあらわれている。「母如厠産之、額為塼所傷、故以塼為小字（母厠に如きて之を産み、額を塼の為に傷つけらる、故に塼を以て小字と為す）」という記述は、父親が范泰であるという記述と、范曄が従伯である弘之の爵を継いだ、という記述との間に挟まれている。登場人物の誰かが范曄の小字を用いた発言をしたから説明が必要になったというわけではなく、聊か唐突の感がある。また、「范曄の身長は七尺にも満たず、肥って黒く、眉がなく鬚もなかった」という描写がある。話の流れとは直接関係なさそうなのに敢えてこれらのことが記されていることにより、読者は范曄に対していい印象を持ちようがなくなるのである。

范曄には、その言動にも人に疑問を持たせるものが多い。例えば、彼の琵琶の腕前をききつけた文帝はそれとなく弾じて欲しいと伝えるが、范曄は「偽若不暁（偽りて暁らざるが若くし）」、結局弾かず、「我欲歌、卿可弾（我歌はんと欲す、卿弾ず可し）」とはっきり命令されると文帝が歌っている間だけ渋々弾く。この話は范曄の、文帝の意向など気にもとめない姿勢をよく示している。

また、司馬であった范曄が檀道済の北征にあたって「憚行（行くを憚り）」、脚疾を口実に逃げようとした話は、単に彼が損得勘定で動く人物であるということを示すに止まらない。何故なら、これには彼の父親である范泰の影が見え隠れするからである。巻六十の范泰伝によれば、元嘉三年（四二六）、徐羨之達が誅された頃、范泰は、「以有脚疾、起居艱難（脚疾有るを以て、起居艱難）」な状態であった。文帝本紀によれば、范泰が卒したのは元嘉五年（四二八）八月のことであり、檀道済の北討は元嘉七年（四三〇）の十一月から八年（四三一）二月にかけてである。つまり、范曄は司馬という職務から逃れようとするにあたって、よりによって父親を彷彿させるような口実を、しかも喪が明けて間もない頃に使ったことになる。この話は『南史』では割愛されているが、損得勘定で動き、しかも身内に対して冷たい范曄をイメージさせるにはなくてはならないエピソードである。

以上のごとき態度と共に彼の人間性を疑わせるのは、劉義康の母親である彭城太妃（王修容）が薨じた時に起こした事件である。葬いの為に皆が東府に集まったその夜、丁度宿直だった弟の広淵と共に宴会を開いて「開北牖、聴挽歌為楽（北牖を開き、挽歌を聴きて楽と為）」したのである。義康が激怒するのは当然で、范曄は左遷される。そして「不得志、乃删衆家後漢書為一家之作（志を得ず、乃ち衆家の後漢書を删して一家の作と為）」した。『後漢書』はこのような情況の中で編纂されたのである。嫡母が亡くなると妓妾を従えてゆるゆると駆けつけた為に弾劾されたという記事をも想起すると、范曄には人の死に対するまともな感情が欠落していたことだけは確かである。

それでは、彼は生まれつき能力がなかったのかといえば、そうではない。「少好学、博渉経史、善為文章、能隷書、暁音律（少きより学を好み、経史を博渉し、善く文章を為し、隷書を能くし、音律に暁か）」なる、才能に溢れた人物だった筈である。それなのに范曄は、沈約が反価値の存在として描き出さざるを得ない生き方をしてしまった。その原因を沈約は「利令智昏（利は智をして昏《くら》から令む）」だったことに求める。

范曄伝に帯叙[第Ⅳ部第2章参照]されている孔熙先という人物は、読者に「利」によって動くとはどういうことかを考えさせる。范曄をクーデターの首謀者に仕立て上げた孔熙先の具体的活動の記述は、劉湛の謀反失敗により劉義康が左遷された直後から始まる。この部分について『南史』では、義康が左遷されたことを知った孔熙先が、義康の恩に報いようとして范曄を仲間に引き入れようとしたことを簡単に記すだけである。一方『宋書』では、誰か大物を利用したいが、さて誰にしたものか、と物色する孔熙先の様子が具に述べられる。『宋書』では次のように記述されているが、『南史』では傍点（、）で示した部分は削除されている。

及義康被黜、熙先密懐報効、欲要朝廷大臣、未知誰可動者、以曄意志不満、欲引之。而熙先素不為曄所重、無因進説。曄外甥謝綜、雅為曄所知、熙先嘗経相識、乃傾身事綜、与之結厚。熙先藉嶺南遺財、家甚富足、始与綜諸弟共博、故為拙行、以物輸之。綜等諸年少、既屡得物、遂日夕往来、情意稍款。綜乃引熙先与曄為数、曄又与戯、熙先故為不敵、前後輸曄物甚多。曄既利其財宝、又愛其文芸。熙先素有詞弁、尽心事之、曄遂相与異常、申莫逆之好。始以微言動曄、曄不回。熙先乃極辞譬説。曄素有閨庭論議、朝野所知、故門冑雖華、而国家不与姻娶。熙先因以此激之曰、丈人若謂朝廷相待厚者、何故不与丈人婚、為是門戸不得邪。人作犬豕相遇、而丈人欲為之死、不亦惑乎。曄黙然不答、其意乃定。

（義康 黜け被るるに及び、熙先 密かに効に報いんことを懐ひ、朝廷の大臣を要めんと欲するも、未だ誰もて動かす可き者とするかを知らず、曄の意志満たざるを以て、之を引かんと欲す。而れども熙先 素 曄の重んずる所と為らず、因りて説を進むる無し。曄の外甥謝綜、雅《もと》より曄の知る所為り、熙先嘗て相ひ識るを経、乃ち傾身綜に事へ、之と結ぶこと厚し。熙先 嶺南の遺財に藉りて、家甚だ富み足れば、始め綜の諸弟と共に博つに、故に拙行を為し、物を以て之に輸る。綜等諸年少、既に屡しば物を得たれば、遂に日夕に往来し、情意稍款たり。綜乃ち熙先を引きて曄と数を為し、曄又与に戯するに、熙先故に敵せずと為し、前後曄に輸る物甚だ多し。曄既に其の財宝を利とし、又其の文芸を愛す。熙先 素より詞弁有り、心を尽くして之に事ふれば、曄遂に相与すること異常、莫逆の好を申ぶ。始めて微言を以て曄を動かさんとするも、曄回《まど》はず。熙先乃ち極辞譬説す。曄 素閨庭の論議有り、朝野知る所なり、故に門冑華なりと雖も、国家姻娶を与へず。熙先因りて此れを以て之に激して曰く、「丈人若し朝廷相待すること厚しと謂はば、何故丈人に婚を与へず、是が為に門戸得ざるや。人 犬豕相遇と作し、而して丈人之が為に死せんと欲するも、亦惑はざるか」と。曄 黙然として答へず、其の意乃ち定まれり。）

『南史』で略されている部分をみていくと、范曄が謀反を決意するまでの動きが『宋書』ではより生き生きと描き出されていることがよくわかるが、特に興味深いのは、記述の要となっている部分の「始以微言動曄、曄不回、熙先乃極辞譬説（始め微言を以て曄を動かさんとするも、曄回《まど》はず、熙先乃ち極辞もて譬説す）」という描写である。范曄を謀反に駆り立てた「極辞譬説」の四文字は、『南史』や『資治通鑑』では削られている。しかし、遠回しに言われても惑わされなかった范曄が翻意するこの場面の記述としては、『宋書』の方が鮮やかである。それでは、この四文字は、具体的にどんなことを意味しているのだろうか。

『宋書』は「曄素有閨庭論議、朝野所知、故門冑雖華、而国家不与姻娶。熙先因以此激之（曄素より閨庭の論議有り、朝野の知る所、故に門冑華なりと雖も、而れども国家姻娶を与へず。熙先因りて此れを以て之を激）」したとして孔熙先の言葉を続ける。『資治通鑑』〔巻百二十四〕は「微言」にあたる部分に関しては多くの資料を加えて詳述するが、「極辞譬説」については、孔熙先の言葉の引用の後に「曄門無内行、故熙先以此激之（曄の門に内行無し、故に熙先此れを以て之を激す）」とコメントするに止まり、「閨庭論議」という言葉自体を用いない。吉川忠夫氏は、「閨庭論議」を「表面の意味にとどまらず、きわめて深刻で陰湿な意味がそのうちにかくされている」とし、「具体的なありさまを明らかにするすべはもはやない」としながらも、王准之が范泰を攻撃した「雄狐」という言葉を根拠として、それが范氏にまつわる近親相姦の事実であったとする[三]。

生まれ方や見た目など、自分自身の能力には全く関係のないところで幼い頃から浴びせられていたであろう冷笑が彼に与えた影響は、やがて刑場の露と消える直前に彼が生みの母親の嘆きに対して「顔色怍ぢず」であった様子からもみてとることができる。『宋書』によれば、范曄は姻戚関係を結んでくれない文帝に対する逆恨みという極めて個人的な理由によって謀反を決意したことになる。

ところで、奉ずべき劉義康との関係は范曄の左遷事件を境に悪化していた。しかし、沈演之が范曄を出し抜いて文帝と会ったことを曄が怨んだその時、義康の方から和解を求めてきた。この時に間を取り持ったのが謝綜であることは、孔熙先とのつながりを彷彿させる。このような連想が働くのは、『宋書』の巧妙な配列の仕方にも原因がある。

仮に今必要な部分を記述されている順に①―⑦とすれば、次のようになる。

①范曄が後軍長史となって間もなく政事が彼に委ねられたこと

②范曄の容貌と琵琶のエピソード
③范曄が謀反の決心をするまで
④沈演之との確執
⑤劉義康との関係修復
⑥范曄の上言
⑦孔熙先が天文をよくしたこと

『宋書』では、④⑤⑥という三つの記述は③と⑦の間におかれている。しかし、「曄既に逆謀あり、時旨を探らんと欲して」した⑥は、孔熙先にそそのかされて「意乃ち定ま」った③の直後にあった方が話としてはつながりやすい。そして④と⑤も、范曄伝において孔熙先が登場する前に位置する①に続けた方が寧ろわかりやすい。すなわち、話の筋をすっきりとさせる為ならば、『宋書』のように①／③—⑦という配列ではなく、①④⑤／③⑥⑦とした方がいい筈である。それにも拘わらず、わざわざ④—⑤を後方にもってきて③と⑥を分断し、ともに孔熙先に関わる③⑦という記事の間に置くことにより、劉義康からの申し入れ自体にも孔熙先の意向が働いていたかのように印象づけられてしまうのである。更につけ加えるならば、必ずしも必要であるとは思えない②がわざわざ③の前に置かれていることによって、范曄が持って生まれた資質の面からも実際の生活から垣間見える周囲に対する態度の面からも、叛逆者としてよりふさわしい人物として読者の前に立ち現れてくる効果を生んでいることも見落とせない。

こうして謀反の計画は着々と進められたが、決行するにあたって機を佚してしまい、その後グズグズしている間に徐湛之の密告によって失敗に終わることになる。『南史』では「徐湛之の上表に従って謝綜ら一党が捕まったが、范曄だけがおとなしく縛につこうとせずに孔熙先に罪をなすりつけて、孔熙先から往生際が悪いと笑われる。証拠の筆跡をつきつけられてやっと認めた」という梗概を非常に手際よくまとめている。一方『宋書』では徐湛之の上表と詔を引き、更に会話を駆使して丁寧に描く。伝論で「利令智昏」という『史記』巻七十六太史公曰の条に引用される鄙語を持ち出した沈約は、また、「劉湛識用才能（劉湛は才能を用いるを識る）」と言っている。これは逆接の関係で後の文に繋がっていくのだが、わざわざ「劉湛は」と限定していることによって、范曄はその状態にすら立ち至っていなかったことが知れる。才はあったのにその用い方がわからず、利に走った挙げ句「門戸を敗る」ことになってしまった范曄の姿は、文帝の「もともと行動に問題があったが、『才芸』という長所をとって大目にみていた。しかし『険利之性』を持つ彼は、恩知らずどころか逆恨みまでする有様になってしまった。狂悖がここまで至ってしまったのだから収監して取り調べる」という詔によって跡づけられているといえる。

范曄よりも前に謀反を企てて劉義康を左遷に追い込んだ劉湛も才能に恵まれ、その上、正義に忠実な硬骨漢であった。ところが、文帝の重用が殷景仁に傾くと、もともと自分を招聘してくれた恩人の殷景仁を失脚させて「独当時務（独り時務に当）」たろうとする。当時朝権を専らにしていた義康の力を利用しようとしたこの画策は失敗に終わるが、劉湛の身勝手は、文帝の義康に対する不信をひきだすことになる。本伝では、劉湛のもともとの能力の高さと利に走った晩年とが、「湛初入朝（湛初め入朝するや）」、「及至晩節（晩節に至るに及び）」という書き出しによって鮮やかに対比されている。巻六十九は、もともと能力のある者がその能力を適切に使うことができなかった場合にどれ程の悪影響を社会に与えてしまうかを、利が智をくらます、という観点から描いているといえる。

范曄が捕まるまでの具体的な様子は、文帝側との問答によって生き生きと描かれている。文帝からの詰問に対して、范曄は始め白を切り、弁舌爽やかに逃れようとするが、孔熙先がすでに捕まったことを言われると言葉につまり、「熙先が首謀者なのだから自分にいかほどの罪があろうか」という。彼が言葉に詰まった「曄辞窮」という三文字は『南史』にはないが、これによってそれまでの范曄の空しい多弁が強調される。また、『南史』では「熙先苟誣引臣（熙先苟くも臣を誣引するのみ）」とだけ記される范曄の言葉は『宋書』では「臣当如何（臣当に如何なるべし）」と続く。この責任逃れの言辞と、「謀反に関しての文書を一手に引き受けていたのは范曄である」という孔熙先の台詞の存在とが相まって、范曄の狡さ、往生際の悪さが手に取るように伝わってきて、彼が本当に政治を憂えて行動したのではなくて自分一身のことだけしか考えない人物であることがみえてくる。

これに続くのは、文帝に動かぬ証拠をつきつけられて范曄が観念する場面である。『南史』では「上示以曄墨迹、曄乃引罪（上示すに曄の墨迹を以てし、曄乃ち罪を引く）」となっている。『南史』では「引罪」という二文字で片づけられている部分を、『宋書』は克明に描く。「曄乃ち」と事の本末を具体的に述べ、最後に彼の「久欲上聞、逆謀未著、又冀其事消弭、故推遷至今。負国罪重、分甘誅戮（久しく上聞せんと欲す、逆謀未だ著はれざるとき、又其の事消弭するを冀ふ、故に推遷して今に至る。負国の罪は重し、分けて誅戮に甘んぜん）」という言葉が引用され、意外にも范曄の心が揺れ動いていたことが示される。これが口先だけのことではないことは、この後に引かれる何尚之との会話を合わせ読めば十分に察することができる。何故こんなことになってしまったのかと訊かれた范曄は、孔熙先の話をまともにきかなかった為にこのような結果を導いてしまったと後悔している。人の言うことを軽んじた為に取り返しがつかなくなってしまうというあり方は、後に述べるように文帝にも顕著にみられる。

自分のみを中心にしているという限界はあるものの、『宋書』でこのように范曄の冷静な判断と、ある種の無邪気さを描き出していることとは注目に値する。しばしば指摘されてきたような、沈約は范曄の悪い面だけを殊更に強調して描いているという主張は必ずしも当を得たものでないことが改めてわかるからである。（四）『宋書』では、范曄に智がなかったとしてそこに悲劇の因を求めようとはしていない。もともと智があったにもかかわらず、それが昏まされたことにこそ関心を寄せている。范曄がふと正気に戻ったともいえるこの場面を「引罪」の二文字で片づけた『南史』では、謀反の決行が不首尾に終わったことを「許耀上に侍り、刀を扣《ひか》へて以て曄に目するも、曄敢へて視ず、俄にして坐散ず」と『宋書』にはない描写で范曄一人の罪に帰している。范曄の悪い面を殊更に書いているのは寧ろ『南史』の方だといえるのではないか。

一党が獄に繋がれてからの記述は、最後になって自分の不明を悟った孔熙先と、最後まで自分一人を中心にしてしか物事をみることができずに周囲と軋轢を生んでいた范曄とを鮮やかに対照している。孔熙先の「博学有縦横才志、文史星算、無不兼善（博学にして縦横の才志有り、文史星算、兼善せざる無）」き才気煥発な様に初めて気づいた文帝は、有能な臣下を適所に配さなかったことに対する後悔の念を「此乃我負卿也（此れ乃ち我の卿に負ふところ也）」と孔熙先自身に伝え、吏部尚書だった何尚之を叱りつけた。『南史』では何尚之の記事をずっと後で紹介するが、『宋書』のように文帝の二つの発言を連ねておく方が、文帝の後悔を、ひいては文帝の不明をより深く印象づけることができる。次に孔熙先が獄中で書いた文章が引用されている。これは『南史』では「陳謝」で片づけられている部分であるが、ここで孔熙先は、自分は知識欲の赴くままに猛勉強して技術をつけたが「識無遠概、徒狗意気之小感、不料逆順之大方（識に遠概無く、徒に意気の小感に狥ひ、逆順の大方を料らず）」、こんなことになってしまったのだと後悔している。彼の言葉にすぐ続くコメント「所陳、並天文占候、讖上有骨肉相残之禍。其言深切（陳ぶる所、並びに天文占候、讖上に骨肉相ひ残ふの禍ひ有り、と。其の言深切たり）」は、謀反計画の段階で引用されていた「太祖必以非道晏駕、当由骨肉相残。江州応出天子（太祖必ず非道を以て晏駕せん、当に骨肉相ひ残ふに由るべし。江州応に天子を出すべし）」という孔熙先の占を思い出させる。謀反という間違った道を選んでしまった孔熙先だが、本当に世の中のことを思って行動したし、その姿勢には一貫性がある。

これと対照的に描かれるのが范曄である。范曄は獄につながれてから裏切り者が徐湛之だったことを知り、仮病を使ってまで謝綜達の近くの牢に移り、そのことを伝える。范曄にとっては、誰のせいで自分が捕まってしまったのかが問題なのであり、世の中のことなど頭から抜け落ちている。『宋書』では、范曄が徐湛之のことを知ったという記事とそれを謝綜達にいいつける記事との間に、孔熙先がいかに才豊かであったかという記述とその才を正しい方向に用いることができなかったという陳謝の上書とを置いた。ここでもやはり『宋書』の巧みな構成に読者は驚かされる。

范曄は最初すぐに殺されるかと思っていたが、二十日たっても刑が執行されないので生きる望みをもつ。それを見た獄吏が范曄をからかって「減刑されるかもしれないという噂がある」と嘘をつく。范曄はそれをきいて「驚喜」し、謝綜や孔熙先に、「お前は嘗て立派なことを言って英雄気取りだったのに、いざこうなったら死ぬのが恐いのか。たとえ減刑されたとしたって、どの面さげて生きていくつもりだ」と笑われる。范曄は「惜哉、薶如此人(惜しき哉、薶とは此の如きの人)」と獄吏に毒づき、「不忠之人、亦何足惜(不忠の人、亦何をか惜しむに足る)」とやりかえされて力無く「大将言是也(大将の言 是なり)」と言わざるを得ない。会話によってテンポよく描写される范曄の胆の小ささと、彼が獄中で作った詩で「雖無嵆生琴、庶同夏侯色(嵆生の琴無しと雖も、夏侯の色に同ずるに庶し)(五)」と、嵆康ほどではなくても夏侯玄程度には従容と死につこう、と豪語している言葉との落差はあまりに大きい。

いよいよ刑場につれて行かれる場面でも会話体が多く取り入れられ、范曄の人となりが活写される。刑当日、范曄はしっかりと食事をし、謝綜にも食べろと勧めてその神経を疑われる。家族との今生の別れの場面は圧巻である。「みっともないことになるからやめた方がいい」と忠告する謝綜に、范曄は刑場にひかれてくる時に家族が自分の方をみていたことを告げ、「周囲の目なんか気にしてられるか。会いたいから会うんだ」と率直さを見せる。ところが、実際に会った時の両者のやりとりは家族の情愛など微塵も感じ取ることができないものであった。范曄は自分を罵る妻に対して「乾笑」で答え、実の母に殴られても「顔色不怍」、妻に更に罵られる。その挙げ句に、妹と妓妾がやってくると泣き崩れてしまった姿は、これも獄中で作った詩の立派な言葉とは大違いである。謝綜に「舅殊不同夏侯色（舅殊に夏侯の色と同じからず）」と言われ、やっと泣きやむ始末だった。そして謝綜の母が息子の罪を恥じて会いにこなかったことに対して、「姉今不来、勝人多也（姉今来たらざるは、人の多きに勝る）」と、まるでそのお陰で謝綜が自分のようには面目をつぶさずに済んだかのように言う。荒れ狂って土や果皮を投げつけてくる息子に「俺を恨んでるのか」ときく范曄の姿は哀れでさえある。

裏切り者の徐湛之に「当相訟地下（当に地下にて相訟すべし）」と捨てぜりふを吐いたことも范曄が自らを擬えた夏侯玄とは大違いであるが、『宋書』では「曄常謂死者神滅（曄常に死者の神は滅すると謂ふに）」このようなことを言うのは「其謬乱如此（其の謬乱此の如し）」と非難している。しかし、この場合に注意したいのは、沈約はここでは范曄が神滅論を支持していたからという具体的理由に限って糾弾しているわけではなく、范曄の思想性の欠如としてその一貫性のなさを糾弾し、同時に范曄が怨みの感情に支配された存在であることを示唆している、ということである。范曄の謬乱は、さらに「寄語何僕射、天下決無仏鬼、若有霊、自当相報（語を寄す何僕射、天下仏鬼無しと決すれども、若し霊有らば、自ら相ひ報いるに当たらん）」という彼の、自他の意見の区別すらついていない、読みようによっては呪いとも受け取ることができるような言葉を附記する、という形で印象づけられる。

彼の家にあったものを没収した時に妓妾の持ち物が贅沢なのとは逆に、血族は必要最低限のものすら与えられていなかったという記述は、范曄が物事の本末を弁えていなかったことを示す。しかし、それと同時に范曄が目先の愛情に囚われるあまり、持続的に愛情を注ぐべき相手に対する配慮を欠いていたことを物語っている。范曄は感情がなかった為に身内に冷たかったのではなく、感情を向ける方向とその表現の仕方を知らなかっただけなのである。このことを見逃してはならない。

『宋書』では、范曄の刑死についての記述が一応終わってから、さらに彼の作品を二つ紹介する。一つは「和香方序」であるが、沈約はこの中で范曄は植物に言寄せて朝士をこき下ろし、自分を誉めていると解釈する。この作品の直前に、范曄が普段から「世人皆法学之（世人皆法りて之に学ぶ）」ような立派な人物であったと述べているのは、刑死に至るまでの一連の描写とあまりに落差があり、范曄の立派さが表面上のものに過ぎなかったことを確認するかのようである。そして、范曄自身は自分が上辺だけの人間だとは思いもせず、自分こそが正しいと信じていた。そうでなければ「和香方序」のような人物批評の仕方はしなかったであろう。自らを「沈実易和（沈実は和し易し）」と言って憚らない范曄の意識と現実との乖離を示す記述と思われる。「和香方序」に対する沈約の評価はマイナスのものであったが、次におかれる「獄中与諸甥姪書」は、著述に対する范曄の見解を見るべきものとして挙げてある。従来「曄自序並実」は「獄中与諸甥姪書」のみに対するコメントとされてきた。（六）しかし、「和香方序」をもあわせみることによって、范曄の才能が豊かであること、それにも拘わらずその用い方に問題があるということがみえてくる。「曄自序並実、故存之（曄の自序並びに実たり、故に之を存す）」という沈約の言葉はそういう意味ではなかろうか。

范曄にとって知識とは、他人をあげつらい自分を上位に置き自分の中にたまった怨みを晴らす為の道具でしかなかった。知識をそのような復讐の力として利用すること、そういう意味での多弁に対して沈約が警戒の念を抱いていたことは、第II部第2章において袁淑を取り上げる時に改めて示す。知識は異質を排除する為にではなく、自分と違うものと共存していく為にこそ必要なのである。このことは沈約と范曄の夷狄に対する考え方の相違にも如実にあらわれている。（七）よりよき世界は、様々な質のものがそれぞれあるべき場所におさまってこそ現出する。しかし怨みの感情によって他者を蹴落とし自分だけが利に浴して勝ち誇ることを目指すような弱さは、そのような世界を実現していく為の智を昏ましてしまう。復讐心に突き動かされて他者の存在を認めようとしない姿勢は世界を崩壊へと導くほかなくなるのである。

以上、劉湛、范曄及び孔熙先が、才に恵まれながら結局自らを破滅に導いてしまったことをみてきた。それでは、彼らが「利」に目がくらんで奉戴したという劉義康はどう描かれているだろうか。

二、「闇於大体」

「少而聡察（少くして聡察）」であった劉義康は長じると実務能力を発揮し、身を粉にして働く誠実さも備えた。それにもかかわらず何故義康が利用されたのかについて、沈約は「素無術学、闇於大体（素もと術学無く、大体に闇）」かったからとみる。義康は「兄弟至親、不復存君臣形迹、率心逕行、曽無猜防（兄弟は至って親し、復た君臣の形迹を存せず、心に率ひて逕行し、曽て猜防する無し）」と考えていた。兄弟仲良く、というのは彼が皇弟であるという特殊な立場でさえなければほめられるべきことである。しかし、この無邪気さが政局を混乱に導くことを沈約は過去の歴史から学んでいた（八）。義康が歴史から学ばず、その為に自らを窮地に追い込んでしまったのだということを、沈約は義康自身の言葉を記すことによって示す。范曄の乱が未遂に終わり、庶人におとされた義康が読書をしていた時のことである。

見淮南厲王長事、廃書歎曰、前代乃有此、我得罪為宜也。

（淮南厲王長の事を見、書を廃して歎じて曰く「前代乃ち此れ有り、我の罪を得たるも宜なりと為す也。」）

淮南厲王長の伝は『漢書』巻四十四にあるが、『史記』巻八の高祖本紀によれば、前漢の文帝の弟である。『漢書』巻四十八の賈誼伝には、「是時、匈奴彊、侵辺。…淮南・済北王皆為逆誅（是の時、匈奴彊く、辺を侵す。…淮南・済北王皆逆を為して誅せらる）」という状態の時に賈誼が上った疏を引く。その中に「今或親弟謀為東帝（今或いは親弟謀りて東帝為らんとす）」とあり、応劭は「淮南厲王長」と注している。巻四十四では、兄弟の情の行き違いであったという書き方をしているが、いずれにしても劉長は、謀反を企てて誅された皇弟であった。同じ疏の中で賈誼は「雖名為臣、実皆有布衣昆弟之心（名は臣為りと雖も、実は皆布衣昆弟の心有り）」と文帝を諫めている。顔師古も注しているように、この意味は「自以為於天子為昆弟、而不論君臣之義（自ら以為らく天子に於ては昆弟為り、而して君臣の義を論ぜず）」ということであり、これは紛れもなく『宋書』巻六十九の伝論で「移弟為臣、則君臣之道用、変兄成主、則兄弟之義殊（弟を移して臣為れば、則ち君臣の道用ゐられ、兄を変じて主と成せば、則ち兄弟の義殊なれり）」と論じられているのと同じである。賈誼の文章と『宋書』の内容には共通するものが多いが、それはともかくとして、皇弟であること、謀反を企てたとして誅されたこと、そして外難に苦しんでいたという情況まで、淮南厲王長と劉義康とは似通っている。義康も范曄の乱から数年後に、「索虜来寇瓜歩、天下擾動。上慮異志者或奉義康為乱（索虜瓜歩に来寇し、天下擾動す。上異志ある者或は義康を奉りて乱を為さんかと慮り）」、殺されたのである。

巻六十八の伝論では、周公達が富貴でさえなければ管蔡との間の悲劇は起こらなかったとした上で、富貴であることを弁えなかった劉義康、ひいては文帝に対して「太息」する。川合安氏は「寵愛之分雖同、富貴之情則異也（寵愛の分は同じと雖も、富貴の情は則ち異なる也）」を「親の愛を同じようにうけてはいても、富貴への思いは兄弟のそれぞれがもつものである」と訳出する。（九）しかし、川合氏も引用する『後漢書』の「吾已知富不如貧、貴不如賤（吾已に富は貧に如かず、貴は賤に如かざるを知る）」［巻八十三 逸民伝］という尚長（『後漢書』では「向長」につくる）の言葉、これは『易』を読んで彼が発した言葉であるが、これを考慮すれば、後半部分で沈約が言いたいのが「富貴であれば、兄弟の情愛のあり方もかわってくる」、それを弁えて情に流されないようにする必要があったのだということにならねばおかしい。沈約は『後漢書』に引かれる故事を、『後漢書』とは別の方向で解釈することが多いが、ここもその一例とみることができる。陶潜の作として『芸文類聚』巻三十六に引かれる「尚長禽慶賛」の「貧賤与富貴、読易悟益損（貧賤と富貴とは、易を読みて益損を悟る）」に端的に示されるごとく、富貴とは益損、「損益盈虚、与時偕行（損益盈虚は、時と偕に行はる）」［損卦彖伝］「凡益之道、与時偕行（凡そ益の道は、時と偕に行はる）」［益卦彖伝］という流動性の考えに基づく。つまり「損益盛衰之始也」［雑卦伝］ということである。これを弁えないと天下が乱れる、という考え方は司馬遷によって既に示されていた。「太史公曰、至矣哉。立隆以為極、而天下莫之能益損也。本末相順、終始相応、至文有以弁、至察有以説。天下従之者治、不従者乱。従之者安、不従者危。小人不能則也（太史公曰く、至れるかな。隆を立てて以て極と為すも、而れども天下之を能く益損する莫き也。本末相ひ順ひ、終始相ひ応じ、至文は有するに弁を以てし、至察は有するに説を以てす。天下之に従ふ者は治まり、従はざる者は乱る。之に従ふ者は安んじ、従はざる者は危し。小人は則る能はざる也）」［『史記』巻二十三 礼書］。損益の道理に「従はざる者は乱し」、「危く」する。義康は自分が皇弟であるということ、情愛のありかたが変わってくるということを弁えずに臣下の悪しき行いを引き出してしまい、自らをも破滅に導いてしまった。

ここに出てくる小人とは「不恥不仁、不畏不義、不見利不勧（不仁を恥ぢず、不義を畏れず、利を見ざれば勧まず）」、「以小善為无益而弗為也。以小悪為无傷而弗去也。故悪積而不可揜、罪大而不可解（小善を以て益无しと為して為さざる也。小悪を以て傷ふ无しと為して去らざる也。故に悪積みて揜ふ可からず、罪大にして解く可からず）」［以上、繋辞下伝］という特徴を備えている者のことであるが、これらは『宋書』で描かれる范曄の姿と見事に重なる。范曄は、損益の道理を弁えなかった結果を臣下の側から体現してみせた人物として描かれているといえる。

　ところで注意されてよいのは、劉義康推戴の一連の動きに関して、義康は自分ではそんなつもりはなかったのに利用されてしまったのだとみなす義康の本伝における沈約の書き方であろう。元嘉十七年に劉湛が謀反をおこして誅に服した時のことについて、義康伝は、義康が「自分の監督が行き届かなくてこんなことになったのだ」と上表し、それで江州に出されたという。二十二年の范曄の謀反では、「事逮義康（事は義康に逮ぶ）」とされ、二十四年には胡誕世達が「欲復奉戴義康（復た義康を奉戴せんと欲す）」とされる。こうした動きに北魏の脅威が加わり、事態は緊迫していた。文帝は、また誰かが義康を奉戴して乱を起こすことを恐れて、ついに二十八年、厳龍に薬をもたせて義康のもとに行かせる。その時義康は「仏教自殺不復得人身（仏の教へに自殺は復た人身たるを得ず）」と服薬を拒否し、「便随宜見処分（便ち宜しきに随ひて処分せられん）」と言い、殺される道を選ぶ。宋代に生きる義康の殺される方をよしとするあり方は、漢代に生きた賈誼が示した自害する方をよしとする考え方とは違うが、それでも、義康が率直で素朴ともいえる一面を備えた人物であったことがわかる。

　劉義康伝以外では、義康は自分が立つ為に積極的に動いたかのような書き方がされている。『宋書』にはこうした表面上の矛盾が多い。ここに一貫性のなさを見出して糾弾することは簡単である。しかし、『宋書』を全体として一つの書物であると捉える場合、この「矛盾」によってこそ、逆に沈約の思考の一貫性が見えてくるのである。本人にいくら悪意がなくとも、否善意があったとしても、周囲の人の行動を結果として悪しき方向へと導いてしまうことは許されない。義康本人は利用されただけかもしれない。しかしそれはそういう情況に陥ることを見通せずに多くの人を不幸へと導いてしまったということである。利用された義康は被害者ではなく加害者として糾弾されねばならない。本伝においては利用されただけだとしながら、例えば巻六十九の伝論で「義康数懐姦計（義康数しば姦計を懐く）」としていることは、実は何ら矛盾するものではないのである。歴史を生きたものとして、すなわちその事柄の根柢にあるものを読者に伝える為に書きあらわそうとすれば、話の表面上における矛盾は寧ろ当然おこるべきものなのである。血で血を洗うような不幸がなぜ起きてしまうのか。悲劇が繰り返されないようにするにはどうすればいいのか。沈約は人間の共通了解への希望を崩さないまま、色々な階層に居る人のそれぞれの立場をも考慮した上でその原因を徹底的に究明するという方法をとった。沈約は、皇帝・皇弟・甲族・寒門の立場が違うということと、それにもかかわらずやはりすべての人間に共通するものがある筈だというジレンマに、歴史を書くことを通して向き合った。紀の縦糸、伝の横糸、そして志の原理、これらすべてがあって初めて人間の歴史が生きてくる。作品に遍在する思想性の存在を無視し、縦糸のもつ機能、横糸のもつ様々な色合いをすべて矛盾だとして否定し去ってしまう者に、『宋書』は何も語ってくれない。表層的な食い違いを糾弾することにとどまらず、どのように食い違っているのか、その表現の仕方を追究することを通して、作品としての『宋書』のあり方、すなわち何故沈約がそう表現したのか、あるいはせざるを得なかったのか、を考えてみることは決して無駄ではない。

三、「宋氏之家難」

世に元嘉の治と称されるその時代に、文帝は劉湛を誅し范曄を誅し、そしてついには実の弟の劉義康までをも殺さなければならなかった。元嘉時代は文帝が我が子に弑されるという最悪の形で幕を閉じることになるのだが、沈約は皇帝としての文帝をどう描き出しているだろうか。

文帝に対する糾弾は、各伝においてそれとなくなされている。例えば、謀反を決意した范曄が忠義を装って文帝の本心を探ろうとして上言し、劉義康を野放しにしておくことの危険性を述べるが、文帝は「不納」とあっさり無視し去る。ここで何も行動を起こさなかったことは、やはり重大であろう。もしもこの時に少しでも勘案する姿勢をみせていたら、范曄は或いは計画を諦めたかもしれない。

　臣下が前例を引いても、文帝がそこに用いられている典故の意味を考え抜くことなしに却下してしまった例は多い。今引いた范曄の偽りの言もそうであるが、前例を引いた側の価値判断がどうであろうと、文帝なりにその時々の実状に合わせて歴史を解釈しようとする姿勢がみられない。劉湛の伏誅に伴って左遷されていた義康を扶令育が庇った言葉の場合もそうである。「淮南王長が死んでしまったら、たとえそれが陛下の意志に出たものでなかったとしても、陛下には殺弟の汚名が着せられてしまいます」という引用は、爰盎が前漢の文帝を諫めたものである。既にみたように、後に庶人に落とされた義康が知って歎じた劉長の故事を、文帝はまさにこの時点で真剣に考えておくべきであった。

　更に、歴史を鑑とすることができないというだけでなく、文帝が臣下を見る時の視点の置き方自体にも問題があった。范曄伝は、文帝が臣下の才をみることに気をとられてその人物に智があるかないかをみなかったという書き方をしている。范曄は嫡母が亡くなった時に妓妾を引き連れてのんびりと駆けつけた為に弾劾された。その彼を「愛其才（其の才を愛し）」ていたという理由で庇ったのは他ならぬ文帝であった。しかも、『南史』では割愛されているが、服喪期間が終わるや彼を劉濬の行軍長史とし、劉濬が揚州刺史となると政事を悉く委ねたという。この記事は単に官職の変遷を記すにとどまらない。実はこれによって文帝の不明が浮き彫りになるのである。本紀によれば、元嘉十七年十月に劉湛の伏誅に伴って劉義康が揚州刺史から江州刺史に左遷された。その後釜として十二月に劉濬が揚州刺史となっている。つまり、文帝の信頼が皇弟（劉義康）から皇子（劉濬）へと移った、その転換点が劉濬の揚州刺史就任に象徴されるのである。[一〇] それからわずか五年後に范曄が過去に府主であった義康を担いでクーデターを起こそうとした結果を考えれば、そのような人物に事を委せた文帝の不明は相当なものである。更に興味深いのは、「悉以委曄（悉く以て曄に委ぬ）」という范曄伝の書き方が、自序での記述と矛盾することだ。自序では「范曄は性疎」だから揚州の実権は沈璞にある、という文帝の言葉が載せられていた。この記述を軸として自序では范曄の頭ごしに交わされる文帝と沈璞との深い繋がりが強調され、文帝の不明は見えてこない。自序では沈約の父である沈璞は当然称揚されなければならず、その為には皇帝に信頼されているということをできる限りすっきりと書く必要がある。だから文帝の不明を描くことは自序では極力避けられなければならない。これに対して范曄伝に沈璞は登場せず、文帝の不明を浮き彫りにすることが許されるのである。

巻七十一に立伝されている王僧綽は素晴らしい人物として描き出されているが、彼がどのように誉められているのかを具体的にみてみると、どうも王僧綽を誉めることを通して文帝の不明を浮き彫りにしようとしているようである。まず気づくのは、王僧綽伝が極めて短く、言葉を尽くして誉めているとは言い切れず、しかも記事としては王僧綽を誉めていながら、読む側には文帝のあり方がみえてきてしまうことである。二凶の巫蠱事件で「臣恐千載之後、言陛下唯能裁弟、不能裁児（臣恐る 千載の後、陛下唯だ能く弟を裁くのみにして、児を裁く能はずと言はるるを）」という王僧綽の進言にも拘わらず後継者をなかなか決められなかった文帝は、間もなく最後まで信じていた我が子に裏切られる形で非命の最期を遂げることになる。それだけではない。文帝弑逆後も最初は劉劭のもとで官を授けられていた王僧綽が劉劭によって殺されたのは、文帝の巾箱などから、彼が二凶排除に関わっていたことを示す文書が発見されてしまったからであるという。文帝の先見の明のなさは、文帝自身の死後にまで影響を及ぼしてしまったといえる。沈約が王僧綽を文帝の不明の犠牲者に他ならないとみていることは、巻七十一の伝論が「甚矣宋氏之家難也」で始まっていることからも明らかである。

沈約は智が昏まされて大体をみることができない者が引き起こす不幸を繰り返し表現する。范曄・劉湛・孔熙先は臣下の側の智が昏んでしまった具体例であり、劉義康と文帝は皇族に智がなく先を見通せないとどうなるかを具現した。『宋書』で「甚矣」を文頭にもってきて深く慨嘆するのは、巻九十五の伝論を除けば、実質上、次の三例の伝論にみえるだけである。

巻六十九「甚矣利害之相傾」
巻七十一「甚矣宋氏之家難也」
巻九十九「甚矣哉、宋氏之家難也」

沈約は一連の悲劇を君側からは「宋氏之家難」と捉え、臣側からは「利害之相傾」と捉えた。それぞれの具体的な発現を『宋書』は様々な形で繰り返し表現する。本章ではその一端をみてきた。

おわりに

自分だけではなく周囲をも巻き込んで悲劇を呼び込んだのは、歴史的事実を知ろうとしなかった、或いは知っていながらそれを現在の情況に引きつけて生きた知識とすることに興味のなかった人達であった。一人一人は決して能力がなかったわけではない。寧ろ溢れんばかりの才能があった。そして彼らなりに必死の努力をしてもみた。それでも、彼らは破滅した。それは、自分の能力の用い方を知らなかったからである。才ある人の破滅は周囲を巻き込む。本章では、目先の利益しか見ずに結局自分の才能を実際に生きる上での智に結びつけることができないということの具体例を、劉義康推戴に踊らされた人々の描かれ方を分析することによってみてきた。范曄は直接義康を殺した訳ではなく、形としては奉戴していた。しかし後に文帝に義康抹殺を決心させるその流れに加担し、義康を確実に死に導いたという点で、范曄の行動は重大である。だからこそ『宋書』は范曄を叛逆者として描いたのであって、決して沈約が范曄の才能に嫉妬したから叛逆者に仕立て上げたわけではない。それにまた、沈約は范曄を悪の権化として扱っているわけでもない。『宋書』においては、范曄もまた、孔熙先という才有る人物によって破滅への道を歩まされていたのである。才能も地位もある范曄が孔熙先に利用され義康が范曄に利用されるという構図は、その後の、二凶が隊主や斎師に利用され文帝が二凶に乗じられる構図と重なる。才あり地位ある者が大体をみなかった為に及ぼす悪影響は個人の身に止まらない。才能や学力がいくらあっても、智が機能していなければ、それを本当の意味で使いこなすことはできないことを沈約は『宋書』で繰り返し表現する。巻六十の伝論で沈約は、范曄の父親の范泰について「雖以学義自顕、而在朝之誉不弘、蓋由才有余而智未足也、惜矣哉（学義を以て自ら顕はるるも、而れども在朝の誉れ弘からざるは、蓋し才は余り有れども而れども智未だ足らざるに由る也、惜しいかな）」とコメントする。范曄は幼い時に兄に「此児進利、終破門戸（此の児利を進む、終には門戸を破らん）」といつも言われていたという。才気走った人物はそれ故に利に敏となりやすく、周囲を巻き込んで破滅に突き進むことになり勝ちである。沈約はこういう情況がいかにありふれたものであるか、才を使いこなす智を昏ませないでいることがいかに難しいか、それを示そうとして范晏のこの言葉を引き、直後の伝論で「利令智昏（利は智をして昏から令む）」という古人の言葉を引いたのであろう。才に恵まれたのに智を身につけなかった人々によって、皇族を奉戴しての謀反が繰り広げられた。義康推戴の一連の事件を、利に走り智が昏んでしまった臣下による「宋氏之家難」への加担、という観点から沈約が捉えていることは、みてきた通りである。

「宋氏之家難」は智が働かずに大体を見極められなかった君と臣が寄り集まった結果引き起こされた悲劇であった。

同じく身を全うできなかった袁淑・袁粲との違いはまさにここにある。彼らの悲劇は自分（と身内）の命を滅するだけで終わったが、范曄の場合は周囲を巻き込むだけでなく歴史自体を悲劇に向かって押し出すことに加担してしまった。同じ不幸でも広がりを持つか、広がりを持たないか、この違いが『宋書』においては同じく反価値として捉えられている人物を描き出すにあたっての范曄伝と袁淑伝・袁粲伝との記述の繁簡の違いとなっている。

また、同じく丁寧に書かれている王微伝・蔡興宗伝と范曄伝とが、質的には全く違っていることもわかってくる。時代の中で大体を見極め踏まえるべき枠組みを否定せずに実際に生きていった逞しき具体例として描き出されているか、大体を見極めることができずに則るべき枠組みを破壊し、周囲を巻き込みながら時代に呑み込まれその流れをさらに加速させてしまった具体例として描きだされるか、その違いは歴然としている。

注意すべきは、沈約が政治家としての人物を評価する時の基準ははっきりしているということと、読者の思考を促す為の役割を担わせようとする人物は丁寧に描写しているということである。大切なことは、その為に時として表面上の記述が矛盾することもあるが、しかし『宋書』全体が一つの作品として示す世界と個々の記述が目指す方向との間に本質的な矛盾はないということである。

注

（一）『宋書』のうち本章で扱う主な部分の巻数を示しておく。巻五　文帝本紀・巻六十八　武二王伝（彭城王劉義康ほか）・巻六十九　劉湛、范曄伝（帯叙孔熙先）・巻七十一　王僧綽伝ほか・巻九十九　二凶伝・巻百自序。なお、「史臣曰」の条を「伝論」と称する。

（二）第II部第2章、第II部第3章参照。

（三）吉川忠夫「史家范曄の謀反」［『歴史と人物』中央公論、一九七一年一一月号］参照。

（四）劉重来「沈約『宋書・范曄伝』考弁」〔『文献』、一九九五年第三期〕では、范曄が謀反に関わっていたこと自体を『宋書』の捏造であるとする王鳴盛『十七史商榷』以来の沈約弾劾・范曄擁護の論を分析し批判する。

（五）「考掠初無一言、臨刑東市、顔色不異（〈夏侯玄〉考掠せらるるも初めより一言すら無く、東市に刑せらるるに臨むも、顔色異ならず）」〔『世説新語』方正〕。

（六）「獄中与諸甥姪書」については、本田済「范曄の後漢書」〔神田博士還暦記念『書誌学論集』平凡社、一九五七年一一月、二九九―三〇九頁〕、吉川忠夫「范曄と劉知幾」〔『六朝精神史研究』同朋舎、一九八四年二月、一六五―一八四頁〕、徐志嘯「范曄的文学主張」〔（上海師範大学『学報』、一九九一年第三期〕など、言及されることが多い。なお、吉川氏『後漢書』解題」の「五　范曄の心の軌跡」にわかりやすい訳がある〔吉川忠夫訓注『後漢書　第一冊　本紀』岩波書店、二〇〇一年九月、三八八―三九七頁〕。

（七）川合安「沈約『宋書』の華夷意識」〔東北大学『東洋史論集』六、一九九五年一月〕参照。

（八）寒門・寒人層の台頭によって皇弟が敵対物に転化せざるを得なかった情況について、また、劉義康事件が、歴史上の悪しき前例になってしまったことについては、安田二郎「元嘉時代史への一つの試み――劉義康と劉劭の事件を手がかりに」〔名古屋大学『東洋史研究報告』二、一九七三年二月。二〇〇三年二月京都大学学術出版会発行の『六朝政治史の研究』に収められた〕に考察がある。

（九）川合安「沈約『宋書』の史論」三〔北海道大学文学部『紀要』四三―一＝通巻八二、一九九四年一〇月〕参照。

（一〇）劉義康事件と、それが後の劉劭事件に連なるものであるとの見解については、注（九）安田氏論文参照。

第2章　「不仁」に対する感受性——王微伝と袁淑伝

はじめに

歴史を詩的に解釈したのは頼山陽だった(一)。沈約は歴史を文学的に解釈したが、それは詩的という意味においてではなかった。彼は人間観察の確かな眼を持ち、『宋書』編纂という機会をとらえてそれを表現した。沈約は歴史を極めて人間的に解釈したといえる。実際に『宋書』を読んでいると、時にある種のもどかしさを感じる。建前を言いながら、彼の本心がどうもそこにはないらしいことが何となく伝わってくるような気になってしまうのである。本章はそれが何故なのかを、『宋書』の各々の巻内部の書かれ方を通して探る試みである。

ここで取り上げるのは、巻六十二の羊欣・張敷・王微伝と巻七十の袁淑伝である。王微と袁淑の描かれ方の違いを対照することにより、沈約が編集という作業を通して語ろうとしたことを考察する。

一、「不可軽干」

『宋書』巻六十二は、羊欣・張敷・王微の三人の伝である。最初に置かれている羊欣は有力者の言うことをきかず、いやがらせをされても飄々としていた。「会稽王世子元顕毎使欣書、常辞不奉命、元顕怒、乃以為其後軍府舎人。此職本用寒人、欣意貌恬然、不以高卑見色、論者称焉（会稽王〈司馬道子〉の世子元顕 毎に欣をして書せ使めんとするも、常に辞して命を奉らず、元顕怒り、乃ち以て其の後軍府舎人と為す。此の職は本 寒人を用ゐるに、欣 意貌恬然たり、高卑を以て色に見はさず、論者称せり）」。そして利によって智を昏まさなかった羊欣の評判があがったことを、謝混にすら一目おかれたという話をもってくることによって印象づける。この時の様子を謝霊運が謝瞻に言い、益々名をあげたことが、「欣嘗詣領軍将軍謝混、混払席改服、然後見之（欣嘗て領軍将軍謝混を詣づるに、混席を払ひ服を改め、然る後 之に見ゆ）」と続けられる。このあと時の権力者桓玄の野心を試し、見極めるとさっさと屏居した見識についての記述がある。だが、「素好黄老、常手自書章、有病不服薬、飲符水而已。兼善医術、撰薬方十巻（素 黄老を好み、常に手づから自ら章を書し、病有れども服薬せず、符水を飲むのみ。兼ねて医術を善くし、薬方十巻を撰す）」という一節は手放しの賞讃とはいえないかもしれない。薬学に通じていながら、それは理論上のものであって実践はしていなかったことを示す。信仰上の問題であったとはいえ、これは合伝されている王微とは対照的な姿だ。先にも出てきたように、権威に屈しない羊欣は、たとえ相手が皇帝であってもその節を曲げようとはしない。皇帝に拝伏するのをいやがり、「欣以不堪拝伏、辞不朝觀、高祖太祖並恨不識之（欣 拝伏するに堪へざるを以て、辞して朝覲せず、高祖〈武帝〉・太祖〈文帝〉並びに之を識らざるを恨む）」と皇帝達を残念がらせた。しかし彼は、人との交わりを完全に断っていたわけではなかった。「自非尋省近親、不妄行詣（近親を尋省するに非ざる自りは、妄りに行詣せず）」とあることによって、彼が近親者とだけは交際があったことがわかる。こうして彼なりに慎重な生き方をして七十三歳まで生きた。

先にも触れたように、羊欣は王微と同じように薬に詳しかったが、それは理論だけだった。また、節を守った人として描かれているが、本伝を読むことによって彼の私的な人間関係については見えてこない。これは、彼が節操を自分一人で実践していたからであり、彼自身の性向として人との交わりが希薄だったことによると思われる。後に述べるように、袁淑伝にあっては袁淑と人とのしみじみとしたつきあいを記していないが、羊欣のばあいは人と摩擦を起こさないものであったことで、袁淑とは全く異なる。羊欣伝はあっさりとした記述がなされており、後の二人の伝を読んでみて初めて、彼が巻六十二においていわば「前座」として登場しているらしいことがわかる。

次におかれている張敷伝は、羊欣の伝よりもわずかではあるが長い。引用されている張敷などの発言の数が羊欣伝よりも多く、有力者に対する態度を描写するのに会話を引用していることが注目される。羊欣伝では数人の発言が断片的に引用されているに過ぎなかったのに比べて、張敷伝の方は少し生き生きとした表現になっている。また、近親者との関わりについても言及されている。伯父の言葉が引用されているが、こちらは会話の形ではない。次に自分を産んですぐに死んでしまった母親を思う気持ちが描写される。数歳の時に家人が生死のことを教えると、「敷雖童蒙、便有思慕之色（敷　童蒙と雖も、便ち思慕の色有り）」といじらしかった。十数歳になると、母の形見の扇を開いては恋しがって涙し、母方のおばを見てはむせび泣いた。長じて峻節の人となった姿が次に描かれている。時の有力者傅亮が立ち寄った時に、「敷臥不即起、亮怪而去（敷臥して即ちには起きず、亮怪しみて去る）」と、正式には迎えなかったのである。またこんなエピソードも挟まれている。文帝が、弟の江夏王義恭に頼まれて沙門を派遣するとき、たまたま張敷が休暇を終えて江陵に還るところだったので、沙門に「張敷応西、当令相載（張敷応に西すべし、当に相ひ載せ令むべし）」といったが、張敷は断る。文帝は「撫軍須一意懐道人、卿可以後艑載之、道中可得言晤（撫軍ヘ劉義恭〉須らく一意に道人を懐ふべし、卿 後編を以て之を載す可し、道中 言晤を得可し）」と頼みこむが、面倒だからと断ってしまう。「臣性不耐雑（臣が性雑に耐へず）」。勿論、文帝は不機嫌になってしまった。さて、そんな彼のもとへ「並びに要務を管る」ようになっていた秋当（二）と周赳が挨拶をしに行こうかどうかと相談する。張敷が同省の名家であるが故にである。まず周赳が「彼若不相容、便不如不往。詎可軽往邪（彼若し相ひ容れずんば、便ち往かざるに如かず。詎ぞ軽がるしく往く可きや）」と躊躇する。秋当は、「吾等並已員外郎矣、何憂不得共坐（吾ら並びに已に員外郎なり、何ぞ坐を共にするを得ざるを憂へん）」、大丈夫だよ、という。そこで二人は張敷の所へと出かけてゆく。張敷は座を設けて懇ろに歓待しておいてから、おもむろに左右の者にいう。「移我遠客（我を移して客より遠ざけよ）」。二人は顔色をかえて帰っていった。これらの話から、彼が名家としてのプライドを守った人物であったことがわかる。

以上のような家格に関わる問題とともに、孝の観念に代表される親しい人々に対する情愛の問題に関しても、張敷は六朝社会に生きる貴族にふさわしい人物であった。彼は身近な人々に対して深い情愛を発揮したのである。『宋書』には、張敷が親しい人と別れるときの張氏の習慣のもとを作ったという挿話が載せられているし、また父の後を追うように死んだ孝行者としての姿も描かれる。父が亡くなって喪に服した張敷は、悲しみのあまり拒食症のようになってしまった。世父（伯父）が心配して何度もさとすが、そうすると余計に泣きじゃくり、気絶するまで泣いても意識が戻ればまた泣く。伯父は「我冀譬汝有益、但更甚耳（我 汝を譬《さと》して益有らんことを冀ふも、但だ更に甚だしき耳）」と言って諦めて来なくなってしまう。張敷は間もなく四十一歳の若さで死んでしまう。最後に顔延之が伯父のところにきたときのお悔やみの言葉が引用され、本文では「其見重如此（其の重んぜ見るること此くの如し）」とコメントする。さらに孝武帝が即位した際に発せられた詔のうち、張敷に関する部分が引用され、彼が住んでいた所は「孝張里」と改名されたこと、彼には子がなかったことを記して、結ばれる。

王微も節を守る人として描かれるが、身近な人に対する優しさが浮き彫りになるように構成されている。

王微は、始興王濬の府吏だったが父の喪に服するため辞職し、喪が明けてからも数々の誘いを断っていた。ある時、吏部尚書の江湛が王微を吏部郎に推薦し、王微は書をしたためて江湛に送った。自分には仕官する気がないということを綴ったこの文章が引用されているが、その最後の方で次のように断っている。

今有此書、非敢叨擬中散。

（今此の書有るは、敢へて叨《みだり》に中散に擬するに非ず。）

私は要請には応じられなくて、それでこうして手紙をしたためていますが、だからといって嵆康が山濤に対してしたように絶交するつもりはありませんよ、と自分が決して喧嘩腰ではないことをさりげなく伝える。自分は嵆康ではないが、あなたは山濤にも匹敵しうる方だということも、山濤が阮咸を推薦した話（三）に借りて、少し前で伝えている。江湛は「在選職、頗有刻覈之譏。而公平無私、不受請謁、論者以此称焉（選職に在りて、頗る刻覈の譏り有り。而れども公平無私、請謁を受けず、論者此れを以て称せり）」〔巻七十一　江湛伝〕とあるように厳しくも公平な人事を行う人物だった。沈約が他にもあったであろう断りの手紙の中からわざわざこの一篇を残したのは、あるいは王微の人柄が端的に示されている「非敢叨擬中散」というこの言葉があったからではないだろうか。

王微に対しては、もとの府主である始興王濬もたびたびご機嫌伺いをしてきていた。それに対して王微は手紙を奉るのだが、その手紙は凝りに凝ったものであった。ここに袁淑が登場する。

輒飾以辞釆。微為文古甚、頗抑揚、袁淑見之、謂為訴屈。

（輒ち飾るに辞釆を以てす。微　文を為るに古なること甚だし、頗る抑揚あれば、袁淑之を見て、謂ひて訴屈と為せり。)

袁淑は、あの文章は自分を売り込むためのものだろうと決めつけた。誹謗された王微は従弟の王僧綽に手紙を書く。この文も王微伝に引用されているが、その中で、次のように切々と訴える。

> 酬対尊貴、不厭敬恭。且文詞不怨思抑揚、則流澹無味。文好古、貴能連類可悲、一往視之、如似多意。当見居非求志。清論所排、便是通辞訴屈邪。
>
> (尊貴に酬対するに、敬恭を厭はず。且つ文詞 怨思抑揚せざれば、則ち澹に流れて味無し。文古を好むは、貴は能く類を連ねて悲しむ可く、一往 之を視ば、意多きに似たるが如し。当に居るに志を求むるに非ざることを見るべし。清論の排する所、便ち是れ辞を通じ屈を訴へんや。)

尊貴の人に鄭重な文章をもってするのは当然のことであって、決して求職というような下心の為[四]にしたわけではない、何のやましいこともない、と憤慨している。

「訴屈」について、『顔氏家訓』[治家]では「代子求官、為夫訴屈(子に代はりて官を求め、夫の為に訴屈す)」と、鄴の女性が夫や息子になりかわって求職活動に奔走する、と使われている。では、夫の為に「訴屈」するとは一体どういう行為なのか。上官大夫が屈原の書いた重要文書を横取りしようとして失敗し、妬みから懐王に讒言したことに対する「上官訴屈、…皆自小覆大、繇疎陥親。可不懼哉、可不懼哉(上官屈を訴ふ、…皆小自り大を覆し、疎より親を陥る。懼れざる可けんや、懼れざる可けんや)」[『漢書』巻四十五 蒯伍江息夫伝]という班固の評があるが、他人の足をひっぱることによって結果的にいいポストを得ようという、甚だ利己的な行為なのである。袁淑は上官大夫という卑劣な男に、王微をなぞらえた。また、もう少し穿った考え方もできる。

懐王に讒言するにあたって、上官大夫は「王様が屈原に令を書かせるたびに、こういって思い上がっております」

と、屈原の言葉として「非我莫能為（我に非ざれば能く為す莫し）」［『史記』巻八十四　屈原賈生列伝］と告げる。この仕事は自分でなければできない、自分だからこそこんな名文が書けるのだという増長が顕著であるが、袁淑は或いはこちらの方の意味をも含ませて王微を揶揄したのではなかろうか。「さすがに素晴らしい文章でしたね、『屈原さん』」と。この方が、悪者であることが決定している上官大夫に擬えるよりもずっと「誹諧」的である。典雅な九錫文をすら茶化してしまう袁淑にとって、この位の皮肉は朝飯前だったというのは、言い過ぎだろうか。

　袁淑も王微も「文集伝於世（文集世に伝はる）」［巻六十二　王微伝・巻七十　袁淑伝］能文家であった。少なくとも、沈約はそう判断して彼等の伝記にこの一文をつけた（もしくは削らずに残しておいた）。興味深いのは、最初の人物紹介のところで、王微が「善属文」とされるのに対して袁淑が「好属文」とされていることである。（五）伝記の末尾に「文集が世に」受け容れられたと記され、かつ冒頭に、よく「文を属る」と記されているのは、『宋書』の中でこの二人だけである。これは単なる偶然だろうか。ここで気になるのが袁淑の方の「好」んで文を属ったという記述の仕方である。『宋書』においては「善属文」とされる人物は王微を入れて実質七名だが、「好属文」は袁淑の一例だけである。注目に値するのは、「善属文」とされる人物の中に沈約の伯父である沈亮と父の沈璞も含まれているということである。袁淑に限って「好属文」とされていることにはやはり、文を属ること自体に自分の優越感を求めてしまう袁淑の性向が示されていそうである。王微は「文好古」と古に則ることの意義を見据え、しかも文詞が「怨思抑揚」であることを当然のこととして認めて、枠におさまりきらない表現をおそれなかった。袁淑は「為文古甚、頗抑揚」である王微の手紙を「訴屈」だと短絡したが、文を属ることを好み、何尚之の致仕事件にからんで『真隠伝』（六）を編んでしまうような人物にとって、権力者に反発しない発言はそれだけで悪なのである。

　江湛による推挙にからんで王微が書いた書が、もう一通『宋書』にとられている。推挙事件に自分が関わっているかもしれないと噂されていることを知った何偃が、王微に咎められるのを慮って寄越した手紙への返事にあたる。ここまでが節を守る人としての王微の姿であり、最後に少し趣が変わる。

王微の弟の王僧謙が病に倒れ、必死の看病にもかかわらず帰らぬ人となってしまった。王微は悲しみに耐えず、「以書告弟僧謙霊[七]」を書く。弟に対する深い思いが叫びとして伝わってくる悲痛なこの作品の全文を『宋書』は引用しているが、そのうちの一節に「吾素好医術、不使弟子得全。又尋思不精、致有枉過。念此一条、特復痛酷。痛酷奈何、吾罪奈何（吾素 医術を好むに、弟子をして全うするを得ざら使む。又尋思 精ならず、枉過有るを致す。此の一条を念ふに、特だ復た痛酷するのみ。痛酷を奈何せん、吾が罪を奈何せん）」とある。「俺は医術に造詣が深いなどと自惚れて、お前を救ってやることができなかった。お前のことをしっかりと看ていてやらなかったが為に、こんな結果になってしまった。このことを考えるたびに、ただひたすら体が張り裂けそうになる。この悲しみをどうしたらいい、俺の罪をどうしたらいいのか」というこの文に対して『宋書』は、予め次のような説明を加えている。

遇疾。微躬自処治、而僧謙服薬失度、遂卒。微深自咎恨、発病不復自治。哀痛僧謙不能已、以書告霊。

（〈王僧謙〉疾に遇ふ。微躬《みづか》ら処治すれども、僧謙 服薬して度を失ひ、遂に卒す。微深く自ら咎め恨みて、病を発して復た自ら治さず、僧謙を哀痛して已む能はず、以て書して霊に告ぐ。）

薬を服用して容態が急変してそのまま不帰の人となってしまった弟に対する深い罪悪感から王微がこの文を書いたというのだ。王僧謙が事実として調剤の失敗によって死んだかどうかはともかくとして、王微自身が、親しい相手を救えなかったことに対する自責の念、罪悪感を強烈に抱いていたことは、次に載せる「以書告弟僧謙霊」を読めばわかる。王微の文自体はひたすらに自分を責め、悲しみ叫ぶものである。『宋書』の説明と「以書告弟僧謙霊」の感情のほとばしりとが相俟って、読者の前には責任感が強く情に厚い王微という人物の姿がありありと浮かんでくる。そして、弟の死からわずか四十日で、王微も若くして死んでしまう。続けて「以嘗所弾琴置牀上、何長史来、以琴与之（嘗て弾ぜし所の琴を以て牀上に置き、何長史来たらば、琴を以て之に与へよ）」という彼の遺言が紹介される。ここでは何偃を東晋の張翰に、自分を顧栄になぞらえて、友情の深さを表明している。（八）以上が本伝の内容である。

王微も、羊欣や張敷と同じく、節を守る人として描かれている。しかし、前の二人に比べて圧倒的に分量が多く、一人一巻で伝を立てられている袁淑よりも、三人合伝されている王微一人の方が多い。叙述の仕方からみても、巻六十二の筆頭に挙げられている羊欣から張敷へ、張敷から王微へと盛り上がっており、沈約が王微をこそこの巻の主人公と位置づけていたことはほぼ間違いなかろう。羊欣の伝で引用されるのは断片的な言葉ばかりで、彼が峻節の持ち主であることが、あっさりと記されているだけであった。張敷になると、最初に母を思ういたいけな幼年時代が紹介され、最後の方で父の後を追うようにして死んでいった孝子ぶりが、伯父の言葉、顔延之の言葉、詔を引用して伝えられている。中間に、時の有力者や皇帝に対しても卑屈な態度をとらない人物だったことが描かれるが、後半においては会話部分によって彼の峻節ぶりが伝わってくるようになっている。王微伝では、彼自身の文章四篇を主軸に話が進んでいく。先ず「与江湛書」では推薦を辞退することを、相手を山濤になぞらえつつ伝える。続いて、何故推薦されたのかを確かめるべく次の二篇が配される。まず説明の文で始興王濬と手紙のやりとりがあることが書かれ、それから袁淑の登場によって劉濬への返書は求職の文章に違いないときめつけられる。それに対する反論が、袁淑にではなく従弟に対して書かれ［「与従弟僧綽書」］、ではなぜ推薦されたのか、ということで、友人何偃が登場する。ただしここでは読者は彼の姿を見ることはできない。説明の文では王微に手紙を書いたことだけが描写され、読者はそれに対する王微の返書［「報何偃書」］から、遠慮のない、しかし心を許しあっている者の言葉を感じ取ることができる。

このあと趣がガラリとかわる。弟の王僧謙が病で亡くなってしまい、その霊に対して語られたものが引かれているからである【「以書告弟僧謙霊」】。この悲痛な叫びによって、読者は彼のなまの感情に触れたような感覚を持たされる。そして、悲しみの余り間もなく王微も死んでしまったことが告げられ、遺令が引かれる。ここからも家族や友人へのしみじみとした感情を汲み取ることができるようになっている。

合伝されている三人は、いずれも節を守る人として描かれている。しかしその描き方から、読者は本人以外の姿がみえてこない羊欣、父母への愛情が比較的あっさりとわかる張敷、親族や友人への愛情が痛いほど伝わってきてしまう王微、の三人に出会うことができる。聊か先を急いで言えば、峻節という世界を共有する三人だが、羊欣は自分だけの世界において峻節を守った人物として、張敷は貴族社会と家族社会において峻節を守った人物として、王微はもっと根本的な仁をもった人物としてそれぞれ特徴づけられており、羊欣から張敷へ、張敷から王微へと視野の広がりを伴って巻六十二が立伝されているといえそうである。

この巻の「史臣曰」の条（以下「伝論」と称する）は、次のようになっている。

燕太子吐一言、田先生呑舌而死、安邑令戒屠者、閔仲叔去而之沛。良由内懐耿介、峻節不可軽干。袁淑笑諶之間、而王微弔詞連牘。斯蓋好名之士、欲以身為珪璋、皦皦然使塵玷之累、不能加也。

（燕の太子一言を吐くや、田先生舌を呑みて死し、安邑令 屠者を戒むるや、閔仲叔去りて沛に之く。良に内に耿介を懐くに由り、峻節軽んじ干す可からず。袁淑笑諶の間、而ち王微は弔詞牘を連ぬ。斯れ蓋し名を好むの士、身を以て珪璋と為さんと欲し、皦皦然として塵玷の累をして、加ふ能はざら使むる也。）

この評全体を「王微の生き方に対する評論」だと川合氏はまとめておられる。(九)しかし、前半に関しては必ずしも王微一人のこととらなくてもよさそうである。「良に内由り耿介を懐き、峻節軽んじ干す可から」ざる人々というのがこの巻のテーマであるらしいことから考えて、前半は三人に対する共通の評とみた方がいい。後半は、これは明らかに王微に対する論であるが、と同時に袁淑に対する評価でもあると考えられる。

「袁淑笑謔之間、而王微弔詞連牘」について、川合氏は「弔詞」を「錯誤であろう」とする。氏は「笑謔」と袁淑が「訴屈」だと言ってからかったこととをイコールでつないで、これに対する憤懣は従弟の王僧綽あての手紙であって、それは弔詞ではない、という。

筆者は、「笑謔」をもう少し広くとってもいいと考える。「訴屈」だといって笑ったことは勿論含まれるだろうが、その他にも『誹諧文』で皮肉たっぷりの文章を書いたり、何尚之への反発から『真隠伝』を編んだり、そういう他人を斬りつけていくような袁淑の言動全体を「笑謔」という言葉で代表させた、とは考えられないだろうか。そうやって他人の「峻節」を軽んじてばかりいた袁淑は、自分の身の安全を顧みる余裕がなく、結果的に文帝弑逆事件にからんで殺されてしまう。

ここで注意しておきたいのは、『宋書』における「峻節」という言葉の使われ方の問題である。巻八十六劉勔伝には「卞壼峻節」と、桂陽王休範の乱平定に赴いて戦死した劉勔を、蘇峻の乱平定の際に戦死した卞壼(『晋書』巻七十)に重ね合わせて称揚する詔が引かれる。ところが巻八十六の伝論で沈約は、劉勔が戦死した休範の乱ではなく晋安王子勛の乱を取り上げて、寿春で勝利した劉勔が降伏してきた者に対して寛大な措置をとったことを称揚しているのである。劉勔の峻節の意味をこのように解釈しなおす沈約は、本来は義を生より重んじて節に死んでいった袁淑に対して用いられる方がふさわしい「峻節」という言葉を、仁であり続けた王微を称揚する為に用いているのである。沈約は劉勔伝で引用した詔が意図する言葉の方向性を十分に知っていた筈である。それなのに敢えてそれとは別の方向性を同じ一つの言葉に込めたことは、『宋書』の表現について考える上において見逃せない特徴であるといえる。

ところで、標点本の校勘によれば、王微が亡くなったのは袁淑と同じく元嘉三十年（四五三）である。彼の死は、弟を亡くして悲しみの余りのものであったと『宋書』は解釈する。標点本の改正に従うならば、王微が弟の為に心からの「弔詞」を書いたその年に、皇室では兄弟が父皇帝を殺した。そして、自分一人を理想に近づけようとして他者を本質的意味に於いて軽んじていた袁淑は、その事件に巻き込まれて命を落とすのである。

人が人を軽んじることの悲劇――仁をなくすことの悲劇をこそ、沈約は『宋書』で伝えようとしたのではないだろうか。

二、「誇誕」

王微伝の評では、王微との関わりにおいて袁淑が登場していた。ではこの袁淑という人物は本伝ではどのような書かれ方をしているのだろうか。巻七十は袁淑の専伝となっているが、型通りの紹介がなされたあとに従母兄である劉湛[一〇]が登場し、袁淑との不和の様が伝えられる。ここではいとこからの誘いを鼻にも引っかけない袁淑の様子が、「淑不以為意（淑以て意と為さず）」のたった五文字で表現されている。理由がどうあれ、いとことの間にしこりがあった、それを記していること自体に意味がある。袁淑の鼻っ柱の強さは、始興王の征北長史となって初めて劉濬の府に行った時の劉濬との言葉のやりとりで具体的に提出されている。劉濬が「不意、舅遂垂屈佐（意はざりき、舅の遂に垂れて佐に屈せんとは）」、おまえがまさか俺の補佐役に甘んじるとは思いもよらなかった、とかなり敵意を込めた言い方をしたのに対して袁淑は「朝廷遣下官、本以光公府望（朝廷の下官を遣るは、本より光公の府望を以てせしめんとすればなり）」、「朝廷が私を寄越したのは別にここで首を垂れさせる為じゃなくて、ご立派なあなた様の府に人望があるかどうかをみさせる為なんでございますよ」と答える。ただこれだけのやりとりの中に、君臣間の「全人格的な結合(一二)」とはほど遠い両者の人間関係が如実に表れている。

沈約は袁淑が宋朝を救おうとする気持ちにあふれていたことに対しては大いに敬意を払っていた。袁淑の「防禦索虜議」は袁淑伝の半分を占める(一三)。袁淑はこの文を、「自恥懦木、智不綜微、敢露昧見、無会昭採（自ら懦木にして、智は綜微せざれば、敢へて昧見を露はさんも、昭採せらるること会《かな》ふ無からんことを恥づ）」と、一応はへりくだって結んでいる。問題はこの文章のすぐあとに、沈約が「淑憙為誇誕（淑 憙《この》んで誇誕を為す）」と記していることだ。勿論この一文は次に劉濬への手紙を引用する為の枕となるのではあるが、袁淑の殊勝な言葉のすぐあとにあることに、沈約の意図が見え隠れすると、筆者は考える。何故なら、『後漢書』には次のような詔が引用されているからである。

京師百僚…誇誕妄談、令忠孝失望、伝言乖実。

（京師の百僚…誇誕妄談し、忠孝をして失望せ令め、言を伝へて実に乖く。）〔『後漢書』巻二十三 宝融伝〕

沈約がもしもこの文を意識して「誇誕」という評語を使っていたのだとしたら、袁淑に対する強烈な皮肉となる。忠なる者として立伝しておきながら、袁淑が実は「忠孝をして失望せ令むる」妄談をことする種類の人物に過ぎなかった、と言っていることになるからである。また、「淑憙為誇誕」に続くエピソードが「嘗て」のことであると書かれている点も見逃せない。嘗てのことならば時間軸に沿った記述という規制にはそれ程拘泥しなくていい筈で、話の流れからすれば寧ろ「防禦索虜議」の直前にある劉濬と袁淑とのやりとりの後に置く方が自然だ。それを敢えてこのように排列したことにより、袁淑の波風をたてやすい生き方が、一つの挿話、引用をはさんでまた一つの挿話、という形で印象的に浮かび上がってくる。

この叙述の順序に関してさらに重要だと思われるのは、次に引用する劉濬とのやりとりがあることによって、「防禦索虜議」と袁淑の殉死の描写とが分断されることである。忠義の場面が連続しないことにより、読者は必ずしも袁淑という人物の忠義にのめり込まなくなる。もっとも、このような書き方をされていることによって、『宋書』の評判は「用捨由乎臆説、威福行於筆端、斯乃作者之醜行、人倫所同疾也（用捨 臆説に由り、威福を筆端に行ふは、斯れ乃ち作者の醜行にして、人倫の同に疾む所也）」〔劉知幾『史通』曲筆〕と時に芳しくない。筆運びによって自分勝手な考えに読者を無理矢理従わせる沈約は、とんでもない作者だというわけである。

さて、「誇誕」なる袁淑が「毎為時人所譏（毎に時人の譏ふ所と為）」っていたことの例として挙げられているのが、劉濬とのエピソードである。「始興王濬嘗送銭三万餉淑、一宿復遣追取、謂使人謬誤、欲以戯淑（始興王濬 嘗て銭三万を送りて淑に餉《おく》り、一宿にして復た追ひ取ら遣む。人を使はせて謬誤なりと謂ひ、以て淑に戯れんと欲す）」と悪ふざけをした劉濬に対し、袁淑は手紙を書く。大意は、「怪しげな奴らがさわいでいるが、まさか大国を乗っ取る気じゃないだろうね。義が無いあんたらと違って私は潔直だ」というものである。「恐、二三諸侯、有以観大国之政（恐る、二三の諸侯の、以て大国の政を観るもの有らんことを）」については、つとに松浦氏が言及している。(一三)ともかくも、「与始興王濬書」を私的な文章として袁淑の代表作に選んで『宋書』で引用していることは、「自分だけがこんなに正しい」ということを皮肉をこめつつかなりストレートに言うことを憚らない袁淑的人間の本質を沈約が正確に見極めていた、ということになろう。

次に記述されるのは、袁淑が殺される顚末だが、先の劉濬とのエピソードよりわずかに長いに過ぎず、「忠貞の臣」としてまさにここでこそ称揚されなければならない筈であることを考えると、随分と短いことになる。しかも、「忠貞」としてのプラスイメージが伝わってこない。それは、分量の少なさとともに、記述の仕方にもよるであろう。ト書きとセリフ、とでもいえるような形で描写されている。劉劭がいよいよ父文帝の弑逆を実行に移さんとして、宿直の袁淑と蕭斌を呼び出して涙ながらに言うには、「私は悪くないのに疑われて、天子は私を廃そうとなさっている。明朝大事を実行しようと思うから、力をかしてくれ」聞いていた二人が「どうか考え直して下さい」と言うと、劉劭は怒って脅しにかかる。蕭斌が懼れて「お世話になっておりましたもの、お困りになっているときにこそ御恩返しせずにおれましょうか。命を懸けて御命令どおりに」というと、袁淑は蕭斌を叱って、「卿便謂殿下真有是邪。殿下幼時嘗患風、或是疾動耳（卿 便ち殿下真に是有ると謂ふか。殿下は幼時嘗て患風あり、或いは是れ疾動《はっ》する耳）」という。病気が再発した為に血迷っているだけだと言われて、劉劭はますます怒り、「負けると思ってるのか」ときく。袁淑は「居不疑之地、何患不克。但既克之後、為天地之所不容、大禍亦旋至耳。願急息之（疑はざるの地に居るに、何ぞ克たざるを患へんや。但だ既に克つの後、天地の容れざる所と為り、大禍 亦 旋り至る耳。願はくは急ぎ之を息めよ）」と答える。劉劭の側近達は袁淑達の袴《はだばかま》褶を引っ張ってみてから、（一四）主衣から錦を取り上げ、それを裂いて蕭斌・袁淑とその侍者に分け、くくり袴をさせた。袁淑は省に帰ったものの、ベッドのまわりをいったりきたりして、なかなか寝付けなかった。出発にあたって、劉劭は既に蕭斌と車に乗りこんでいた。袁淑を呼ぼうとして矢のような催促をしたが、「淑眠終不起（淑は眠りて終ひに起きず）」、劉劭は車を奉化門に停めて何回も何回も催促した。袁淑はようやく起きて車のところまでやってきた。劉劭は袁淑を車に乗せようとするが、袁淑は辞退して乗らなかった。そこで劉劭は侍者に「殺せ」と命じ、袁淑は奉化門外で殺された。四十六才だった。

以上が殺される顛末である。記録されている袁淑のセリフは、一応は忠義の心にあふれたものであるといえる。しかし、『宋書』の記述の仕方では、袁淑の忠義が行動としてスッキリとはみえてこない。王朝を憂えていながら「至四更乃寝（四更に至りて乃ち寝）」てしまって、催促がきた時に「淑眠終不起（淑は眠りて終ひに起きず）」、このような場面をわざわざ挿入する必要があったのだろうか。忠義の士としての姿をよりそれらしく書く為だったら、「用捨臆説に由り、威福を筆端に行」っていた沈約のことである、前者は削ってしまえばいいし、後者だって例えば「淑佯眠不起」とするなど微妙な書き方ができる筈である。松浦氏によれば、袁淑は「何尚之一個人のために『真隠伝』を編」み、沈約はそれを「朝隠的論理に対する挑戦」と受けとめていた。沈約は、目の前で息巻いてる本人に対して「病気だ」と敢えて言ったり、相手が正常でないと認識していながら道理を説いてみたりという「誇誕」者袁淑の、「乖実」、現実離れした身勝手な「忠」の本質――自分の心しか見ずに結局は自らを死に追いやってしまうような――を見極めていた。だからこそ、劉濬とのやりとりを最も効果的な場所に差し挟んで袁淑を「忠孝をして失望せ令むる最たる例としたのである。袁淑伝は全体の構成の面からも要所における言葉の選択の面からも、沈約の判断を的確に表現し得ているといえよう。

釈氏之教、義本慈悲、慈悲之要全生為重。恕已因心、以身観物、欲使抱識懐知之類、愛生忌死之群、各遂厥宜得無遺失。

（釈氏の教、義は慈悲を本とし、慈悲の要は生を全うするを重と為す。恕すに心に因るを已てし、身を以て物を観、識を抱き知るを懐ふの類、生を愛し死を忌ふの群をして、各おの厥の宜しきを遂げ使め遺失する無きを得んと欲す。）［「究竟慈悲論」、『広弘明集』巻二十六］

このように釈氏の教えを理解する沈約が、自分一人の志に拘って周囲を軽んじる袁淑のような人間をどのように捉えていたかが、袁淑伝を読むことによってわかる。袁淑は「思」や「識」の多い身はかえって斥けられて当然だと言っている。「不患思之貧、無若識之浅。士以伐能見斥、女以驕色貽遣（思の貧しきを患へず、識の浅きに若くは無し。士は能を伐るを以て斥け見れ、女は色に驕るを以て貽遣せらる）」［『芸文類聚』巻四十引袁淑「弔古文」］という袁淑の、能力があっても身を滅ぼすだけならそんな能力はない方がましなんだという二者択一的極端な考え方には、他者が存在しない。「過去の歴史において士は不遇であった、ところで自分は士である、だから自分は不遇である」式の単純な思考は、史的事実をなまのまま鵜呑みにして自分に当てはめただけのものである。そこには自分一人を律する美学はあるが、後で述べるような、史的事実を「見」から「隠」へ還元し、普遍性を獲得して他者に及ぼそうという視点が欠落している。「身を以て物を観」ていないのである。袁淑には他者が存在しない。これは、「非思不洽」なるが故に「仁被群生」だという沈約の考え方［「究竟慈悲論」］と好対照をなす。袁淑の他者不在の「虚無主義的な考え方」（松浦氏）は、結局彼自身の命を奪ってしまった。

実際にどうであったかは別として、『宋書』の袁淑伝には、袁淑が身近な誰かとしみじみとしたつきあいをしている場面が、全くない。これは、情愛深きが故に死に至ってしまったことが書かれている王微伝と比べると際だって対照的であって、沈約が『宋書』を決して単なる「事実の羅列」として編んだわけではないことがわかるのである。本伝では、このあと孝武帝が即位して顔延之に書かせた詔の引用と、形式的な記録によって本文が結ばれる。ただ気になるのは、「文集伝於世」としながら、代表作である筈の『真隠伝』に言及していないことである。「陳郡袁淑集古来無名高士、以為真隠伝、格以斯談、去真遠矣（陳郡の袁淑　古来無名の高士を集めて、以て『真隠伝』を為るも、格《はか》るに斯の談を以てすれば、真を去ること遠し）」［巻九十三　隠逸伝序］と別の箇所で駄作だとこきおろしている作品だから、本伝に記すに値しないと判断しているのであろうか。

袁淑伝論は、安田氏がいうように袁淑に対する「調子の高い称揚である」[一五]。ここで使われている孟子由来の[一六]「義重乎生」は巻八十九の袁粲伝論にも「義重於生」と出てくる。義を生より重んじた袁淑を論じて、沈約は次のように結ぶ。

若無陽源之節、丹青何貴焉爾。

（若し陽源の節無くんば、丹青 何ぞ焉を貴ばんや。）

忠節の人袁淑に対する絶賛だが、本伝の方の記述の仕方を見てきた目には、かえって空しい言葉にひびく。「彼の忠節を書かなければ、歴史書に何の意味があろうか」とは、裏をかえせば「歴史書だからこそ、意に添わなくても記さざるを得なかった」ということになる。

ところで、劉濬は王微に対しては何回も「存慰」していたが、袁淑には悪意のこもった接し方をしていた。王微はたとえ意に添えない場合でも劉濬に心を込めた手紙を送るだけの心を備えていたが、袁淑の目にそれが有力者に対する阿りとしか映っていなかったことは、王微伝で見た通りである。人間的情愛を濃厚に持つ王微と比べることにより、己の考えをことさらに行動でアピールし、鼻っ柱が強く、全体を見通す力がなかった為に身を滅ぼすことになった袁淑の姿が鮮やかにみえてくる。袁淑はいとこの劉湛とは違い、決して「利令智昏」といった種類の人間ではなかったが、仁に欠け、また「未睹大体」であったという点に関しては劉湛や范曄と変わりなかったと言わざるを得ない。

三、「文史」

周知の通り、沈約は永明五年（四八七）春に『宋書』を撰するように勅せられ、翌永明六年（四八八）二月には早くも紀伝部分を完成させて上呈している。このことから、ともすれば『宋書』を沈約の著述と認めない観点が生まれがちである。沈約自身も、既にできあがっていた徐爰らの『宋書』を利用したことを自序で言っている。ことに元嘉時代については「使南台侍御史蘇宝生続造諸伝。元嘉名臣、皆其所撰（南台侍御史蘇宝生をして諸伝を続造せ使む。元嘉の名臣、皆その撰する所なり）」と記す。しかし、また「臣今謹更創立、製成新史（臣今謹みて更に創立し、新史を製成せり）」ともいう。沈約自身が、『宋書』はあくまで彼の作品だと宣言しているのである。[一七]筆者は、彼のこの主張を尊重したい。確かに既成の『宋書』を大いに活用したであろう。殆ど基づいたところの紀伝のままという部分も多いかもしれない。そこで従来の研究では、自序と各伝に附された論や序以外は彼の著作と認めない立場からなされてきたものが多いようである。しかし、彼は既成の部分に関しても、とにかく目を通して編集しなおしている。この編集という作業は、単なる機械的仕事にすぎないのだろうか。沈約が編集を通して伝え得ているものを受け止めることは、等閑視されたままでいい問題だろうか。彼が利用した資料を殆ど確認できない今日にあっては、それら先行の『宋書』にあたって詳細に比較することはできない。そこで、筆者は現在目にすることのできる沈約『宋書』の各々の巻内部の書かれ方を分析することが必要だと考える。従来注目されてきた序や伝論も、確かに重要である。しかし、『宋書』全体の構成として、立伝とともに注目されやすい性質を本来的に持っているとわかりきっている部分だけをみても、沈約が『宋書』において何を語ろうとしたのかを全体像として把握することはできない。既に見た袁淑伝の本伝と伝論の「矛盾」を引くまでもなく、本伝と伝論の両方を読まなければ見えてこないものがある。関係者が身近にいるような近接の時代のことを記すのだから、少なくとも生を全うするつもりで正史を編纂するならば、書くべき「事実」、書くことが許されない「事実」というものは決まってしまっている。

それでは、こういう情況で次に問題とすべきは何か。そのヒントは沈約自身の言葉の中にある。

臣実庸妄、文史多闕。以茲不才、対揚盛旨。

（臣は実に庸妄なれば、文史多く闕す。茲の不才を以て、盛旨に対揚す。）　［自序］

歴史書を上るにあたって、「文史の才がない」という言い方をしている。「文史」という言葉は、彼が伯父の沈邵を「美風姿、渉猟文史（風姿美《うるは》しく、文史を渉猟す）」［自序］と紹介していることからも、価値あるものとして認識していたらしいことがわかる。「文史」は、司馬遷の「報任少卿書」に「文史星暦近乎卜祝之間、固主上所戯弄（文史星暦は卜祝の間に近く、固より主上の戯弄する所なり）」〔『漢書』巻六十二 司馬遷伝引〕という形で出てくる。司馬遷が歴史書とは文史星暦である、と定義したように、沈約も「史」と並んで「文」が歴史書に不可欠な要素であると認識していた。ところで、『宋書』巻六十九に載せる孔熙先は劉義康擁立派で、范曄を仲間に引き入れた人物として范曄伝に帯叙されているが、范曄の軽薄さとは対照的に理知的な人物として描かれている。「魯国孔熙先博学有縦横才志、文史星算、無不兼善（魯国の孔熙先は博学にして縦横の才志有り、文史星算、兼善せざるは無し）」という、ここでの「文史星算」という使い方は明らかに司馬遷の言葉を意識している。「兼善」は『孟子』〔尽心上〕にみえ、我が身のみならず兼ねて他人をも感化して善に帰せしめることをいう。これらのことから、沈約が歴史を書くことに対して誇りを持っていたことは明らかである。

「史」は、志序の冒頭に「左史記言、右史記事、事則春秋是也、言則尚書是也。至於楚書・鄭志・晋乗・楚杌之篇、皆所以昭述前史、俾不泯於後（左史は言を記し、右史は事を記す。事とは則ち春秋是れ也、言とは則ち尚書是れ也。楚書・鄭志・晋乗・楚杌の篇に至りて、皆 前史を昭述し、後に泯ぶることあらざら俾むる所以なり）」〔巻十一〕とあるように、記録すること。左史や右史が記録したおかげで、歴史の意味を明らかに述べて後の時代の教訓として活用することができた、という。記録それ自体に内在する普遍性を指摘し、史というものが時を越えて機能し得る素材であることを述べている。沈約にとって、「史」という素材は既に与えられている。素材の機能を保ちつつ次になすべきは、「文」である。『論語』「文質彬彬」〔雍也〕の皇侃義疏「文、華也」、また同じく「文献不足故也」〔八佾〕の疏「文、文章也」を参考にするまでもなく、「文」は文章、美しい文章を指す。(一八)「何を語るか」の公的部分は動かせない。沈約にできるのは、「どのように語るか」であり、それによって、非公的「語るべきこと」、沈約が掴み伝えようとした核のようなものを示す。具体的事柄は、削除し加筆し並べることによって、編者の判断を伴った人間の言葉となる。このような方法でただの記録に生命力を与えること、それこそ彼がしようとしたことではないだろうか。それが『宋書』を上る時に（例えば「史才」「史臣」などではなく）「文史」という言葉を使ったことに象徴されている、と筆者はみる。沈約が「文史」の才を駆使して語ろうとしたことは何か。そのヒントは孝義伝序にある。

易曰、立人之道、曰仁与義。夫仁義者、合君親之至理、実忠孝之所資。雖義発因心、情非外感、然企及之旨、聖哲詒言。至於風漓化薄、礼違道喪、忠不樹国、孝亦愆家、…乃至事隠閭閻、無聞視聴、故可以昭被図篆、百不一焉。

（易に曰く、「人の道を立つ、曰く仁と義と」〔『周易』説卦伝〕。夫れ仁義は、君親の至理に合し、実に忠孝の資する所なり。義の発するは心に因り、情は外感に非ずと雖も、然れども企及の旨は、聖哲言を詒す。風漓《うす》れ化薄れ、礼違ひ道喪はれ、忠は国に樹たず、孝も亦家に愆《うしな》はるるに至り、…乃ち事閭閻に隠れ、視聴を聞く無きに至り、故より以て昭らかに図篆せ被るる可きは、百に一もあらず。）〔巻九十一〕

ここで沈約は、仁義こそが大切だとしている。それは決して忠孝を貶めるという形をとらず、「忠孝の基本が仁義」であるのだから、まず仁義があってこそ忠孝が行われるのだ、という形で表現されている。ところが晋宋以来、忠孝は「衣簪之下」では殆ど見られなくなってしまった。「漢世士務治身、故忠孝成俗。…晋宋以来、風衰義欠、刻身厲行、事薄膏腴。若夫孝立閨庭、忠被史策、多発溝畎之中、非出衣簪之下（漢の世士治身に務め、故に忠孝俗を成す。…晋宋以来、風衰へ義欠け、刻身厲行、事は膏腴に薄んぜらる。若し夫れ孝を閨庭に立て、忠を史策に被るは、多く溝畎の中に発し、衣簪の下に出づるに非ず）〔巻九十一　孝義伝論〕。そこで断片的な事柄を寄せ集めて孝義伝をなしたという。

では何故沈約は、序にみられる「仁義」という言葉をもってこの伝を立てなかったのか。彼は「究竟慈悲論」で「夫聖道隆深、非思不洽、仁被群生、理無偏漏（夫れ聖道は隆深、思ひは洽からざるに非ず、仁は群生を被ひ、理は偏漏無し）」〔『広弘明集』巻二十六〕と言っている。「仁」こそ沈約が一番重視していた根本理念だったのである。だから、行動の断片的寄せ集めにしか過ぎないこの伝の名称にはそぐわなかった。では何故、伝論にみられる「忠孝」をもってこの伝の称としなかったのか。「孝立閨庭、忠被史策」と記されていることからみても、孝義伝はそもそも具体的にあらわれた人となりを記すのが目的なのだから、単純に考えれば「忠孝伝」とするのが自然である。にもかかわらずそうされなかったのは、「忠」という言葉には常に袁淑・袁粲的悲壮に人を傾斜させる危険が孕まれていること――そのような意味において仁と真っ向から対立してしまう方向性を持ってしまいやすいことを沈約が感じ取っていたからではなかろうか。晋宋以後、記録に値する程の「忠」は百に一もないという孝義伝の序や伝論で示された認識は、「忠」の実践者として一人一巻という破格の待遇で立伝されて[19]いる筈の袁淑伝と袁粲伝で具体的に示された。袁淑伝論における称揚が実は社交辞令のように大袈裟で味気ないものであることが本伝そのものの書かれ方を合わせみることによってわかることは、既に見た通りである。志を行う為に学ぶべき徳目から「忠」という文字が欠落している「学所以行其志、孝悌慈仁信義是也（学は其の志を行ふ所以にして、孝悌慈仁信義　是れなり）」〔『芸文類聚』巻三十六引「高士賛」〕という表現からは、単に時代の空気であったとだけ言って済ますことのできない沈約の危惧が孕まれているのではなかろうか。「孝義」という名称ひとつをとってみても、沈約の慎重さと言葉に対する感受性が垣間見える。

沈約は、自らの死をもってする、具体的過激な行動は真の「忠孝」ではなく[20]、心の底から発した止むに止まれぬ思い――仁――によって自然とそういう結果を導いてしまうという、そういう意味での具体性にこそ共感をよせる。「列

伝第三十　袁淑」「列伝第四十九　袁粲」というのは、輿論と乖離しない為には、そして歴史書として体裁を整える為には必要な枠組みである。「忠」の人を称揚する、これを外しては勅撰の歴史書としてそもそも成立しえない。袁粲や袁淑を否定する為に枠組みを破壊するという方法を沈約はとらない。そうではなくて、枠組みは枠組みとして大切に残しておき、叙述を様々に模索することによって枠組みを踏み越えるという方法を一貫して選んでいる。沈約は「建前」を決して拒否しない。寧ろ積極的に「建前」に与しようとする。それは著述だけでなく、実際の沈約の人生もそうだった。だから、反抗し続けて結果として不幸になってしまうことこそが知識人の証であるという立場の人から沈約は毛嫌いされるのである。

ともかく、沈約は実際に斉という時代に生き、当然のことながらそこでの制約を受けて『宋書』の紀伝をまとめた。彼のエネルギーは、制約に対する真っ向からの反抗には注がれなかった。制約をとりあえず受け容れた上で、それを踏まえて叙述し編集したのである。

おわりに

甚矣哉、宋氏之家難也、…戕賊之釁、事起肌膚。而因心之重、独止此代。

（甚だしきかな、宋氏の家難や、…戕賊《さつがい》の釁、事は肌膚に起こる。而して因心の重、独り此の代に止まる。）

【二凶伝】

息子達による父皇帝殺害を代表とする劉宋の皇室の荒廃について、沈約はこのようにコメントしている。ここに出てくる「因心」とは、近しい者に親しむ心が厚いことを指す。(二二)宋室は、このような心を忘れ去ってしまった。そして、近しいものに親しむ気持ちが潰え去った後の、猜疑と狂乱の渦のなかに、沈約の父沈璞はまきこまれて非業の最期をとげた。宋王朝は、遠い昔のことではない。まだ、父にまつわる人々が身の回りにいるのである。劉知幾が「略外別内、掩悪揚善、春秋之義也。…史氏有事渉君親、必言多隠諱（外を略し内を別し、悪を掩ひ善を揚ぐるは、春秋の義なり。…史氏 事の君親に渉る有らば、必ず言に隠諱多し）」〔『史通』巻七 曲筆〕というのは、仕方がなかったことではあるまいか。（二二）晋南朝は「権威と愛をもった主の力が恩として臣に受けとられ、臣はこの恩に背くことなく、信を以て報いようとする」君臣間の「全人格的な結合を内容とする」「私的結合関係の重層する社会」であった。（二三）こういう時代的風潮の中にあって、しかも完全に過去のことになりきっていない歴史を書くのである。一分の隙もない「科学的」厳密性はそもそも要求されていない。個々の事実を正確に写すことは、その情報が個別的であるだけに対人関係において時に害を及ぼす。要請されていたのは、そういうなまの情報ではなく、特定の誰かと全人格的な結合をする為に必要な情報だったのではなかろうか。そしてそれは、ものごとの全体を把握する眼をもった人物によってこそなし得る仕事である。

安田氏は、「貴族社会の世論は、対人関係の一般的モラルたる『信義』を基準にして袁粲と褚淵それぞれの行動を判定し評価を加え」、褚淵を批判したといっている。（二四）導き出される結果は逆になるものの、沈約の袁淑的人間に対する評価も、ある意味で貴族社会の世論の観点と通じるものがある。

観察者としての沈約は、闇雲な忠よりも全体を見極める眼をもつ仁が大切であることを『宋書』の編集を通して示した。闇雲な忠そのものに対して決してあからさまには批判しないでおきながら、全体として自ら不幸に向かう者に対する彼の思いが浮き彫りになってくる。このような手法は、司馬遷の言う「太史公曰、春秋推見至隠、易本隠之以顕（太史公曰く、春秋は見を推して隠に至り、易は隠に本づきて以て顕に之く）」〔『史記』巻百十七 司馬相如列伝〕

に通じるものがある。

ところで、『宋書』巻十四 礼志一には東晋成帝の咸康三年（三三七）に袁瓌と馮懐が上った疏が引用されている。

臣聞、先王之教也、崇典訓、明礼学、以示後世。道万物之性、暢為善之道也。宗周既興、文史載煥、端委治於南蛮、頌声逸於四海。故延州入聘、聞雅音而嗟咨、韓起適魯、観易象而歎息。何者、立人之道、於此為首也。孔子恂恂、道化洙泗、孟軻皇皇、誨誘無倦。是以仁義之声、于今猶存、礼譲之風、千載未泯。

（臣聞く、先王の教へ、典訓を崇び、礼学を明らかにし、以て後世に示す。万物の性を道ひ、善を為すの道を暢ぶる也。宗周既に興り、文史 載ち煥《あや》あり、端委は南蛮を治め、頌声は四海を逸《やす》んず。故に延州 入聘するや、雅音を聞きて嗟咨し、韓起 魯に適くや、易象を観て歎息す。何となれば、人を立つるの道、此に於て首と為ればなり。孔子 恂恂として、洙・泗を道化し、孟軻 皇皇として、誨誘して倦むこと無し。是を以て仁義の声、今に猶ほ存し、礼譲の風、千載 未だ泯《ほろ》びず。）

「私は、このように聞いております。先王の教えは、人道の教えを崇び礼学を明らかにして後生に示すこと、万物の性について や善を為す道について述べることであります。周が興るや文史は美しくきらめき、礼服と頌声とが世界を治め安んじました。だから呉の季札は周に入聘すると雅音を聞いて感嘆の声を漏らし、晋の韓宣子は魯に行くと易象をみて溜息をついたのです。これは、立人の道がそこで始まったからなのです。孔子は恂恂として洙や泗の地の人を善く導き、孟子は皇皇として教えさとして倦むことがありませんでした。こうして仁義や礼譲の風声は時間の長さに耐えて今でも滅びないのです。」

仁義は、そのままではいかようにも理解できてしまう為に普通の人間に計り知ることができないものである。それを、象という形で具体的に人間に見えるようにしたのが「易」であり、だから「立人之道＝仁義」はここを「首」（出発点）とする。文史はそれを言葉に置き換える作業である。言葉になって初めてそれは実際に人間の世界で機能する。先に引いた司馬遷の言葉も使って更に発展させれば、「見を推して隠に至る」、個々の事柄を人間に共通の基盤に帰着させるのが史、「隠に本づきて」「顕に之く」、人間に共通の基盤に基づいてそれを具体的な形にするのが易、易によって置き換えられた人間に共通の基盤を言葉に再変換するのが「文史」ということになる。「文史」は「後世に示す」ものであるから、ほろびないように、わかりやすく美しくあらねばならない。そのままでは定型をもたない人間に共通する生の基盤に言葉を与えてより多くの人が理解し合えることを目指すのが「文史」の使命である。だから、「文史」は「隠」から「見」へという方向性をもつ。と同時に「史」としての要素を前提条件として備えるから、「見」から「隠」へという方向性をも併せ持つ。「文史」は、具体から抽象へ・抽象から具体へ、という交流を内在させていると言える。事実の羅列から核となるものを掴みとり、それを個々人の中にとらえかえしていく、という沈約の手法は、こういう意味で司馬相如伝の太史公の言葉を発展的に継承したものといえる。沈約の『宋書』を批判したものは、多くの場合、個々人の中にとらえかえしてしまうところが公平でないという観点から論じている[二五]。

　しかし、筆者はまさにこの点をこそ大切にしたい。歴史的事実から核を取り出して理解し、その理解のフィルターを通してもう一度個々人を捉えていく沈約の方法は、彼の人間に対する希望としての判断を伴ったものであり、ある意味でより根源的だからである。そして、こういう観点から、筆者は「『宋書』のなかの沈約[二六]」に触れてみたいと思って本論をまとめた。「宋書の歴史としての価値如何といふことよりも、宋書が如何なる書物であるかと云ふことを主眼に[二七]」して『宋書』を読んでいくことにより、人間観察の眼と読者の思考を促す表現とをどれ程学ぶことができるか、試してみたかったのである。王鳴盛の「沈約重文人[二八]」に基づいて安田氏は「沈約又重忠義[二九]」でもあった、と言われる。筆者は、本章の考察を通して、「沈約最重仁義」としたくなった。沈約には『高士伝』という隠者の伝記があり、その一部とみられる「高士賛」が残っている。彼はその序において次のように言う。

余之所謂高士者、悠悠皆是。

（余の所謂高士は、悠悠たるもの皆な是れなり。）

心安らかに生きられなかった時代にあって、少しでも安らかに生きたい、生きて欲しいと願った沈約の姿が、『宋書』には反映されている。彼は事実としての正確さよりも、人間観察の正確さをこそ希求した。そしてそれゆえにこそ『宋書』は「悠悠」でありたい、あって欲しいという祈りの書としての性格をも備え得ている。そしてその祈りの切実さが『宋書』における政治家評価の表現方法の明快さを導き出しているのである。

注

（一）野口武彦『頼山陽』〔淡交社、一九七四年一月、一四四頁〕参照。

（二）中華書局標点本の校勘記に従い、狄当ではなく秋当とする。

（三）「山公挙阮咸為吏部郎、目曰、清真寡欲、万物不能移也」〔『世説新語』賞誉篇〕。

（四）「通辞」に関して、巻九十九の二凶伝に「通辞乞位」とある。

（五）巻五十三 謝恵連・巻五十六 謝瞻・巻八十五 謝荘の各伝がそろって「能属文」となっていることも示唆的である。なお、巻六十七 謝霊運・巻七十三 顔延之に関しては、「属文」ではなく、「文章之美」という書き方がされている。前者は「江左莫逮」、後者は「冠絶当時」と続く。「文章之美」という書き方は、『宋書』では他に見られないもので、この二人が別格であったことが端的に示されているといえる。

（六）松浦崇「袁淑の『誹諧文』について」〔『日本中国学会報』三一、一九七九年一〇月〕に詳しい。

(七) 本章では、『宋書』に引用されている王微と袁淑の作品については、主に厳可均の標題による。

(八) 『世説新語』傷逝篇参照。

(九) 川合安「沈約『宋書』の史論」一―四〔弘前大学人文学部『文経論叢』通巻九六・九八、一九九二年三月・一九九三年三月〕、〔北海道大学文学部『紀要』通巻八二・八五、一九九四年一〇月・一九九五年八月〕。また、顔尚文氏は『宋書』について「多人作伝、因事配合、搭配巧妙、為其中一人作論而概括其余」とする（顔尚文「沈約的宋書与史学」〔国立台湾師範大学『歴史学報』第十期、一九八二年〕）。

(一〇) 劉湛の伝は巻六十九にある。劉義康派で、元嘉十七年（四四〇）文帝側のクーデターによって殺された。同巻伝論で、沈約は「利令智昏」という『史記』巻七十六「太史公曰」の条の言葉を引用し、「博渉史伝（博く史伝を渉）」〔『宋書』本伝〕していた劉湛が「未睹大体（未だ大体を睹《み》ざる）」〔『史記』〕人物であったことを示す。

(一一) 川勝義雄『六朝貴族制社会の研究』〔岩波書店、一九八二年一二月、二九一頁〕。

(一二) 巻九十五　索虜伝に関しては、川合安「沈約『宋書』の華夷意識」〔東北大学『東洋史論集』六、一九九五年一月〕に詳しい。

(一三) 注（六）参照。

(一四) 中華書局標点本が『南史』によって補ってある部分は訳出しなかった。

(一五) 安田二郎「南朝貴族制社会の変革と道徳・倫理――袁粲・褚淵評を中心に」〔東北大学文学部『研究年報』三四、一九八五年三月。二〇〇三年二月京都大学学術出版会発行の『六朝政治史の研究』に収められた〕。

(一六) 「生亦我所欲也。義亦我所欲也。二者不可得兼、舎生而取義者也」〔『孟子』告子上〕。

(一七) 矢野氏も、「約が自ら新史をつくったと自負する以上、前人の宋書は勿論参考にしたであろうけれども、約自身の見識によって、首尾一貫した史書を作ったものと考えられる」とする。ただし、矢野氏は『宋書』列伝の編纂の方針が（「為人」とではなく）「家格」

と「政権との密着度」にあったと結論している（矢野主税「列伝の性格——魏志と宋書の場合」〔長崎大学教育学部『社会科学論叢』二三、一九七四年三月〕）。

(一八) 司馬遷を意識して「文史」と使う場合、「文」が「経」を示さないことは確実である。司馬遷は「主上の戯弄する所」として不当に扱われてきたものの一つとして「文」を挙げているのだから。

(一九) 沈約に、袁粲伝の立伝に迷って斉の武帝にお伺いをたてて「袁粲自是宋家忠臣」（『南斉書』巻五十二 文学伝・王智深）とお墨付きを貰ったという挿話が残されていることは別に考えることが必要ではあるが、ここでは問題とはしない。「誰為袁粲伝、沈約沉吟顔有汗」〔全祖望『鮚埼亭集』巻二十三 宋忠臣袁公祠堂碑銘〕のような言葉は沈約の行動に対する是非を問う観点から出てきたものであり、『宋書』の表現方法を探る本論の立場とは次元を異にする。

(二〇) この点で、「隠逸伝」における「隠」と同質である。

(二一)「維此王季、因心則友」（『詩経』大雅・皇矣）。

(二二) 顔尚文は前掲論文で、史学研究の立場から史料の真偽は追究しなければならないとした上で、「然縦観六朝政局、無怪乎史法多迴護」と述べている。

(二三) 川勝氏前掲書〔二九〇頁、二九一頁、二九二頁〕。

(二四) 安田氏前掲論文。

(二五) 劉知幾『史通』〔巻七 曲筆〕に「用捨由乎臆説、威福行於筆端、斯乃作者之醜行、人倫所同疾也。…或仮人之美籍為私恵、或誣人之悪特報」とあり、趙翼『陔余叢考』〔巻六 宋書書法〕に「宋書書法全多廻護忌諱而少直筆也」とある。また、陳光崇は「瞻徇旨意、好悪任情」と述べる（陳光崇「論范曄之死」〔『史学史研究』、一九八〇年第一期〕）。

(二六) 安田氏前掲論文。

（二七）岡崎文夫「梁の沈約と宋書」〔『歴史と地理』三一、一九三三年一月〕

（二八）王鳴盛『十七史商榷』〔巻五十九　沈約重文人〕の「一部宋書以一伝独為一巻者、謝霊運之外惟顔延之・袁淑・袁粲而已」を参照。

（二九）安田氏前掲論文。

第3章　蔡興宗像の構築——袁粲像との比較を通して

はじめに

沈約の父璞は文帝弑逆にからみ、孝武帝側によって殺された。少年時代にそれにまつわる辛酸を舐め、激動の時代を生き抜くことの難しさを身を以て体験した彼が掴んだ信念は、たとえば彼の著作である『宋書』の、隠逸伝における「隠」の捉え方に具体的に示されているが、[一]本章では前章に引き続いてこれを別の角度から確認する。ここで取り上げるのは、激動の時代に呑み込まれて死んでいった袁粲と、それとは対照的に悠々と生ききった蔡興宗である。この二人は姻戚関係にあり、[二]年齢も五歳しか違わない。[三]孝武帝の大明七年（四六三）にそろって吏部尚書となり、明帝崩御の際には共に顧命を受けている、というように深い関係があったはずである。しかし意外なことに、『宋書』においで袁粲と蔡興宗とが同時に登場する機会は極めて少ない。[四]しかも、この二人の本伝は質的に全く異なる書かれ方をしており、沈約は明らかに蔡興宗を称揚する。本章の狙いは、時代の渦中にあった人物を沈約がどのように描き出しているかをみることを通して、『宋書』が科学的意味での事実の記載を目指したものではなく、文学として読むに耐える沈約の作品となり得ていることを確認することにある。『宋書』と『南史』の袁粲伝・蔡興宗伝[五]の描かれ方の違いをみることによって、『宋書』における人物の描き方が聊か強引であることを確認し、そこから沈約が蔡興宗的生き方に共感していることを読みとり、なぜ沈約がそのような蔡興宗像を必要としたのか、その意味を考える。

一、袁粲伝――簡

滑稽味を帯びた「誹諧文」によって周囲をあざ笑っていた袁淑は、文帝弑逆に絡んで殺された。彼が『宋書』において十分に称揚されていないこと、それが沈約の人間観察と深く結びついていることを前章で確認した。自分が正しくて周囲が狂っているということを狂泉の話に託した袁淑の甥袁粲も非業の死を遂げているが、『宋書』は袁粲をどのように描いているのだろうか。

顔師伯と袁粲とのやりとりの描写において、『宋書』と『南史』の違いははっきりしている。

転吏部尚書、左衛如故。其年、皇太子冠、上臨宴東宮。愍孫勧顔師伯酒、師伯不飲、愍孫因相裁辱。師伯見寵於上、上常嫌愍孫以寒素凌之、因此発怒、出為海陵太守。

(吏部尚書に転じ、左衛たること故の如し。其の年、皇太子冠し、上東宮に宴するに臨む。愍孫 顔師伯に酒を勧むるも、師伯飲まず、愍孫因りて相ひ裁辱す。師伯上に寵せられ、上常に愍孫の寒素を以て之を凌するを嫌へば、此れに因りて怒を発し、出だして海陵太守と為す。)

『宋書』ではこのように話の大筋を淡々と記すだけであるが、『南史』では激怒した孝武帝が喚きながら袁粲を成敗しようとしたことを描写した上で、「愍孫 色変ぜず」とし、周囲の取りなしによって左遷で済んだ、という書き方をしている。これによって『南史』の読者の視線は、袁粲の人との接し方にではなく、彼の自若とした態度に注がれることになる。

袁粲の改名に関しても、『宋書』と『南史』では読者の受け取り方が違ってくる。『宋書』では、「愍孫 幼きより荀奉倩の人と為りを慕ひ、世祖（孝武帝）に白して、改名して粲と為さんことを求むるも、許されず。是に至りて太宗（明帝）に言ひ、乃ち改めて粲 字景倩と為す」とだけ記す。『南史』では、王蒨の「明帝忌諱多し。袁粲を反語すれば殞門と為る。帝 意に之を悪み、乃ち改めしむ」という言葉を続ける。ここで注目したいのは、「（粲は）後に荀粲を慕ひ、自ら名を改む。会稽の賀喬 之を譏る」［『南斉書』巻五十二 文学伝・王智深］と、袁粲の改名を非難する人もいたらしい、ということである。『宋書』を読む者はごく自然にこの方向で解釈したのであろう。だからこそ『南史』では、改名の責任を明帝の迷信深さに帰した、ともいえるのではないか。

宋斉革命は忠臣としての袁粲を称揚するのに格好の場面である。袁粲は、「時に斉王功高く徳重く、天命帰する有ったにもかかわらず「二姓に事ふるを欲せず、密かに異図有り」」、予想通りに敗れ去るのだが、その間の経緯を、『宋書』は時折短いセリフをはさむ他は淡々と綴っているだけである。彼の殉死の場面の記述が分量的には『宋書』の四倍ほどに膨れ上がっている『南史』の、「本より一木 大厦の崩るるを止むる能はざるを知るも、但だ名義を以て此に至る耳」、「我は忠臣たるを失はず、汝は孝子たるを失はず」と引くような息子最への語りかけはない。また、「臣義もて大宋に奉じ、策名両つながら畢はる、今便ち魂を墳壟に帰し、永く山丘に就かん」と啓してから斬られる、というような演出も、『宋書』の中では一切なされていない。あくまで簡潔に概略だけが示されている『宋書』の袁粲伝には、実際に生きていた袁粲の人間くささがないのである。

袁粲は『宋書』において一人で一巻という待遇を与えられながら、記述の分量は父蔡廓の伝に附載されている蔡興宗の半分以下にしか過ぎない。これを『宋書』執筆時点での斉王室への配慮、という観点から捉えることもできるが、それだけでは、『宋書』が描こうとしたことを本質的に把握することはできないように思われる。沈約は、「朝野の望」が高った袁粲のマイナス面を決してあからさまには批判しない。さりとて、忠貞の臣としての袁粲のプラス面を強調して書くこともしていない。ただ淡々と叙述するという手法を通して、義は生よりも重いとばかりに死んでいった袁粲の、「天命に達せざる」姿を示すのである。『宋書』では「妙徳先生伝」の引用によって自らを嵆康になぞらえた袁粲の理想の高さを示す一方で、袁粲のゆったりとした姿は極力記さない。また、『南史』では妙徳先生と袁粲の姿を重ねるかのように、続けて袁粲の「悠然」とした姿を書き連ねるが、『宋書』では、彼が明帝の『周易』の講義を受けた事実が記されているだけである。袁粲伝を読んでも、悠然とした袁粲の姿はみえてこない。狂泉の水を自分だけは飲んでいないのだと周囲を睥睨する袁粲の理想は、必ずしも現実と結びついていかない。実際の彼がどうであったかは別にして、『宋書』において、袁粲は人間的なしみじみとした感情に欠け、癇癪だけ強く、周囲を無視した理想に走って自ら殺される方向へと突き進んでいった典型として、冷たく描かれる。

二、蔡興宗伝——繁

『宋書』の袁粲は言葉少なに淡々と語られていることを前節で確認した。ここでは、それとは対照的に、沈約の恩人ともいえる蔡興宗の描写が饒舌であることを確認し、沈約が描きたがっていた蔡興宗について考える。

『宋書』蔡興宗伝は分量的に『南史』よりも大分多いにもかかわらず、蔡興宗が不器用に人と接している様子については細かな描写がされていないことが先ず注意すべきこととして挙げられる。これは孝武帝との確執の描き方に顕著に示される。『宋書』で「毎に得失を正言し、顧憚する所無く、是れに因りて旨を失ふ」とだけ記されている部分を、『南史』では引用を駆使して生き生きと描写する。そこに現出する蔡興宗は、正論を吐いて皇帝の機嫌を損ねる硬骨漢である。

この関係が、前廃帝子業の時代になると逆転する。『南史』では削除されてしまっているようなことを、『宋書』では子細に書く。前廃帝が即位すると、戴法興・巣尚之ら恩倖が実権を握って恣にふるまっていた。この時銓衡の任にあった蔡興宗は、なんとかまともな人事を行おうとするが、劉義恭によって左遷を企てられる。『南史』では劉義恭が柳元景に奏させたこの時の上奏文自体はほとんど引かずに「興宗及び尚書袁愍孫私に相ひ与するを許し、自ら相ひ選署し、群を乱し政を害し、混穢大いに猷《はか》る」とまとめている。これに対して沈約は煩をいとわずに柳元景の上奏文全体を引く。その上奏文は、袁粲が蔡興宗の疏を持参の上、蔡興宗の呉郡太守固辞の件を支持し、人材を流出するべきではないと訴えてきたことからはじめられ、次にそれを裏付ける薛慶先の証言が続き、人事をかき乱す蔡興宗を獄に下し、袁粲を免官するように、と結んでいる。それに対して、詔が下る。それは蔡興宗を左遷し、袁粲を劉義恭の監視下におくように、というものであった。この詔の結びで、袁粲は「竊に自己を評し、物議を委咎するのみなれば、子の領職を以てす可し」という扱いを受けている。このことは示唆的である。袁粲はあくまでも蔡興宗の為に行動した筈なのに、受け取られ方はそうではなかったことになる。そして結果としては蔡興宗を更なる窮地に追い込むことになりかねなかったのである。しかし、蔡興宗は新昌太守への遠流を免れた。それは「朝廷　嗟駭せざる莫」かったほど蔡興宗に人望があったからであり、また、顔師伯が今回の事件の元凶は自分であるという噂を気にしたことにもよる。[六] 間もなく劉義恭の一派は子業に無惨な殺され方をすることになった。

蔡興宗の身の処し方が端的にわかるのは、外甥袁顗とのエピソードであろう。雍州刺史となった袁顗は、「危険な前廃帝のお膝元を去って、外地に身を避けましょう」と蔡興宗を誘う。この時の「今虎口を去らずして、此の危逼を守り、後に復た出づるを求むるも、豈に得んや」という最後の一節を『南史』は削除している。しかし蔡興宗の身を案じる「今のうちに逃げておかなければ、逃げようがなくなる」という袁顗のこの言葉があってこそ、慎重に物事を処理しようとする蔡興宗のあり方が鮮やかに見えてくる。袁顗の誘いは一見もっともなものであったが、蔡興宗はそれを断る。

興宗曰、「吾素門平進、与主上甚疎、未容有患。宮省内外、人不自保、会応有変。若内難得弭、外釁未必可量。汝欲在外求全、我欲居内免禍、各行所見、不亦善乎。」

（興宗曰く、「吾　素門平進にして、主上と甚だ疎なり、未だ患ひを有するを容れず。宮省内外、人自ら保たず、会たま変有るに応ず。若し内難弭むを得ば、外釁未だ必ずしも量る可からず。汝は外に在りて全を求めんと欲す、我は内に居りて禍を免れんと欲す、各々見る所を行ふも、亦善ならざるか。」）

「お前はお前の考えに従って外地で安全を図れ、俺は内にあって禍を避けるつもりだ」という蔡興宗の言い方は自分の身の処し方を説明するものである。そこに押しつけがましさはなく、袁顗の考え方を尊重している。

時京城危懼、衣冠咸欲遠徙、後皆流離外難、百不一存。

（時に京城危懼し、衣冠咸遠く徙らんと欲するも、後皆流離し外難にあひ、百に一も存せず。）

このようなその後の歴史の流れは、胡三省も指摘するように、興宗の見識の正しさを証明するものであった（七）。

蔡興宗の情況分析と判断がいかに理にかなっていたかについては、沈慶之にクーデターを勧めるやりとりによってもよくわかる。身に危険を感じてノイローゼ気味になっている沈慶之からの使いに、興宗は「あなたが門を閉じて避けているのは、下心があってやってくるような輩に対してではありませんか。私は違うのに、どうしてあなたは私と会おうとなさらないのですか」と託ける。沈慶之はやっと蔡興宗と直接会う気になった。そこで蔡興宗は現状に対する自分の見解を述べる。「前廃帝はまだ幼いから、将来まともになる可能性は否定できないと思っていたのだが」、「最近の行き過ぎは目に余り、あなたの身に害が及ぶのではないかと心配だ」とし、「戦々兢々とした中で皆が期待をかけているのは今やあなただけなのだから、責任はあなたにかかってきている」、「あなたは力をもっているから、クーデターを起こせば皆が従うでしょう。やらなければやられてしまいますよ」と勧め、自分が昔沈慶之のもとで働いていた時にかわいがってもらったから敢えて本音を言うのだ、と言い添えた。このうち、「(子業)紹臨するや、四海清謐たり、即位のとき正に是れ挙止衷に違ふも、小小たる得失のみ、亦謂へらく春秋尚ほ富めば、徳を進むること期す可し。而れども」と前廃帝の改心を願って今まで観察してきたのに、という記述や、「百姓喁喁たり、復た仮息の望無く、冀ふ所は正《た》だ公一人に在るのみ。復た成敗を坐視するが若きは、唯だ身禍の不測のみに非ず、四海の重責、将に帰する所有らんとす」と沈慶之に対して権力を持つ者としての社会的責任を説く部分は話の大筋を追うだけならば必要なく、事実『南史』では削除されている。しかし、これらがあることによって読者は蔡興宗の冷静な情況判断の実際に触れることができ、また、我が身ひとつを保つということに止まらない、上に立つ者としての責任をはっきり認識している人物なのだと判断できる。

　ところが、蔡興宗の情ある言葉に対して、沈慶之は「最近の情況はわかっているが、私は忠にもとることは考えたこともない。しかも老いてしまって兵も最早実践では役にたたず、気持ちだけはあっても実行は無理だ」と後込みする。これを受けて興宗は、沈慶之がクーデターを起こしてもそれは不忠ではないことと、味方がいかに多いかということを述べる。ここに引用される、「宗越・譚金の徒は、公の宇下に出で、並びに生成を受く、攸之・恩仁は、公の家口の子弟のみ」、「且つ公の門徒義附は、並びに三呉の勇士たり、宅内の奴僮は、人　数百有り。陸攸之は今東に入り賊を討ち、又大いに鎧仗を送る、青溪未だ発せざるに在り。攸之は公の郷人、驍勇にして胆力有り、其の器仗を取りて、以て衣を宇下に配し、攸之をして以て前駆を率ゐしむれば、天下の事定まらん」という言葉は、『南史』では繁を厭うて割愛している。しかし、具体的な人名の列挙が『宋書』にはあることによって、蔡興宗が信頼すべき根拠に基づいて話す人物であることが浮き彫りにされる。

蔡興宗は更に、歴史的教訓に学ぶようにと忠告する。この部分、『南史』では「前世の故事を案」じたというだけだが、『宋書』では続けて「昔太甲の罪は民に加へず、昌邑の虐は下に及ばず、伊尹・霍光は猶ほ大事を成すがごとし、況んや今蒼生窘急たり、禍ひ百たび往きて代へんや」と、伊尹・霍光の故事を具体的に挙げて、蔡興宗が空論を吐いているわけではないことを印象づける。さらに、「巷ではあなたが朝廷でいかに力をもっているかということが話題になっているのだから、今のうちにことを起こさないと大変なことになる、よく考えてみて下さい」と、今こそ決断すべき時であることを重ねて言う。しかし最後には、沈慶之に最終的判断を任せる。沈慶之は、とうとう実行にうつさないことを次のように宣言する。

深感君無已。意此事大、非僕所能行、事至故当抱忠以没耳。

（深く君に感じて已む無し。此の事の大なるを意へば、僕の能く行ふ所に非ず、事至らば故より当に忠を抱きて以て没すべきのみ。）

沈慶之は後に顔師伯がクーデターを起こそうとした時にその謀を漏らした人物であるが、(九)『宋書』では「深く君に感じて已む無し」という『南史』で削除されている言葉を使って、沈慶之が蔡興宗の懇切な説明に感じ入っていることを強調する。子業廃立を画策する蔡興宗の一連の行動が何故漏洩しなかったのかについて、胡三省は、沈慶之・王玄謨・劉道隆の自分一個の保身の為だとする。(一〇)しかし『宋書』では、蔡興宗の情報分析の的確さと、それを伝える際の態度によって蔡興宗が相手の信頼を得ていた為であることを強調するような描き方をしているのである。「頃之して、

慶之 果たして忌まるるを以て禍を致す」、やがて、事は蔡興宗の予想していた通りになった。

王玄謨もまた、ノイローゼになっていた。「王玄謨はもう誅されてしまった」という噂が郷里に流れて大騒ぎになっていたからだ。そんな流言が真実味を帯びてしまうような情況であった。王玄謨はそこで、信頼を寄せる典籤の包法栄を蔡興宗のもとによこす。蔡興宗が見舞いを述べると、包法栄は拒食症と不眠症に陥っている王玄謨のひどい有様を、「領軍 比日 殆ど復た食さず、夜も亦眠らず、常に『収已に門に在り、俄頃も保たず』と言ふ」と伝える。これをきいた蔡興宗は、どうして坐して禍を待つのか、と言う。もともと、王玄謨は部曲三千人を有していたが、前廃帝の猜疑心によって厳重な監視下におかれた。王玄謨はこれを深く怨み、五百人を墓守として巌山に留めたのだが、蔡興宗はこれを使ってクーデターを起こせ、と言うのである。

当今以領軍威名、率此為朝廷唱始、事便立剋。領軍雖復失脚、自可乗轝処分。禍殆不測、勿失事機。君還、可白領軍如此。

（当今 領軍の威名を以て、此れを率ゐて朝廷の為に唱始すれば、事便ち立ちどころに剋たん。領軍復た失脚すと雖も、自ら轝に乗りて処分す可し。禍ひは殆んど測らず、事機を失ふ勿かれ、と。君還りて、領軍此くの如しと白す可し。）

「領軍憂懼すれども、当に方略を為すべし、那んぞ坐して禍ひの至るを待つを得ん」という蔡興宗の言葉に始まる包法栄とのこの一連のやりとりを、『南史』は「興宗は法栄に因りて玄謨に挙事を勧む」と手際よくまとめてしまっている。しかしこれだけでは、情勢を見据えて判断を下す蔡興宗の力量は見えてこない。自分のもとに使いをよこした王玄謨に対して具体的方策を挙げた上で迅速な行動を促すという描写があって初めて、蔡興宗の分析力を窺うことができる。結局、王玄謨も沈慶之と同じく実行には移さないことを伝えてくるが、同時に「此れも亦未だ行ふ可くに易からざれども、当に君の言を泄らさざるべきを期す」と約束する。この言葉は、蔡興宗の思考の筋道が詳細に示されている『宋書』の記述があってこそ、生きてくる。ここでもまた、蔡興宗の観察眼と人柄が信頼を寄せられるに足るものであったことが読者に伝わってくることになる。

次に描かれるのは、子業から辱めを受ける袁粲達と、ただ一人免れ得ている蔡興宗の姿との鮮やかな対照である。

帝毎因朝宴、捶殴群臣、自驃騎大将軍建安王休仁以下侍中袁愍孫等、咸見陵曳、唯興宗得免。

（帝毎に朝宴に因り、群臣を捶殴し、驃騎大将軍建安王休仁より以下侍中袁愍孫等、咸陵曳せらるるも、唯だ興宗のみ免るるを得たり。）

簡単な記述の中に、狂悖の天子の攻撃を見事にかわしている蔡興宗の処世の巧みさが描き出されているといえるだろう。似たような記述は孝武帝時代でもされていた。

転掌吏部。時上方盛淫宴、虐侮群臣、自江夏王義恭以下、咸加穢辱、唯興宗以方直見憚、不被侵媟。尚書僕射顔師伯謂議曹郎王耽之曰、蔡尚書常免昵戯、去人実遠。

（転じて吏部を掌る。時に上 方に盛んに淫宴し、群臣を虐侮し、江夏王義恭より以下、咸穢辱を加へらるるも、唯だ興宗のみ方直を以て憚られ、侵媟を被らず。尚書僕射顔師伯 議曹郎王耽之に謂ひて曰く、「蔡尚書 常に昵戯を免ぜらるること、人を去ること実に遠し」と。）

『宋書』ではこれに続けて後日談を配置する。明帝が即位して危険が去ると、王玄謨は自分が行動を起こせなかったことについて、郭季産たちの進言が足りなかったからだと責任転嫁をしようとした。すると郭季産は、「蔡興宗の言はこの上もなく正しかったのに、あなたが実行できなかっただけではありませんか。蔡興宗の言葉ですらあなたに通じなかったのですから、私などが何を言っても無駄だったでしょう」とやりかえす。王玄謨はこれをきいて恥じた。

この話を、『南史』では明帝のクーデターの記事の後におく。時間的順序を考えれば『南史』の排列が正しいことは言うまでもないが、王玄謨の先見の明のなさによって蔡興宗の観察の正しさを描き出している点で、『宋書』のこの排列にはやはり意味がある。(二二)

薄氷をふむように生きざるを得ない緊迫した情勢の中にあって、蔡興宗が人とつきあう際にいかに厚い信頼関係が成立していたかは、劉道隆とのやりとりによくあらわれている。道端で劉道隆に行き会った時のこと、蔡興宗は「近頃ちょっと思うところがあるんですよ」と声をかける。この真意を深く理解した劉道隆は蔡興宗の手をつねって「言ってはだめだ」と答える。劉道隆という、子業の手先として禁兵を任されているような人物に対してすら自分の見解を伝え得ている。蔡興宗は現実のひどさを、ただ手を束ねてみているわけではなく、先の先まで見据えた上で積極的に関わっていこうとする。彼の情況把握の正確さは、言動の結果として自らを窮地に追い込むことには決してならなかったことによって示される。

三、像の構築

一で袁粲伝、二で蔡興宗伝をみたように、『宋書』においては蔡興宗伝と袁粲伝とは大分趣きが違う。蔡興宗伝では前廃帝の時代の活躍にはっきりと重点がおかれて叙述され、分量的にも全体の半分以上の文字数を割く。話の筋を追う為には必ずしも必要ではなく『南史』では略したり要約したりしているような蔡興宗と相手とのやりとりを敢えて引用することによって、官界で活躍する彼の姿が効果的に活写される。これに対して、袁粲伝の方は淡々と簡潔に書かれていて叙述に軽重がみられず、量的にもどの部分が多いともいえない。『南史』が脚色することによって初めて生き生きとした描写になる。

『宋書』に描き出された袁粲と蔡興宗の違いを鮮やかに示すのは、既に触れたように顔師伯の両者に対する態度の違いである。袁粲は顔師伯に近づこうとしながら、相手を軽蔑する気持ちが前面に出てしまって受け容れて貰えない。それどころか、常日頃から顔師伯だけでなく孝武帝の反感を買っていた為に、これを機会と左遷されてしまうことが、論理的に簡潔に書かれる。一方同じく宴の場面で、殆ど例外なく孝武帝の辱めを受ける士大夫達の中ただ一人その害に遇わずにすんでいる蔡興宗に対して、『宋書』は顔師伯の感嘆の声を引用する。『宋書』での描かれ方を通して、顔師伯が袁粲を嫌う一方で蔡興宗には一目おいている、ということが明らかにわかる。

沈約はどのような時代にあっても生き抜いて行く為にはどうすればよいのかを、自分が共感を寄せる蔡興宗と、そうではない袁粲とによって示したといえる。その際にとられたのは、袁粲伝においては極力簡潔に平板に記し、蔡興宗伝においては時に煩瑣とも思われる発言の引用を厭わずに、強調すべき所は強調し徹底的に蔡興宗と周囲の人物との関わりを記す、という手法であった。それによって読者の前には、無機質で冷たい袁粲像と、血の通った信頼すべき存在としての蔡興宗像が現出するのである。

おわりに

以上、『宋書』袁粲伝と蔡興宗伝とを、処世の巧拙[一二]と伝における描写の繁簡をみることによって比較した。前章では元嘉時代の記事を取り上げた為に沈約の編集作業に重点をおいたのだが、本章で取り上げた二人が活躍したのは主として前廃帝子業時代、沈約が二十代半ばに達していた時期のことであり、直接沈約が執筆した部分が主体である[一三]為、より具体的に描かれ方を検証することができた。

本章では、具体的な叙述の分析を通して、沈約が共感を寄せるのが悠々と時代を乗り切った蔡興宗の方であったことを確認した。沈約は袁粲伝では極めて簡潔で平板な描写をしている一方、蔡興宗伝では煩瑣な引用を厭わずに丁寧に蔡興宗の像を描き出している。『宋書』に描き出された蔡興宗は、歴史を主体的に解釈して自らが生きる智慧とし先見の明とし得ていた。そのような蔡興宗の姿は前章で考察した王微像と重なりあっている。また、『宋書』に描き出される袁粲と袁淑との同質性も見逃せない。

沈約はいうまでもなく、単に客観的記述を主としてのみ『宋書』をものしたわけではない。ものごとの全体を見極めた上で、それぞれの人物の記述の仕方に軽重をつけている。現実とは遊離した生き方である故に憧れの対象ともなりがちな英雄的人物に対して決して手放しの称賛を与えることをせず、淡々と事実を羅列することによってそういう人物の処世に対して関心がないこと、それどころか批判的ですらあることを示しているのだということを袁粲伝で見た。沈約のこの関心のあり方は、第I部でみた「敗政」や「甘蔗」であらわされる人物群の解釈における関心のあり方と通底する。沈約がこれらの言葉に込めた内実と俗情［「俗情」については第IV部第2章注（一〇）参照］とは全く逆の方向性をもつものであった。同じ言葉でも、それを使う場合の態度によって目指す方向は全く違ったものになる。沈約がかなり意識的に言葉に込める意味を変容させていたことについては、すでに前章で「峻節」を例にあげて論じた。

沈約にとって後世に残すに足るのは、華々しい英雄ではない。激動の時代を静かに生き抜いた人物をこそ、魅力的に描く。何故なら、人間が必要としているのは、生きる智慧だからだ。個人の身に引きつけて徹底的に追求していった結果が抽象性の獲得なのであり、その逆ではない。沈約は「乱世の矛盾をどうやって引き受けていったのかという他人の個人的体験を通して、現実を把握しようとする」(一四)感覚を備えていたのである。英雄に歴史は必要ない。激情にかられて自ら死に向かうような英雄は、あくまで妄想における憧れの次元にとどめるべき存在であり、歴史を糟糠としてではなく現在の困難な時代を生きる我が身にひきつけて考える際には参考にならない。ごく普通の、周囲と関わりを保ちつつ当たり前に生きていかなければならない人間にとってこそ、歴史は必要なのである。

英雄的であるとされる人物の伝記は、小説を読むように読んだ場合にあまりに魅力的である。だから読者の中には、そこに描き出された英雄の生き方をそのまま鵜呑みにして自分もまたそのようになろうとし、陶酔しながら悲劇的な最期へと突き進む者が多く出てしまいがちである。その危険性を回避する為には、逞しく生き抜く智慧をくもらせないでいるだけのつよさを持たなければならない。しかし英雄的ではない生き方を魅力的に伝えることは至難の技である。沈約が本章で見てきたような蔡興宗像を構築したことは、そのような困難に対する挑戦であったと言えるのではないか。

沈約は、与えられた現実の中で精一杯に生きようとするあり方を王微や蔡興宗といった人物を描くことによって示し、与えられた現実を拒否して生きることを放棄するあり方を袁淑や袁粲を描くことによって示した。これらの人物が『宋書』でどのように描き出されているのかを通して、沈約が人間を大きく二つのカテゴリーに分けて考えていたこと、一貫して生への意志を支持していたことが見えてくる。

沈約は『宋書』で、自らの憧れである悠々たる生き方をした具体的姿として蔡興宗を描き出そうとした。現実と関わりあいながら、しかも翻弄されることなく常にゆったりと生きていたい、生きていて欲しいという思いを、沈約は蔡興宗という人物を描き出すことを通して読者に語りかけている。書かれることを期待されている事柄に関しては書き、書いてはならないことは書かないでおきながら、記述の繁簡という方法を用いて自分の思いを表現しようとしている『宋書』は、やはり単なる事実の記録ではなく、作者の託した思いを読みこむことに耐えうる作品だといえる。

注

（一）『宋書』隠逸伝序に「陳郡袁淑集古来無名高士、以為真隠伝、格以斯談、去真遠矣」とある。沈約の隠逸については、神塚淑子「沈約の隠逸思想」〔『日本中国学会報』三一、一九七九年一〇月〕に詳しい。

（二）「時尚書右僕射蔡興宗是顗舅、領軍将軍袁粲是顗従父弟、故書云群従舅甥也」〔『宋書』巻八十四 袁顗伝〕。

（三）袁粲は四二〇―四七七、蔡興宗は四一五―四七二。許福謙は蔡興宗の生年を四一六年とし、五十七歳で死んだとする〔「『宋書』紀伝疑年録」、首都師範大学『学報』、一九九三年第四期〕が、今はとらない。

（四）本章で引用する前廃帝時代の二条の他に二人が同時に登場するのは、明帝の顧命に関すること〔蔡興宗伝・明帝紀〕、二人が姻戚関係にあること〔袁顗伝・袁彖伝〕である。

（五）袁粲は『宋書』巻八十九・『南史』巻二十六、蔡興宗は『宋書』巻五十七・『南史』巻二十九にそれぞれ伝がある。

（六）「先是、興宗納何后寺尼智妃為妾、姿貌甚美、有名京師、迎車已去、而師伯密遣人誘之、潜往載取、興宗迎人不覺。及興宗被徙、論者並云由師伯、師伯甚病之…欲止息物議、由此停行」〔『宋書』蔡興宗伝〕。

（七）「蔡興宗可謂先見矣」〔『資治通鑑』巻百三十注〕。

（八）『史記』巻三・『漢書』巻六十八参照。

（九）「師伯専断朝事、不与沈慶之参懐、謂令史曰『沈公爪牙者耳、安得預政事』慶之聞而切歯、乃泄其謀」〔『南史』巻三十四 顔師伯伝〕。

（一〇）注（七）参照。「人不敢泄其言、何也。昏暴之朝、人不自保、『時日害喪、予及汝皆亡』蓋人心之所同然也」〔『資治通鑑』巻百三十注」。

（一）それぞれの話の配列を示しておく。

『宋書』（王玄謨とのやりとり→後日譚→劉道隆とのやりとり→前廃帝の凶悖→劉彧〈明帝〉による政権奪取）

『南史』（王玄謨とのやりとり→劉道隆とのやりとり→前廃帝の凶悖→劉彧〈明帝〉による政権奪取→後日譚）

（二）李潤和は、「他所作的有関人物評価的史論、大部分都与処世的内容有関」〔「従『宋書』史論看沈約的天命観与処世観」、『中国史研究』、一九九四年第一期〕と、沈約が『宋書』において人物を評するのに処世の面から論ずることが多いことを指摘している。

（三）「自永光以来、至於禅譲、十余年内、闕而不続」〔『宋書』巻百　自序〕。

（四）「有超過他人対乱世矛盾理解的個人体験、試図去把握現実」。符瑞志や五行志に力を入れていることから『宋書』には現実的な感覚がないと断ずる論調に対する李潤和の反論である〔「従『宋書』史論看沈約対現実的認識」、『文史哲』、一九九三年第三期〕。

以上、第II部では『宋書』を題材として、第I部でみたような沈約の視点が『宋書』においても矛盾なく反映されていること、しかし『宋書』においてはそれを述べるにあたっての方法が彼の詩文作品とは違い確立していることを確認した。『宋書』は生への意志に貫かれた作品である。沈約は、「智」をもちながらそれを生きることへ結びつけることに失敗した者たちの齎す悲劇の構造を分析した。また、与えられた現実を生き抜く意志を持つ人物群の代表として設定した個人については丁寧に描くことによって、そうではない人物群の代表として設定した人物については言葉少なに平板に記述するという方法で事実上の判断を下していること、このように『宋書』においては人物評価の基準と方法が極めて明快であることを確認した。

第Ⅲ部　文脈の創出——『宋書』論二

第1章　袁粲と狂泉——作者袁粲の意図

はじめに

袁粲は陳郡陽夏の人で、劉宋が成立した永初元年（四二〇）に生まれ、昇明元年（四七七）に斉側の勢力によって殺された。「義を大宋に奉ず」と啓し、「我は忠臣たるを失はず」と言って死んでいった〔『南史』巻二十六　袁湛伝附載袁粲伝、本章では以下「『南史』本伝」と称する〕とされる彼は、まさに劉宋と運命を共にした人物だったといえる。褚淵をはじめとして多くの士大夫が無事に宋斉王朝交代を乗り切った中にあってあっさりと殺されてしまった袁粲に対し、宋から梁にかけて生きた沈約は『宋書』袁粲伝の論賛において、次の様に述べる。

闘運搬基、非機変無以通其務、世及継体、非忠貞無以守其業。…袁粲清標簡貴、任属負国、朝野之望雖隆、然未以大節許也。及其赴危亡、審存滅、豈所謂義重於生乎。

（運を闘き基を搬むるには、機変に非ざれば以て其の務に通づる無く、世体を継ぐに及びては、忠貞に非ざれば以て其の業を守る無し。…袁粲は清標簡貴、属に任じ国を負ひ、朝野の望隆しと雖も、然れども未だ大節を以て許さざるなり。其の危亡に赴き、存滅を審らかにするに及びては、豈に所謂 義は生より重きか。）〔『宋書』

巻八十九　袁粲伝、本章では以下『宋書』本伝」と称する〕後に清の趙翼も「宋斉は荒王多し」〔『廿二史箚記』巻十二〕と指摘したごとく、三十年間続いた文帝の元嘉の治が息子による親殺しという血なまぐさい事件で幕を閉じて以後、宋王朝は暴君と幼帝が入れかわり君臨する暗黒の時代に突入していた。放伐やむなしの空気が支配しつつあったであろう中で、袁粲はあえて時代の流れと逆行するような態度をとり、殺された。その点を沈約は、現実を見据えて対処する能力に欠けた人物だったと批判する。しかし一方では、人々はそんな彼に同情を寄せ、「憐むべし石頭城、寧ろ袁粲の死を為すも、彦回の生を作さざれ」〔『南史』巻二十八　褚裕之伝附載褚彦回伝〕と言ったという。王朝に殉じた人物として評価される袁粲の精神のあり様を、「妙徳先生伝」を手掛かりとして探るのが本章の目的である。彼が、自分をどのような人物であると想定しようとしていたのか、また、時代にどの様に関わっていこうとしたのか、を彼自身の表現を通して考えてみたい。

なお、「妙徳先生伝」の範囲については議論が残る。狂泉のエピソードを含め全体を一作品と見做す考え方に対し最近、妙徳先生の人となりを述べた部分のみを「妙徳先生伝」とし狂泉のエピソードを別個のものとする考え方も提出されている（二）。しかしながら、筆者は全体を一作品と見做す立場をとる。後に詳しく述べるが、その方が「文殊菩薩が語る譬喩」という構図が明確にあらわれ、袁粲の自負心がより鮮明になると考えるからである。

一、「妙徳」と文殊菩薩

『宋書』本伝によれば、袁粲には士大夫たるに足る気高さと節度があった。そしてそのことに対して自信と誇りをもっていた。ある時、嵆康の「高士伝」を受け継ごうとして書き記したのが「妙徳先生伝」だった。彼はこれによって「以て自らを況《たと》へ」ようとしたという。その前半部分を全文引用する。

有妙徳先生、陳国人也。気志淵虚、姿神清映、性孝履順、栖沖業簡、有舜之遺風。先生幼夙多疾、性疎嬾、無所営尚、然九流百氏之言、雕龍談天之芸、皆泛識其大帰、而不以成名。家貧嘗仕、非其好也、混其声迹、晦其心用、故深交或迕、俗察罔識。所処席門常掩、三逕裁通、雖揚子寂漠、厳叟沈冥、不是過也。脩道遂志、終無得而称焉。（二）

「妙徳先生は陳国の人である。志は深いところにあり、身も心も清らかで、生まれついての孝行者で道理に従い、何でも見通して核心を掴んでいく様は、古の舜を彷彿とさせた。先生は若いころから利発であったが、うまれついてのものぐさで何かを極めるということをしなかった。それでもあらゆる分野の学問を理解し、巧みに文章にしたり弁論したり、本質を捉えていたが、それによって名を成そうなどとは考えていなかった。家が貧しかったので出仕したことがあるが、本意ではなかった。名声に対する執着を見せないで自分の本当の気持ちを晦ましていたので、親友でさえも勘違いし、一般の人達は彼の本心を知るよしもなかった。あばら家の扉はいつも閉められ、三径だけが通じていた。揚雄の寂寞、厳君平の沈冥もこれには及ばなかった。彼は道を修めて志を遂げたが、終生世間に認められることはなかった。」

『宋書』で「以て自らを況へて曰く」とされていること、また妙徳先生も袁粲も陳の出身であることから、妙徳先生は袁粲自身を指すと考えてよいだろう。

袁粲は「迹を訪ぬるは中宇と雖も、循ひ寄るは乃ち滄洲なり」〔『南史』本伝〕と五言詩に詠んでいるように老荘的世界への憧れを強くもっていた。従って、彼をモデルにした妙徳先生には老荘的雰囲気が付与されている筈であり、確かに妙徳先生は「揚子の寂漠」（三）や「厳叟の沈冥」（四）よりも奥深い所に精神を保ち、老荘的雰囲気を色濃く持った人物として描かれている。それに、「妙徳」という命名自体からも老荘的な雰囲気は十分に連想される。周知のように、『老子』は徳経と道経から構成されているし、「玄之又玄、衆妙之門」［第一章］という文句は、道経の最初の章に出てくるからだ。この様に、妙徳先生の背後に老荘的世界があることは確かである。しかしだからといって、従来いわれているように「妙徳先生イコール老荘思想の体現者」とのみ結びつけてしまうのはどうであろうか。先入観を捨ててもう少し慎重に「妙徳先生」に目を向ける必要があるのではなかろうか。

妙徳という言葉は、穢れのない仏の智慧を体現する文殊菩薩を示す梵語からの意訳ではないかと筆者は考えている。梁の宝唱撰とされる『翻焚《梵》語』［大正蔵五四］巻二「菩薩名」の「文殊師利」の項には、「論曰妙徳訳」（九九一頁）と記載されている。また、梁から隋にかけて生きた慧遠の『無量寿経義疏』［大正蔵三七］には「普賢・妙徳与慈氏三人、別列。妙徳、文殊。慈氏、弥勒」［九四頁］とあり、智顗（五三八ー五九七）が講述し灌頂（五六一ー六三二）が筆録した『妙法蓮華経文句』［大正蔵三四］巻二上には「文殊師利、此云妙徳」（二二頁）「不縦不横、故名妙徳」［二三頁］と記載されている(五)。勿論、宝唱・慧遠・智顗よりも前の時代の人である袁粲が妙徳という語を文殊菩薩の訳語として認識していたかどうか疑問は残る(六)。しかし、もし袁粲が妙徳イコール文殊菩薩と認識していたとするならば妙徳先生は智慧を体現する人物として設定されたことになり、「妙徳先生伝」は覚醒者としての妙徳先生（袁粲）を描く場として用意されたものだと考えることも可能である。

二、狂泉と盗泉・貪泉

「妙徳先生伝」の後半は、物語の主人公である妙徳先生が披露した譬え話と、その話に対する妙徳先生のコメントとから成る。

昔有一国、国中一水、号曰狂泉。国人飲此水、無不狂、唯国君穿井而汲、独得無恙。国人既並狂、反謂国主之不狂為狂、於是聚謀、共執国主、療其狂疾、火艾針薬、莫不必具。国主不任其苦、於是到泉所酌水飲之。飲畢便狂。君臣大小、其狂若一、衆乃歓然。我既不狂、難以独立、比亦欲試飲此水。

「昔ある国に、ひとつだけ水飲み場があって狂泉と呼ばれていた。国民はこの水を飲んでいたので皆狂ってしまっていたが、唯一国主だけが井戸を掘って水を汲んでいたので、無事でいた。国民は軒並み狂っていたので、かえって国主の狂っていないのを狂っていると思いこみ、皆で謀って国主を執え、国主の病気を治そうとして、モグサや針や薬など、あらゆる手を尽くした。国主は治療の苦しみに耐え切れず、泉へ行って水を汲んで飲んだ。そして、飲み終わるやいなや狂ってしまった。君主も臣下も大人も子供も同じように狂ったので、みんなはやっと喜んだ。」

ここまで話した妙徳先生は、最後にこう述べる。

「私はもとより狂っていないものの、たった独りで志を貫き通すのも難しい。それで最近では、私も試しに狂泉の水を飲んでみようかと思うようになった。」

この狂泉からまず連想されるのは、「盗泉」である。「孔子勝母に至りて暮れり、しかれども宿らず、盗泉に過るに、渇けども飲まざるは、其の名を悪めばなり」〔『尸子』(七)〕とあるように、孔子は「盗」という良からぬ文字を冠せられた泉を悪んで、必要に迫られても飲もうとしなかったのである。

ところで、「盗泉」とは違い、いわくつきの泉の水を敢えて飲んだという話もある。石門の「貪泉」がそれである。晋の呉隠之は、忌み嫌われていたその水を飲んで詩を賦し、「古人此の水を云ひて、一たび歃れば千金を懐ふと。試みに夷斉をして飲ましめば、終に当に心を易へざるべし」〔『晋書』巻九十　良吏伝・呉隠之〕と言った。彼は自分の「清操」を示す為に、自分から進んで貪泉の水を酌んだのである。

主人公のとった具体的な行動が正反対であったにせよ、盗泉と貪泉の話は明らかに同一線上に置くことができるものである。マイナスのイメージを付与された名をもつ泉に対してどのように行動するか、それによって己の清廉を証明しようとするからだ。そして、狂泉の話も明らかにこの系列に属すると筆者は考える。

また、「清」たる自己と「濁」たる他者を差別化して覚醒者の孤独を描いている、という点に着目すれば、すぐに思い出されるのは屈原である。「世を挙げて皆濁るに、我のみ独り清めり、衆人皆酔ふに、我のみ独り醒めたり」〔『楚辞』漁父〕という屈原の孤独は、「試みに此の水を飲まん」と悲痛な叫びをあげる袁粲の孤独と非常に近いものがある。

盗泉や貪泉という言葉と狂泉という言葉の類似や、屈原と妙徳先生の覚醒者としての孤独の同質性を考えれば、狂泉の話は中国の伝統的なモチーフに忠実に沿ったものであると言えるだろう。

三、狂泉と「多智王の話」

前節では、袁粲が自らの清廉とそれ故の孤独を訴える為に狂泉の話をしたことを述べた。孔子が盗泉の水を口にしなかった話のように、袁粲もまた置かれた情況に対して示す態度を通して自己の正当性を誇示しようとする立場をとった。それでは、狂泉の話は中国の伝統的モチーフに沿いつつ袁粲が独自に創作したものなのだろうか。ことはそう単純ではない。西岡淳氏は「『剣南詩稿』に於ける詩人像」〔『中国文学報』四〇、一九八九年一〇月〕の注で、狂泉の話の原文を引用した後、次のように述べている。

なお、この説話が直接に拠ったものとして、荒井健教授より、『経律異相』〔五十巻、大正蔵五三〕巻二十八所収の「多智王佯狂免禍」の存在を教えていただいた。この話は「狂泉」と構造が基本的に同じであり、出典の問題こそ無しとしないが（章末に「出『雑譬喩経』第四巻」と記さるるも、『雑譬喩経』に第四巻は存在しない）、この説話を問題にする上で参考にすべき文献であることを断っておく。

なお、西岡氏に言及はないが、つとに『雑譬喩経』十七則と「狂泉」のエピソードとの類似を指摘したのは銭鍾書氏である。（八）ただし、出典の問題をめぐっては、銭氏の指摘も西岡氏の断りもさらに検討の余地があるようである。

『経律異相』は梁の宝唱（生没不明）等が撰した仏教の経典である。そして巻二十八の第十三則に、確かに、狂泉のエピソードと酷似した「多智王佯狂免禍」の話が載っている〔大正蔵五三、一五四頁〕。両者の相異点は、「狂泉」ではなく「悪雨」であることと、周囲の人々が「ずっと狂っている」のではなく、次に引用するように、「最後には狂っていたことを自覚する」ことである。

王恐諸臣欲反、便自怖懼、語諸臣言、我有良薬、能自愈病、諸人小停待我服薬。王便入内脱衣、同其而出。一切群臣見、皆大喜。七日之後群臣醒悟、大自慙愧、各著衣冠而来朝会。王故如前赤裸而坐。諸臣皆驚怪而問言、王常多智、何故若是。王答臣言、我心常定無変易也、以汝狂故反謂我狂。非実心也。（九）

（王　諸臣反せんと欲するを恐れ、便ち自ら怖懼し、諸臣に語ありて言らく、「我　良薬有り、能く自ら病を愈す、諸人　小停　我が服薬を待て」と。王便ち内に入り衣を脱ぎ、其れに同じて出づ。一切の群臣見るや、皆大いに喜ぶ。七日の後群臣醒悟せり、大いに自ら慙愧し、各おの衣冠を著けて来たり朝会す。王故より前の如く赤裸にして坐す。諸臣皆驚き怪みて問言し、「王常に多智なるに、何の故にか是の若くなる」と。王臣に答へて言はく、「我が心常に定まりて変易無きなり、汝が狂を以ての故に反って我が狂を謂ふ。実心に非ざるなり」と。）

周りの人が皆狂ってしまった時、国王は狂った振りをして自分の身を守った。悪雨の効力が切れて皆が正気に返り自分の話を受け容れてくれるのを七日間辛抱強く待つ為である。国王は、自分も本当に狂ってしまうという道をとらずに、皆に真実を告げた。

袁粲の話では、一度狂った者は元に戻らないことを前提に話が進められていた。だから、国主は周りの者が決して己の非を悟らないことを確信し、その絶望感と苦しみに耐えきれずに、自らも狂うという道を選ぶ。

国中の者が永遠に狂ってしまうという「妙徳先生伝」の悲劇的結末に比べれば、全員が正気に戻る『経律異相』の結末は極めて楽観的である。この違いは、二つの話の持つ背景の違いに由来するものだろう。『経律異相』が仏教の経典であり、「妙徳先生伝」が個人的な志を述べようとしたものであることが、ストーリーの展開にも反映していると思われる。

人々を教化するという目的をもつ『経律異相』は、読む人に反省を促して救いを提供しなければならない。だからこそ、群臣は七日後に正気に返り、多智王の話に耳を傾けられる状態になるというハッピーエンドが約束されるのである。

これに対して、狂泉の話には経典に課せられるような制約はない。袁粲が目指すのは勿論理想的な政治の場であるが、たとえ最終的な目的をそこに設定しているとしても、当面の目的は己の志を周囲に向かってアピールすることである。悪雨の話と狂泉の話の根本的な違いは、公の為に語るのか私的に語るのか、というところにある。「君臣大小、其の狂へること一の若し」という社会で、ただひとり「恙が無きを得」ていた国主は、苦しい情況に耐えきれなくなってとうとう志を捨ててしまった。周囲の圧力に屈してしまった国主に対して、妙徳先生は「比ろ亦試みに此の水を飲まんと欲す」と同調しているかのような発言をする。

この様に、『経律異相』の話と狂泉の話は、筋としては同じものでありながら目指す方向は全く違う。しかし、筋の類似度が偶然の一致にしては高すぎる。

目指す方向がどうであれ両者には明らかにつながりが指摘できるが、袁粲が『経律異相』そのものを読んでいたかどうかの論議は成り立たない。何故なら、宋の時代に既に死んでいる彼が、梁の天監十五年（五一六）奉勅撰のこの経典を見た筈がないからである。また、宝唱たちの方が、袁粲の話を真似たのではないかという論議も成り立たない。何故なら、章末に「出雑譬喩経第四巻」と記されているからである。先に引用したように、西岡氏は『雑譬喩経』に四巻が存在しないから悪雨の話も『雑譬喩経』に載っていないかのように述べていた。なるほど、現在残っている『雑譬喩経』に第四巻はない。しかし、悪雨の話は現存の『雑譬喩経』の中に見出すことができるのである。

大正蔵四に収められている『雑譬喩経』〔№二〇四―二〇八〕はどれも一巻もしくは二巻から成っている。だが、銭氏の指摘通り、その中に確かに『経律異相』のもとになったらしい話が存在する。問題の『雑譬喩経』は、後秦（三八四―四一七）の道略（生没不明）が集めたもので、大正蔵では№二〇七に収められている。つまり、宝唱は後秦の道略の記した『雑譬喩経』の多智王の話を『経律異相』に取り入れたことになる。

『経律異相』の話と『雑譬喩経』の話は、文字の異同が多少ある位で、略同じである。ただ、『雑譬喩経』の最後には、次に引用する部分が加わる。

如来亦如是。以衆生服、無明水、一切常狂。若聞大聖常説諸法不生不生不滅・一相無相者、必謂大聖為狂言也。是故如来随順衆生、現説諸法是善是悪是有為是無為也。

（如来も亦是くの如し。衆生を以て服するに、明水無く、一切常に狂へり。若し大聖常に諸法の不生を説くに不生不滅・一相無相なる者を聞かば、必ず謂へらく大聖　狂言を為すと。是れが故に如来　衆生を随順せしめんとして、諸法を現説して是れ善　是れ悪　是れ有為　是れ無為と。）〔大正蔵四、五二六頁〕

ここは、仏教経典ではよくなされる確認作業をしている部分である。一般の人々を狂った人々に譬え、如来を多智王に譬えたことを明言し、如来は一般の人々にわかる様に譬え話を用いて説法しているのだ、と読者に印象づけるのである。

さて、宝唱が『雑譬喩経』から多智王の話を採ったことが明らかになった。では、袁粲はどうか。彼もまた、『雑譬喩経』を見ていた（或いは知っていた）可能性は高いと思われる。全くの偶然でこれほどまでに似た話が生まれたとは考えられないし、後秦の人とされる道略が袁粲以前の時代に生きたことは明らかだからである。

以上の話をまとめると、次のようになる。後秦の時代、道略の『雑譬喩経』が成立した。(一〇) 袁粲はこの話をモチーフとして宋代に狂泉の話を創りあげた。一方宝唱等はこの話そのものを梁代に『経律異相』に採録したのである。

四、挿話の変容にみる袁粲の精神

前節では、狂泉のエピソードは話材を仏教からとったものであることを述べた。士大夫の教養として当然頭に入っていたであろう経史子集の知識だけで、同じような話は容易に組み立てられた筈なのに、わざわざ仏教の譬喩を使ったのは何故だろうか。

袁粲は『雑譬喩経』の悪雨を狂泉に置き換えたが、「泉」を題材とした話は、中国に豊富にある。先にとりあげた盗泉や貪泉などもそうだ。孔子（或いは曹参）や、呉隠之などの逸話は、袁粲の志を示す為にはまさにうってつけの材料ではなかったか。

国主は狂泉の水を飲まないようにと井戸を掘ったが、井戸の水を題材とした話も中国には存在する。中でも、次の二つは注目に値するだろう。

今年多疫癘、有此井水、飲之可得無恙。

（今年は疫癘多し、此こに井水有り、之を飲まば恙が無きを得る可し。）［『太平御覧』巻百八十九所引「桂陽列仙伝」］

三旬不醒、啜甜水則随飲随醒。

（三旬醒めざるに、甜水を啜れば則ち飲むほどに醒めゆく。）［『太平御覧』巻百八十九所引「洞冥記」］

「桂陽列仙伝」の方は、その井戸の水を飲んでさえいれば流行病にかからずにすむという話だから、疫を「精神的な病気」と置き換えるだけで狂泉のエピソードと内容的には似通ったものができる。「洞冥記」の方は、既に酔っていてもその水を飲みさえすれば治ると言うのだから、更に一歩進めた話を創るためのいい材料になり得る。

つまり、話材を探すということに限ってみれば、わざわざ仏教の方から話を借りてくることはない筈なのだ。それなのに袁粲は何故、敢えて『雑譬喩経』を利用したのだろう。彼は仏教を篤く信仰し、布教の目的も兼ねて仏典にある話を紹介したのだろうか。確かに、彼は仏教に対して理解を示していた。道士顧歓との夷夏論争においても、袁粲は仏教を擁護する立場をとった。しかし一方で彼は信仰者とは思えない行動もしたようで、孝建元年（四五四）に孝武帝が催した八関斎でわざと戒を破ったという話が伝えられている。

孝建元年、世祖率群臣並於中興寺八関斎、中食竟、愍孫別与黄門郎張淹更進魚肉食、尚書令何尚之奉法素謹、密以白世祖。…並免官。

（孝建元年、世祖群臣を率ゐて並に中興寺に於いて八関斎するに、中食竟ふるに、愍孫別して黄門郎張淹と更に魚肉の食を進む、尚書令何尚之 法を奉ること素より謹なれば、密かに以て世祖に白す。…並びに免官さる。）［『宋書』本伝］

八関斎の間は、殺生をしたり正午以後に物を食べたりすることは禁じられているが、袁粲は堂々とその戒を破ったのだ。

宮川尚志『六朝史研究』宗教篇〔平楽寺書店、一九六四年三月、三〇四頁〕では孝建元年（四五四）に「宋の文帝が群臣をひきい」たとなっているが、文帝は元嘉三十年（四五三）に太子劭に殺されているし、『南史』でも孝武帝の元号の時に世祖が催したとしているので、宮川氏のこの記述は明らかに間違いである。ここは安田二郎「南朝貴族制社会の変革と道徳・倫理」〔東北大学文学部『研究年報』三四、一九八五年三月。二〇〇三年二月京都大学学術出版会発行の『六朝政治史の研究』に収められた〕に従って、「『文帝の諱日』すなわち最初の祥月命日に現帝孝武帝が催した八関斎」ととる。この出来事を信じるならば、袁粲は仏教を決して否定してはいなかったものの、敬虔な仏教徒でもなかったことになる。その彼が仏教の話を利用した理由は色々考えられるだろうが、この話をきく士大夫の興味を引く為に使ったということが大きいのではないかと筆者は考える。（一二）

こう考えて間違いないとすれば、原典をどうアレンジするかが、袁粲の腕の見せ所であった筈だ。既に見てきたように、『雑譬喩経』の話と狂泉の話には微妙なところに違いがあった。その原典との微妙な違いの中にこそ、袁粲が本当に言いたかったことが隠されているのではないか。（一三）流行の題材で目を引いておいて、わかる人にだけ本音を伝えようという密かな思いがあったのではないだろうか。そうだとするならば、袁粲がアレンジした部分を取り上げて吟味しなければ、「妙徳先生伝」において彼が本当は何を言いたかったのかを見誤ってしまう。

原典との顕著な相違は、次の二点である。

A、原典にあった説法の部分が削除され、かわりに妙徳先生の不安感が述べられている。

B、「悪雨」が「狂泉」に置き換えられた。

このうち、Ａについては、人々を仏教的に教化するという目的で書かれているのか、それとも作者自身の心情を伝えることを目的として書かれているのか、という視点から単純に解釈してよいだろうが、Ｂについては問題がある。

狂泉という命名は盗泉・貪泉の話を連想させて主人公の志の高さを示す効果を狙ったものと考えられるが、[一四]しかしこれだけでは、Ｂに関しての説明は十分ではない。袁粲の意図を十分に理解する為には、「悪雨」が「狂泉」に置き換えられた結果、話にどのような変容が起こったか、ということまでを視野に入れて考えなければならない。止んでしまえば効果もなくなる雨が滾々と涌き出る泉に置き換えられた結果、「国王は佯狂しただけであり、他の人達も七日で正気に戻る。そして自分たちの非を悟ることが約束される」楽観的結末だったのが、「唯一正気だった国主が自ら周囲と同化する道を選んで全員が狂ってしまう」悲劇的結末へと変容した。これによって袁粲の官界に対する失望感が、よりリアルに表現されてくることになる。文帝が殺されて以降、孝武帝・前廃帝と、袁粲にとって受難の時代がやってきた。次の明帝は袁粲を重用したものの、決して名君とは言えなかった。[一五]しかし、それにもかかわらず、袁粲は宋王朝の存続に命を懸けた。彼は桂陽王休範が反乱を起こした際に「孤子先帝の顧託を受くれば、本より死を以て報いんとす」（『宋書』本伝）と宣言した。そして、彼の最期の行動はこの言葉を裏切らなかった。袁粲と共に明帝の遺詔を受けた褚淵は斉王朝創立の功臣となっているが、一方の袁粲は褚淵とは正反対の道を選び、宋王朝の忠臣として死んでいったのである。「妙徳先生伝」において正義の通用しない世の中に生きなければならない苦しみを述べた袁粲は、しかしその世の中を消し去ろうとはしなかった。新しい王朝を樹立するのではなく、あくまでも宋王朝をよくしようとしたのだ。時代の流れに逆らってまで明帝の遺詔を奉じて幼帝を輔佐する道を選んだ袁粲は、自分が敗北することを予感していたのではないだろうか。「妙徳先生伝」に、全員が幸せになる為には全員が狂ってしまわなければならないという結末を用意した袁粲は、自分の行動が身の破滅をもたらすことをよく知っていた筈である。

袁粲は「妙徳先生伝」において、目に見える形で仏教を利用した。自分が正しいという信念を持っていながら、周囲に翻弄されざるを得ない苦しみを、原典をアレンジすることで表現した。『雑譬喩経』の挿話を表面上は忠実に真似ながら、「狂泉」という造語を用い、悲劇的結末を用意した。「狂」とは、臣下を公衆の面前で裸にむいて歩かせたり、迷信を信じて改名を強要したりという、どうしようもない皇帝と、それに阿る周囲の人々の狂態を暗示する。そして袁粲は、彼等に同調すれば楽に生きられるとわかっていながらも、そうできない。一人だけ正気を保っているという凄まじいまでの孤独を狂泉の挿話に託し、絶対的覚醒者としての自負を「妙徳」という言葉に込めた。「妙徳先生伝」は、このように袁粲の孤高の精神を表現しようとしたものなのである。

おわりに

褚淵のように宋斉王朝の交代を無事に乗り切った士大夫が大多数を占める中にあって、何故宋王朝に殉じる人物があり得たのか。本章では、そうした人物の代表である袁粲が、時代とどのように関わったのかを表現行為を手掛かりに具体的に探り、彼の精神の軌跡を辿ってみたつもりである。

悲惨な時代であったにも拘わらず自分の信念を貫いて宋王朝の存続に全力で取り組んだ袁粲は、死後に名声を得るに値する人物であったと言える。そして、彼のそうした精神は「妙徳先生伝」において自分を文殊菩薩に況える誇り高さや、自分こそが正しいと主張する自負として表現されていた。さらに、「文殊菩薩が語る譬喩」という構造を持つことによって、作者の孤高の精神が極めて明快に表現されている。

「妙徳先生伝」の文学的な価値は、一見時流に乗っているかのような題材や表現方法を巧みに用いることによって己が孤高の精神のあり様を如実に語ろうとしているという、正にこの点にあるのではないだろうか。

注

（一）例えば、『太平御覧』〔巻七百三十九〕では、「袁愍孫は妙徳先生伝を著して曰く、嘗て周旋の人に謂ひて曰く」として「疾病」部〈狂〉の項で狂泉のエピソードのみを引いていることから、明らかに全体を一作品とみなしていることがわかる。また、厳可均は『全宋文』で「妙徳先生伝」として狂泉のエピソードを含む全体を引いている。これらにならって全体で一つの話と捉えるものが多い中で、中華書局の標点本正史（『宋書』・『南史』とも）は二作品と捉えている。また銭鍾書『管錐編』五（中華書局、一九八六年六月第二版）では、「妙徳先生伝」という題名を使わずに「狂泉之譬」として挿話のみを引いているので、あるいは全体を一つの話とは捉えていないのかも知れない。

「妙徳先生伝」に狂泉のエピソードを含めない考え方の根拠としては、「常」と「又嘗」の対応が挙げられるだろう。「常著妙徳先生伝…曰」で始まる部分と、妙徳先生の人となりを述べ終わった直後で狂泉の話の直前に位置する「又嘗謂周旋人曰」とを並列と捉えて、どちらの主語も袁粲と考えるのである。後半部分の主語を妙徳先生と考えれば、狂泉のエピソードを含めた全体が「妙徳先生伝」ということになる。後半部分の主語が袁粲であろうが妙徳先生であろうが、袁粲の気持ちを語っている、という点においては何ら相違はないと筆者は考える。

（二）以下「妙徳先生伝」の本文は百衲本『宋書』をテキストとした。

（三）「惟寂寞、自投閣」〔『漢書』巻八十七　揚雄伝下〕、「蓋胥靡為宰、寂寞為尸（李奇曰、道化以寂寞為主）」〔同所引「解難」〕。

（四）「蜀厳湛冥、不作苟見、不治苟得（顔師古曰、湛読曰沈）」〔『漢書』巻七十二　王貢両龔鮑伝〕。

（五）唐代には「曼殊室利者、旧云文殊師利、旧翻妙徳、今訳妙吉祥」という記述もある〔遁倫『瑜迦論記』　大正蔵四二、七二七頁〕。

（六）袁粲以前に妙徳が文殊菩薩の訳語として使われていたかどうかは残念ながら不明である。しかし、袁粲以前の人物である東晋の仏駄跋陀羅は、『大方広仏華厳経』巻六［大正蔵九、四三〇頁以降］で、文殊師利が智首菩薩の「菩薩とは何か」という問いに「能く一切の妙功徳を得たり」と答えたと記している。この例からただちに妙徳を文殊菩薩の訳語だとすることはできないが、少なくとも文殊師利と妙徳を関連づけることは可能である。

（七）陸機「猛虎行」の「渇不飲盗泉水、熱不息悪木陰」について『文選』李善注が引く『尸子』に見える。『芸文類聚』巻九に引く『論語撰考讖』にも「水名盗泉、仲尼不漱」とある。なお、『淮南子』説山訓では、盗泉の水を飲まなかったのを曾参とする「曾子立廉不飲盗泉、所謂養志者也」。

（八）注（一）参照［八五頁］。銭氏は、イタリアの古い小説にはよく佯狂して禍いを免れる話が出てくることを述べたあと、『雑譬喩経』で機転を利かせて狂った振りをして臣民をうまく治めた王を「多智」と称したのはもっともなことであると評価し、さらに、トマス・モアの『ユートピア』に出てくる寓言と多智王の話と狂泉の譬えが略同じであることを指摘している。

（九）『経律異相』の本文は磧砂蔵［上海古籍出版社、一九八八年一〇月］による。ただし、句読点は適宜変えた。

（一〇）袁粲は漢語で書かれたものを使ったのであるから、梵語に原典があろうとなかろうと関係ない。従って、これが疑経か否かはここでは問題ではない。

（一一）『南史』巻七十五の隠逸伝所載顧歓伝に、顧歓の「夷夏論」とそれを駁する袁粲の論の略が引かれている。

（一二）加地哲定氏は、仏教故事変文の特徴を「経典の原義の理解よりは大衆に喜んで聴取せしめるのが目的であったようである」（『中国仏教文学研究』同朋舎、一九七九年一〇月、一二六頁）としている。「妙徳先生伝」はもとより唐代以降の俗文学の一形態としての変文と同列に並べられる種類のものではない。しかし、人の注意を喚起する為に仏典を利用したという点で、両者には相通じるものがあるといえるのではなかろうか。

（一三）清末民国の人孫徳謙は「六朝の文士、前人の成語を引くに、必ず一・二字を易へたるは、鈔襲に同じき有るを欲せざればなり。…蓋し成語を引きて加ふるに翦裁を以てするは、見《しめ》すに文の苟作せざるを以てすればなり」（『六朝麗指』三一節）と指摘しているが、これは「妙徳先生伝」にもあてはまるだろう。

（一四）『論語』の「剛を好みて学を好まざれば、其の蔽や狂」［陽貨］を参考にして「狂」という文字に拘われば、武力を恃んで実の父である文帝を弑し、それを諫めた袁粲の叔父袁淑をも殺した劉劭、ひいては時代の風潮に対する諷刺とれないこともない。劉劭が武力のみを重視したことは次の記述からも明らかである。「劭自謂素習武事、語朝士曰、卿等但助我理文書、勿措意戎陳。若有寇難、吾当自出、唯恐賊虜不敢動爾」［『宋書』巻九十九　二凶伝・劉劭］

（一五）明帝は「六朝多以反語作讖」［趙翼『廿二史箚記』巻二十二］の例に漏れず、とても迷信深かった。そして、袁粲の名前が不吉だという理由で改名を命じたという「明帝多忌諱、反語『袁愍』為『殞門』、帝意悪之、乃令改焉」［『南史』本伝］。

第2章　袁粲「妙徳先生伝」と陶淵明「五柳先生伝」——沈約の仕掛け

はじめに

沈約が『宋書』で描こうとした陶淵明は、誠実に生き、そしてそのことを言葉で伝えようとし続けた人物としての姿であることについては別に論じるが（一）、本章では、陶淵明の自序として『宋書』に引用される「五柳先生伝」［巻九十三 隠逸伝・陶潜］と袁粲の「妙徳先生伝」［巻八十九 袁粲伝］とを比較する。『宋書』の中で「～先生伝」という題を冠せられて引用されているのはこの二作品だけであり、どちらも「～先生」と名付けた人物それぞれに作者の理想が託せられているという点で共通している。費やされる文字数も「五柳先生伝」が一二二字、「妙徳先生伝」が一二五字（先生の紹介部分）と殆ど同じである（百衲本による）。しかしながら、この二作品を沈約は全く異なったものとして扱っている。本章では、沈約が何故「妙徳先生伝」ではなく「五柳先生伝」の方に作品としての可能性を見出しているのかを考察する。

一、作品性の違い

「妙徳先生伝」は次のように語り出される。

有妙徳先生、陳国人也。

（妙徳先生有り、陳国の人也。）

「妙徳先生伝」では、妙徳先生は最初から確固たる存在として登場する。作者の袁粲は自分の本籍が陳郡であることによって、あからさまに妙徳（二）先生が自分であることを示す。一方、「五柳先生伝」の書き出しは諧謔味を帯びている。

先生不知何許人、不詳姓字、宅辺有五柳樹、因以為号焉。

（先生は何許の人なるかを知らず、姓字を詳らかにせず、宅辺に五柳樹有り、因りて以て号と為す。）

どこの人かも名前もわからないが、家の周囲にある五本の柳にちなんで五柳（三）と号していた、というのである。読者がどう想像するかはともかくとして、この記述自体からはただちに陶淵明と五柳先生を結びつけることはできない。

ところで、五柳先生は「不知何許人」とされるが、この言葉は『後漢書』逸民伝の「野王二老」「漢陰老父」「陳留老父」、『三国志』注引「康集目録」の「孫登（四）」、『芸文類聚』に引く「石戸之農」［嵆康「高士伝（五）」］、「江妃二女」「丁次都」［「列仙伝」］、「董威輦」［「神仙伝」］など、隠逸の伝においてよく使われる。また、少し後になるが梁の慧皎（四九七—五五四）撰『高僧伝』（巻十四序録によると、収録範囲は六七—五一九）でも、陶淵明に纏わる不思議な挿話をもつことになった晋の史宗（六）を始めとして、僧侶の伝記に多く用いられている。つまり、「五柳先生伝」にこの言葉を置いてあるということ自体が五柳先生が隠逸者である可能性を濃厚に示していることになる。

冒頭の紹介に続いて、五柳先生がどんな人物であったのかが語られる。

閑静少言、不慕栄利。好読書、不求甚解、毎有会意、欣然忘食。

（閑静少言、栄利を慕はず。読書を好むも、甚しく解するを求めず、意に会ふ有る毎に、欣然として食を忘る。）

ここで興味深いのは、「閑静」を愛し、読書を好み、我が意を得たりと思えば「欣然として食を忘」れるという五柳先生の姿が『宋書』に引く「与子書」で陶淵明が自らを語っているのとぴったり重なることである。

少年来好書、偶愛閑静、開巻有得、便欣然忘食。

（少年より来《このかた》書を好み、偶たま閑静を愛し、巻を開きて得る有れば、便ち欣然として食を忘る。）

「五柳先生伝」では、先生が酒を好んだこと、心から楽しんで飲んだこと、しかし決して度を越すようなことはなかったことを続けるが、これは沈約が『宋書』で描写する陶淵明の姿を彷彿とさせる。一例だけ挙げておく。

既酔而退、曾不吝情去留。

（既に酔へば而ち退き、曾て情を吝しみて去留せず。）［「五柳先生伝」］

潜若先酔、便語客、我酔欲眠、卿可去。其真率如此。

（潜若し先に酔はば、便ち客に語るに、「我酔ひて眠らんと欲す、卿去る可し」と。其の真率なること此くの如し。）［『宋書』陶潜伝］

また、五柳先生は貧乏でも一向に気にしなかった。

簞瓢屢空、晏如也。

（簞瓢屢しば空しきも、晏如たり。）［「五柳先生伝」］

これも、たとえ貧乏してでも意に添わない場合は構わず職を棄てる陶淵明の次のような言葉と重なる。

我不能為五斗米折腰向郷里小人。

（我五斗米の為に腰を折りて郷里の小人に向かふ能はず。）［『宋書』陶潜伝］

『宋書』は最後まで、五柳先生の姿に符合する陶淵明を描いているかのようである。

嘗著文章自娯、頗示己志、忘懐得失、以此自終。

（嘗て文章を著して自ら娯み、頗か己が志を示し、懐ひを得失に忘れ、此を以て自ら終る。）〔「五柳先生伝」〕

五柳先生が文章を著したのと同じく、『宋書』に描かれる淵明も「帰去来」「与子書」「命子詩」を書いている。

このように、「五柳先生伝」で使われている言葉は、『論語』など、基づいたもともとの典故を引いてくるよりも、『宋書』に描き出されている陶淵明の姿や他の引用作品を参考にした方が理解しやすいのである。

これに対して「妙徳先生伝」の方は、典故としたであろう作品そのものを思い浮かべながら読むことができ、袁粲が自らをそのような人物であると主張していることも明らかである。しかし、『宋書』の文脈から浮かび上がる袁粲その人の姿と妙徳先生像とが重なることはない。

気志淵虚、姿神清映、性孝履順、栖冲業簡、有舜之遺風。先生幼夙多疾、性疎嬾、無所営尚、然九流百氏之言、雕龍談天之芸、皆泛識其大帰、而不以成名。家貧嘗仕、非其好也。混其声迹、晦其心用、故深交或迕、俗察罔識。所処席門常掩、三逕裁通、雖揚子寂寞、厳叟沈冥、不是過也。修道遂志、終無得而称焉。

（気志は淵虚、姿神は清映、性孝にして順を履み、冲に栖み簡を業とし、舜の遺風有り。先生幼にして夙に疾多く、性疎嬾なれば、営尚する所無きも、然れども九流百氏の言、雕龍談天の芸、皆泛く其の大帰を識る、而れども以て名を成さず。家貧しく嘗て仕へしも、其の好むところに非ざる也。其の声迹を混じ、其の心用を晦す、故に深く交はるも或ひは迕り、俗察識る罔し。処る所の席門常に掩ひ、三逕裁通するのみ、揚子の寂寞、厳叟の沈冥と雖も、是れ過ぎざる也。道を修め志を遂げ、終に得て焉を称する無し。）

このように、妙徳先生は隠逸的雰囲気を濃厚にもつ。ところが、『宋書』は何年にどういうことがあったという単純な記述を中心に袁粲の伝を展開している。これは勿論歴史書として正統的な書き方ではあるが、結果として読者の目に映るのは権力闘争に明け暮れる袁粲の姿となる。もっとも、袁粲の隠逸志向の描写が皆無であるというわけではない。「宅宇平素、器物取給。好飲酒善吟諷、独酌園庭、以此自適（宅宇　平素にして、器物も給せらるるを取るのみ。飲酒を好み善く吟諷し、園庭に独酌して、此を以て自適す）」と、彼が質素な家に住み、酒をこのみ善く吟じ、自適していたこと、閑居高臥してしずかに暮らしていたという描写もあることはある。

ところがこの記述は、幼い後廃帝の後見人「四貴」の一として絶大な権力をもっていたという記述のあとにおかれるのである。『南史』ではさらに「素寡往来、門無雑客（素より往来寡なく、門に雑客無く）」「閑居高臥、一無所接（閑居高臥し、一として接する所無し）」と一連なりで書かれている部分に『宋書』は「及受遺当権、四方輻湊（遺を受け権に当たるに及び、四方輻湊す）」という文章を挟み込む。権力の絶頂にいるということをこのように繰り返している為に、袁粲の隠逸風の側面が際だつことはない。また、『南史』では袁粲が位こそ高かったものの確かに隠逸的でもあったということを強調するかのように逍遥し酒をのみゆったりと自適する袁粲の姿を付け足し、さらに、「妙徳先生伝」の少し後にいかにも隠逸的な彼の「昨飲酒無偶、聊相要耳（昨は飲酒するも偶無し、聊か相ひ要むる耳）」という言葉や「訪迹雖中宇、循寄乃滄洲（迹を訪ぬるは中宇と雖も、循ひ寄るは乃ち滄洲なり）」という五言詩を引用して印象づける。

前章で分析したように、「妙徳先生伝」を『宋書』の文脈から切り離して「妙徳先生伝」という作品として読んだ場合には、妙徳先生が作者である袁粲の分身とでもいうべき存在として描かれていることは明らかである。しかしそれにもかかわらず、『宋書』の文脈に従って「妙徳先生伝」を読んだ場合に妙徳先生が袁粲を況えているという印象を得ることは殆どできず、むしろ、袁粲が「妙徳先生伝」を書くに際して手本にしたとされる「高士伝」の作者嵆康の印象の方が強く意識される。妙徳先生は「気志」淵虚で「簡」を業とし「性疎嬾」で「寂寞」として「志を遂げ」「舜」の遺風があったと説明されているが、それでは、嵇康が山濤の推薦を「不堪流俗（流俗に堪へず）」〔『文選』巻四十三　李善注引『魏氏春秋』〕拒絶した時の「与山巨源絶交書」で嵇康自らが語る、「志気」託する所があり「簡」であって礼ではなく「性」復た「疏嬾」で心を「寂寞」に游ばせ、「志」を「遂」げた「舜」らを仰いでいたという嵇康像に似すぎている。また、狂泉の挿話を語る妙徳先生は、たとえ「深交」の友と「迕《さか》」〔「妙徳先生伝」〕らうことになっても決して自分の志を曲げない覚悟の中で言葉を発しているという点においても、「与山巨源絶交書」を書いた嵇康に似ているといえる。しかしながら、注意しておかなくてはならないが、同じように「志」の為には危険をも顧みず、まさに「沢無水困、君子以致命遂志（沢に水無きは困なり、君子以て命を致し『志』を『遂』）」〔『周易』困卦象伝〕げることをも厭わない覚悟を作品の中で表明していながら、「妙徳先生伝」の作者である袁粲からは「与山巨源絶交書」の作者である嵇康にある苦悩がすっぽりと抜け落ちている。筆者は、実在した袁粲その人が苦しんでいなかったと言いたいのではない。そうではなくて、『宋書』に描かれる限りにおいて、袁粲は自分の苦しみを自分自身の言葉で表現することをせずに、苦悩を語る時に必ずといっていいほど持ち出される人物の発した言葉を、自分なりに咀嚼することなく安易に使ってしまっているということである。『宋書』では、袁粲の実人生に関する記述が平板で簡略に過ぎる為に、妙徳先生はこの作品の作者である袁粲を通り越して、基づいたとされる「高士伝」の作者である嵇康と直接結びついたものとして読者に迫ってくるのである。袁粲は高士としての自分を況えようとしてせいぜいそれらしい言葉をちりばめたが、それは結局嵇康の幻影を通じて器用に取り出した雰囲気にすぎなかった、と『宋書』はみなしているのである。『宋書』は「妙徳先生伝」を引いておきながら、妙徳先生をありありと生き返らせるようには袁粲を描かない。それは、「妙徳先生伝」という作品が初めて読んだ時に読者が受けるインパクトにもかかわらず、結局亜流にしか過ぎないと沈約が見なしていたからではなかろうか。だからこそ、嵆康「高士伝」という書名までをわざわざ掲げた上で、そのこととの関連を指摘しておいて「妙徳先生伝」を引用する必要があった。そして一方の「五柳先生伝」に関しては、淵明が言葉を自分自身で消化した上で自己を語ろうとしたものであると判断した為に、この作品を引く際は読者に再確認する必要を認めなかったのだと筆者は考える。

以上、『宋書』では「五柳先生伝」と「妙徳先生伝」とを質的には全く異なっているものとして扱っていることをみてきた。五柳先生は、毎日の生活を大切にして当たり前に生き、満足しつつ死んでいった。それによって、作者の陶淵明と主人公である五柳先生とは、読者が『宋書』を読み進めるうちにごく自然に結びつくことになる。一方、「妙徳先生伝」ではこれとは逆に、描き出された妙徳先生の生き様とされる描写は、人間離れした模範的哲学の羅列に過ぎず、ここから一人の生きた人物を具体的に思い浮かべることはできない。嵆康の『高士伝』に続く作品として引かれ、「自らを況へ」た筈の「妙徳先生伝」は、冒頭での妙徳先生の説明を借りた袁粲自身による誇らかな宣言にも拘わらず、少しも袁粲らしさというものが見えてこない作品に過ぎないと、沈約は考えたのである。

二、承け継ぐということ

すでにみたように、(七)「妙徳先生伝」で作者の袁粲は、基づいた話材を変容させて絶望的結末を用意した。周囲の人々が永遠に狂い続ける中でそれに耐えきれなくなってしまうという袁粲の苦しみを声高らかに語った「妙徳先生伝」は、悲劇的に死んでいった袁粲が書いたものとして素直に読めば感動的な作品である筈だ。また、すべての文脈から切り離して読者の側の個人的な体験だけに共鳴させつつ読むこともできる作品である筈だ。しかしそれにもかかわらず、『宋書』の文脈に従う限りにおいて「妙徳先生伝」をそのように感動的に読むことはできない。『宋書』の袁粲描写は簡潔にすぎて、到底読者が感情移入できるように生き生きとはしていないのである。それどころか、生き方も表現も稚拙な人物、取るに足りない人物であるかのように、突き放した描かれ方をされている。

「五柳先生伝」は、それ自体としてみれば、嵆康『高士伝』に擬えたものととることができる。というよりも寧ろ、陶淵明自身はそのつもりで書いたと考える方が自然である。(八) そもそも先に引いたように、「不知何許人」という書き出し自体が、隠逸者（やそれと同等と見なされることも多い僧侶）の伝で常套的に用いられるものである。その上、『宋書』で引用された作品からは「賛」の部分が削除されている。「賛」でははっきりとした隠逸志向が表現されているのだから、本来であれば略すべきではない。しかも『宋書』では、「五柳先生伝」を引用するにあたっては、「妙徳先生伝」を引いた時のようには嵆康「高士伝」の名を出さない。このように沈約は陶淵明を隠逸伝に載せていながら、隠逸者らしい陶淵明を描くことに対して必ずしも熱心ではないが、それは安易に「嵆康」などといった、既に何らかのニュアンスを濃厚に纏ってしまっている固有名詞に頼ることの危険を沈約が知っていたからではなかろうか。

嵆康は、友人に絶交書を叩きつけてまで己が志を示し結局新王朝側の勢力に殺されていった人物として記憶されていた。彼の悲劇的な生と言動とは、彼自身においてもつ意味がどれ程深刻であったかとは切り離されたところで、その悲劇的側面ばかりが意識されて受け継がれていく危険、後世の人から「事止於違人（事は人に違うに止まる）」〔『宋書』隠逸伝序〕典型として解釈され、過激な言動の感情的根拠として利用される危険を常にはらんでいたといえる。「嵆康らしさ」すなわち「悲劇的な死」という短絡が、英雄として名を残したい人々の間に嵆康と自分とを安易に同一視する傾向を生む。そのようにして観念的なイメージを追いかけることで理解しているつもりになったとしても、自分で思考することから逃げている者に真の理解が訪れるわけもなく、永久に続く孤立感の中で苦しむほかなくなる。先人を理解することと先人に心酔することとは違う。袁粲は嵆康を慕って彼の作品に倣った作品を書き、実人生においても嵆康が新王朝に逆らって殺されたように斉側の勢力に逆らって殺されていった。袁粲は確かに嵆康風の作品を書き、嵆康風に死んでいったのだが、しかし「妙徳先生伝」から伺われるのは周囲と断絶していこうとする方向性である。「与山巨源絶交書」は、出来事としては断絶の方向性をもつかのようであるが、実際には「豈不識山之不以一官遇己情邪、亦欲標不屈之節、以杜挙者之口耳（豈に山の一官を以て己が情に遇せざるを識らざるや、亦不屈の節を標げて、以て挙ぐる者の口を杜《ふさ》がんと欲するのみ）」〔『世説新語』棲逸篇注引『康別伝』〕という、山濤に対する深い理解を伴った上で、それでも譲れない部分を持っている自分の苦しみを内包した作品であり、実のところ決して単純に周囲と断絶していこうとしているわけではない。周囲との繋がりを模索し続け、どうしようもない地点で断絶に向かわざるを得ない「与山巨源絶交書」に比して、「妙徳先生伝」の場合は最初から既に周囲から断絶してしまっているのである。そのことに無自覚なこの作品を通して述べられる苦しみは、あまりに陳腐な言葉の羅列に過ぎない。大いに苦しんでいるという袁粲自身の感覚とは恐らく裏腹に、作品から立ち上ってくるのは実感を伴わない空々しい苦しさでしかないのである。

陶淵明は嵆康を理解していた。嵆康が「得并介人（并介の人を得）」〔「与山巨源絶交書」〕たように「有会意（意に会ふ有）」〔「五柳先生伝」〕り、「開巻有得（巻を開きて得たる有）」〔「与子書」〕る読書の仕方をしていた。嵆康が「性有所不堪、真不可強（性堪へざる所有り、真に強ふ可からず）」〔「与山巨源絶交書」〕と自分が自分であることを守ろうとしたのと同じように「以心為形役（心を以て形の役と為）」〔「帰去来」〕していた自分との決別を宣言し、尭の時に諸侯となった伯成子高が禹の時には野で耕した〔「与山巨源絶交書」「禹不偪伯成子高、全其節也（禹は伯成子高に偪らず、其の節を全うする也）」〕のと同じように帰隠した。『宋書』陶潜伝に載せる「我不能為五斗米折腰向郷里小人（我五斗米の為に腰を折りて郷里の小人に向かふ能はず）」という淵明の激しい言葉は、「与山巨源絶交書」の嵇康の激しさに連なる。『宋書』に描き出される陶淵明とその作品はこのように嵇康と通底する要素を濃厚に含んでいる。しかし、例えば「抱琴（琴を抱）」［「与山巨源絶交書」］くのが好きだから官界でやっていけないという志の示し方をした嵇康に対して、淵明は無絃琴を撫でることで「寄其意（其の意を寄）」［『宋書』陶潜伝］せた。音楽の才に恵まれなかった淵明が実際に琴を弾けなかったことが『宋書』にこのように記されていることは、却って陶淵明が、琴の名手という嵇康の外面ではなく、琴の心を知っていた嵇康の本質を捉えていることを鮮明に示す効果を生みだしている。

このように、『宋書』では嵇康の『高士伝』を連想させる「〜先生伝」と名付けられた二作品を引用するが、両者の質的差異は歴然としている。その違いは、「先生」の口を借りて語られたと見なしうる部分まで含めて考えるとさらに鮮明に浮かび上がる。両先生に共通するのは、理想の体現者だということである。妙徳先生に託されたのは唯一無二の理想である。彼が目指すのは既に定められた確たる結果を勝ち取り、自分の思い通りになる世界を獲得することである。思い通りにならない周囲の世界は理想の実現を阻む敵対者として存在し、全ての責任は狂った彼等にかぶせられる。実現不可能な硬直した観念にすぎない理想は、世界に対する不信感を募らせ、その理想を持つ者を不安にし生命力を奪う。一方五柳先生に託された理想は変幻自在であり、自分が周囲の世界と共にあるという安心を常に感じていることが喜びとなる。その理想は、自分自身や周囲にいる具体的な誰かを当たり前に信じることができる喜びそれ自体である。淵明は五柳先生に喜びを感じるという過程自体を理想として託した為、もの静かな印象にも拘わらず、その背後には常に豊かな感情が生み出され続ける。その充実感をなんとか人に伝えようとする情熱は生命力に満ち、伝える方法を常に新たに生み出していく可能性を潜めることになる。その具体例が悲愴さを逞しく乗りこえる帰隠宣言の「帰去来」であり、「孝」の倫理観を自分のものとして消化した上で書かれた「与子書」や「命子詩」であった。そのようにして発せられた言葉は、それが十全になされれば作者の全体像を把握させる力を生む。こういう意味において真の思考に根差した作品はその一篇一篇がそれぞれ作者の自序たり得ることになる。

三、自らを序べるということ

以上、「五柳先生伝」が陶淵明の自序である一方、「妙徳先生伝」は袁粲の自序たり得ていないことを述べてきたが、そもそも作品が作者の自序となるとはどういうことだろうか。自序たり得るか否かは、その作品が具体性を伴っているかどうかにかかっている。ここでいう具体性とは、すでに共通の認識として定着している思想が「正しく」織り込まれているかとか、或いはそのような固有名詞が与えられているかどうかという問題ではない。新たに名付けるに価する何かが生み出されているかどうかである。筆者の考える自序とは、過去に於いてどうであったかではなく、未来に於いてどうあるべきかでもなく、現在の作者がどうであり何を望んでいるのかが伝わってくる言葉ということである。自序は常に生きている。自序が帯びているのは、太陽を背負って太鼓を叩きながら進む（一〇）ような見せかけの生命力ではなく、ただ当たり前に生きるという単純だけれども強靭な生命力であり、だからこそ自序は人に本当の意味のエネルギーを与えることができる。そのような自序のもつ生命力とは違い、見せかけの生命力は、母親にしがみつこうとするだだっ子がわざと過激な言動をする時のエネルギーに似ている。だだっ子は周囲の全てを破壊し尽くして母親を自分だけのものにしようとする。だだっ子は悪くない。彼は必死にしがみつこうとしているだけだから。けれど、本物の子供とは違い、育つことから逃げている為にだだっこのようになってしまっている者は、結局自分だけではなく、母親として感受している相手を巻き込み、更に「母親」と自分との間に障害物として存在する周囲の人々をも巻き込み、すべての人のエネルギーを消費し尽くしてしまうことになるだろう。そこから何かが生み出されることはなく、行き着く先には死の静寂が広がるばかりである。自らを序べるということは、何かにしがみつきながら自分をアピールすることではない。逆に、何にもしがみついていないけれど確かに居る自分を序べることである。何にもしがみつかないということは、容易なことではない。だけれども、それができれば自分の足で歩き、自由にどこへでも行ける。しかし、自由であり続ける為には、孤独に耐えるつよさを持たなければならない。つよくなろうとせずに脆弱さに胡座をかいてしまった場合、自由は放逸と同義になってしまうからである。放逸は何も生み出さない。人が自由である時にその自分を序べずにいられないのは、自由である自分は確かに生きているからであり、生きる喜びはエネルギーを生み出し続けることを身をもって知っているからである。自由でいる者の孤独はただっこの孤独《ここ》のように荒涼とした絶望的なものではなく、自分自身や周囲の人々に愛着を感じる契機に他ならないことを知っているからである。文体《ジャンル》がどうであろうが、題材がどうであろうが、話の筋自体がどうであろうが構わない。読むべき者が読むべき時に読めば、まず作品に愛着を感じ、作者に愛着を感じ、更に読者自身に愛着を感じることができる、そういう作品が自序たり得ている作品ということである。自序たり得ていない作品には、過去と未来しかないが、自序たり得ている作品には現在がある。現在を生きている者の魅力は、それに触れた者をも生きることへと誘う。読んだことによって読者の身内に創造へのエネルギーが漲る、そういう可能性をどの程度秘めることができるか、そこにこそ自序としての作品の価値がある。

おわりに

『宋書』の袁粲伝に引かれる袁粲自身の作品は狂泉の挿話を含む「妙徳先生伝」だけであり、袁粲の伝全体は、一般に忠臣として記憶されている袁粲の実際の言動や彼に関わる詔によって成立している。その淡々とした記述から伺える袁粲は、実人生において「正しい」信念に従って自ら殺される道を選んだ。沈約は袁粲伝論で、一応彼の生き方を認めるかのような書き方をしつつ、次のようにも述べている。

　未以大節許。
（未だ大節を以て許さず。）
　豈所謂義重於生乎。
（豈に所謂義は生よりも重からんや。）
　不達天命。
（天命に達せず。）

既成の思想を述べたに過ぎない妙徳先生の姿と、既成の話を感傷的に焼き直したに過ぎない狂泉の挿話とは、自分が鵜呑みにした「義」という既成の思想によって嬉々として死んでいった袁粲と重なる。「自遇甚厚（自らを遇すること甚だ厚）」［袁粲伝］かった袁粲が「自況（自らを況へ）」［袁粲伝］たとして『宋書』に引かれた袁粲の作品は破滅に向かう彼のあり方を端的に示しはするが、そこから新たに生み出されるものはない。

これに対して、袁粲伝論の用語を使うなら、淵明にとって「義」は「生」の為にこそある。だから既成の思想を自分で消化し尽くした上で使うことができ、「自況（自らを況へ）」［陶潜伝］た作品が「自序（一二）（自らを序べ）」［陶潜伝］得ることになる。『宋書』の引く陶淵明の作品は全て生きることの喜びを直截に述べたものである。淵明には屈折した感情を述べた作品も多くあるにも拘わらず、その中から敢えてこれらを選んであることによって、読む者はごく自然に現在形で自分や自分以外の誰かが生きる姿を問い直すことができる。そうして思考するエネルギーが絶えず生み出されることになる、その可能性を「五柳先生伝」をはじめとした引用作品はよりわかりやすい形で提示してくれるのである。この意味において、『宋書』陶潜伝は、陶淵明その人の伝であると同時に、たった四作品を引くだけではあるけれども、優れた淵明選集ともなっている。

以上、『宋書』に載せる「妙徳先生伝」と「五柳先生伝」とは、形式として類似点を多くもつにも拘わらず、質的には全く異なったものとして扱われていることを確かめてきた。

「妙徳先生伝」は作者袁粲の自序とは到底なり得ないが、「五柳先生伝」をはじめとして「帰去来」、「与子書」、「命子詩」という『宋書』に引かれる陶淵明の一連の作品は全て陶淵明の自序となり得ている。それ故にこそ、生きることを常に肯定的に捉えていた沈約は、伝全体の中に置いてみた時に否とすべき作品として「妙徳先生伝」を、是とすべき作品として「五柳先生伝」を載せたということになろう。

「妙徳先生伝」は、『宋書』の文脈から切り離して読んだ場合には、作者である袁粲が自分の気高い精神を表現したものとして何の問題もなく読者に受け容れられる筈の作品である。それなのに、沈約はそのようにはこの作品を扱わなかった。簡潔に平板に記述された袁粲の伝記の中に置かれることによって、また、袁粲が大節に及ばず天命に届かず、結局できあいの信念に従って生を粗末にした人物として伝論でも位置づけられることによって、本来この作品が持っていた筈の意味の方向性は変容している。

『宋書』では単語のもつ意味が意識的に変えられる場合があることを第Ⅱ部で指摘したが、沈約は単語レベルだけではなく、引用作品そのもののもつ意味をも変えることがある。その例として、本章では「妙徳先生伝」と「五柳先生伝」を挙げた。次章では謝霊運の「臨終詩」について、具体的にその変容のあり方を追っていき、沈約が意識的に自分の文脈を創出していること、その意味において『宋書』は紛れもなく文学作品としての価値を有していることを論じる。

注

（一）第Ⅳ部第1章。

（二）「妙徳先生」が「文殊菩薩」のことである可能性については、第Ⅲ部第1章で言及した。

（三）柳にまつわるイメージは様々にあるが、以下のような話柄は、陶淵明が「五柳」という号を思いつくにあたって頭の隅にあったと考えられるかもしれない。

・陶侃が誉れをとった植物として…「晋中興書曰、陶侃明識過人。武昌道種柳、人有竊之、植于其家。侃見而識之。問何以盗官柳種、于時以為神（晋中興書に曰く、陶侃は明識人に過ぐ。武昌の道に柳を種うるに、人の之を竊みて、其の家に植うる有り。侃見て之を識る。問ふに『何を以て官の柳を盗みて種ゑしや』と、時に以て神と為す）」。

・心ゆくままに好きなことをする為の木陰をつくるものとして嵆康を連想…「文士伝曰、嵆康性絶巧、能鍛、家有一柳樹、乃激水以囲之、夏天甚涼、居其下遨戯及鍛（「文士伝に曰く、嵆康は性絶巧、能く鍛え、家に一柳樹有り、乃ち水を激きて以て之を囲み、夏天甚だ涼し、其の下に居りて戯を遨へて鍛に及ぶ」）」。

・柳下恵…「許慎淮南注曰、展禽之家樹柳、行恵徳。因号柳下恵（許慎の淮南注に曰く、展禽の家柳を樹う、行は恵徳なり。因りて柳下恵と号す）」［以上、『芸文類聚』巻八十九　木部下楊柳］。

・儒教的倫理観を体得している人物としての柳下恵…「直道而事人、焉往而不三黜、枉道而事人、何必去父母之邦（道を直くして人に事ふ、焉くに往くとして三たび黜けられざらん、道を枉げて人に事ふ、何ぞ必ずしも父母の邦を去らん）」（『論語』微子」。

第Ⅳ部第1章で論じることを言葉をかえていえば、陶淵明は「孝」的側面と結びつける形で幸福について表現する場を創り出した。「与子書」、「命子詩」に表現し尽くされている我が子への愛情と、「帰去来」で喜びに満ち溢れた場面に出てくる幼子の姿を考えあわせた時、「五柳」の「五」が淵明の五人の子供達を指しているかもしれないと思えてくるが、これはやはり穿ちすぎた見方であろうか。

（四）「登字公和、不知何許人、無家属、於汲県北山土窟中得之。夏則編草為裳、冬則被髪自覆。好読易鼓琴、見者皆親楽之。毎所止家、輒給其衣服食飲、得無辞譲（登字は公和、何許の人なるかを知らず、家属無く、汲県北山の土窟中に於て之を得。夏は則ち草を編みて裳と為し、冬は則ち被髪して自覆す。易を読み琴を鼓くを好み、見る者皆之を親しみ楽しむ。家に止め、輒ち其の衣服食飲を給する所《もの》ある毎に、得て辞譲する無し）」（『三国志』巻二十一 王衛二劉伝「時又有譙郡嵇康、文辞壮麗、好言老・荘、而尚奇任侠。至景元中、坐事誅（時に又譙郡の嵇康有り、文辞壮麗、老・荘を言ふを好み、而ども尚ほ奇にして任侠。景元中に至り、事に坐して誅さる）」裴松之注引「康集目録」」。

ただし、孫登の出身地について、『芸文類聚』巻四十四〔楽部四琴〕に引く「孫登別伝」では「汲郡人」とし、『晋書』巻九十四〔隠逸伝〕では「汲郡共人也」とし、出身地を明確に示している。

（五）『太平御覧』巻五百九−巻五百十〔逸民部九−十〕には嵇康「高士伝」として三二条を引くが、そのうち、「石戸之農」「伯成子高」「卞随務光」「商容」「栄啓期」「長沮桀溺」「荷篠丈人」「河上公」「鄭仲虞」の九条には「不知何許人」と記される。

（六）「史宗者、不知何許人。常著麻衣、或重之為納、故世号麻衣道士。…善談荘老、究明論孝《索》、而韜光隠迹、世莫之知。…後同止沙門、夜聞宗共語者。頗説蓬莱上事、暁便不知宗所之。陶淵明記白土埭遇三異法師、此其一也（史宗は、何許の人なるかを知らず。常に麻衣を著け、或は之を重ねて納《きもの》と為す、故に世に麻衣道士と号す。…善く荘老を談じ、明を究め孝を論じ、而れども光を韜み迹を隠すれば、世よ之を知る莫し。…（謝邵らが）後に同に沙門を止むるに、夜宗と共に語する者あるを聞く。頗る蓬莱上の事を説きあひしに、暁便ち宗の之く所を知らず。陶淵明白土埭に三異法師に遇ふを記すは、此れ其の一也)」。

(七) 第Ⅲ部第1章で論じた。

(八)「五柳先生伝」の賛には『高士伝』にも載せる黔婁が出てくる。このことを指摘した上で、小川環樹は「『五柳先生伝』もまた『高士伝』のパロディだといえるだろう」〔一八七頁〕とし、更に、このことは「五柳先生伝」を書いていた時の淵明が完全に自己を隠者として認めてほしいとの意図を持っていたとする〔小川環樹「五柳先生伝と方山子伝」『風と雲』、朝日新聞社、一九七二年一二月、一九六五年二月稿〕。

(九) 妙徳先生の口を借りて語られた狂泉の挿話に対して、五柳先生の口を借りて語られた「帰去来」「与子書」「命子詩」が想定できることを第Ⅳ部第1章で論じる。

(一〇)「猶負掲日月、鳴建鼓而趨也（猶ほ日月を負掲して、建鼓を鳴らして趨くがごとき也）」〔『宋書』巻九十三 隠逸伝序〕。

(一一) 斯波六郎は狂泉の孤独はすなわち袁粲の孤独であるとして、それを「孤高自負」〔一三一頁〕の孤独と名付け、陶淵明の孤独にはそれとは次元の違う「あるがままの自分そのもの」〔一八一頁〕の孤独、「自分の本領を守りつづけるところから涌く孤独感」〔一八一頁〕もあるとする〔『中国文学における孤独感』、一九九〇年九月岩波文庫、一九五八年岩波書店〕。

(一二)『宋書』で「自況」という言葉が使われているのは袁粲伝と陶潜伝の他には、隠逸伝の王素だけである。何度も徴された彼は、出仕するつもりがないことを、山中の「蚿」に自らを擬えて示したという。「山中有蚿虫、声清長、聴之使人不厭、而其形甚醜、素乃為蚿賦以自況（山中に蚿虫有り、声清長、之を聴けば人をして厭はざら使むるも、其の形甚だ醜し、素乃ち蚿賦を為して以て自ら況ふ）」とされるが、『宋書』にこの作品自体は引かれていない。

「自序」に関しては、陶潜伝の他に范曄伝と顔延之伝に用いられている。顔延之伝では、彼の「五君詠」から嵆康「鸞翮有時鎩、龍性誰能馴（鸞翮は時に鎩《そこな》はるること有り、龍性は誰か能く馴らさん）」・阮籍「物故可不論、塗窮能無慟（物故は論ず可からざるも、塗窮まれば能く慟《いた》む無からんや）」・阮咸「屡薦不入官、一麾乃出守（屡しば薦られしも官に入らず、一たび麾《まねか》れて乃ち出でて守たるのみ）」・劉伶「韜精日沉飲、誰知非荒宴（精を韜《つつ》みて日びに沉飲するも、誰か知らん荒宴に非ざるを）」と二句ずつ摘出して「蓋自序也（蓋し自序也）」とする。ところで、「五君詠」中で向秀のものだけ引用されていない。彼を詠った作品と他の四君を詠った作品との大きな違いは、向秀のものには強烈な孤独を感じさせる部分がないということである。

范曄の伝にも自序として引かれている作品がある。「獄中与諸甥姪書」（及び「和香方序」である可能性については第II部第1章で論じた）であるが、この作品は「死の深淵にたちのぞんだ人間の、冷酷なまでの自己省察の神経がはりつめている。それはすぐれた自叙伝でもあり、范曄の内面の成長過程、ひいては思想体系を知るうえの貴重な材料としなければならないもの」［吉川忠夫『六朝精神史研究』同朋舎、一九八四年二月、一七二頁］である。興味深いのは、『宋書』に沈約自身の自序があることであり、彼はここで『宋書』を紹介するという枠を踏み越えて自分自身についても語っている。史書の末尾に自序を置くことが『史記』の司馬遷に倣ったものであることは言うまでもないが、その言葉を范曄伝、顔延之伝、陶潜伝で上のように使っていることは、沈約がこの言葉に対して意識的なものをもっていたことを示すのではないだろうか。

以上、極めて少ない用例ではあるが、『宋書』でみる限り「自況」は作者が周囲を強く意識して「あるべき自分」を提示する場合に用いられ、「自序」は作者が現在の自分に照らして「胸憶の言葉」へ「邢子才常曰、沈侯文章、用事不使人覚、若胸憶語也（邢子才常に曰《部》く、沈侯の文章、用事人をして覚ら使めず、胸憶の語の若き也）」顔之推『顔氏家訓』文章篇〉を述べる場合に用いられているようである。

第3章　謝霊運「臨終詩」の解釈について——文脈創出の方法

はじめに

謝霊運には、沈約『宋書』巻六十七に「臨死作詩曰（死に臨み詩を作して曰く）」として引かれ、『広弘明集』以降、「臨終詩」と称されている作品がある。その生涯の最後に作ったということから、この作品には多くの研究者が触れている。大部分は謝霊運に仏教的救いがあったか否かに主たる関心があるようである。ところが、『宋書』という作品の中において改めて読み直してみる時、「臨終詩」は死をどう受け容れるかではなく、生きることを力強く肯定する作品としてたちあらわれてくるように思える。本章の目的は、死の側から書かれているべき作品を『宋書』では生の側から読もうとしていること、すなわち、作品性が引用者の処理の仕方によって転換し得るということを、謝霊運「臨終詩」の解釈をめぐって考察することにある。

一、『広弘明集』的前提による解釈

「臨終詩」は、謝霊運が最期に救われたのかどうかという点で意見がわかれている。その原因はこの作品に異同が多いことにあるが、とりわけ重要な違いは後半部分にある。そこではテキストによって句の順番が入れ替わっており、さらに最後に解釈の違いを生み出す主たる原因と思われる二句が加わる場合があるのである。そこで、以下に「臨終詩」の全文をあげる。『宋書』の謝霊運伝に引用された十二句のうち、解釈に大きな違いを齎さない最初の八句は次の通りである（『広弘明集』巻三十と文字に異同があるものには傍注を附す）。

01 龔勝無余《遺》生　　龔勝に余生無く
02 李《季》業有終《窮》尽　　李業に終尽有り
03 嵆公《叟》理既迫　　嵆公は理もて既に迫り
04 霍生《子》命亦殞　　霍生も命もて亦殞く
05 悽悽凌《後》霜葉《柏》　　悽悽たり霜を凌ぐ葉
06 網《納》網《納》衝風菌　　網網たり風に衝かるる菌
07 邂逅竟幾《無》何《時》　　邂逅竟に幾何ぞ
08 修短非所愍　　修短は愍む所に非ず

詩を解釈する上で大きな問題となるのは、09以下である。『宋書』では次のようになっている。

09 送心自《正》覚前　　心を送る自覚の前
10 斯痛久已忍　　斯の痛み久しく已に忍ぶ
11 恨我君子志　　恨むらくは我が君子の志
12 不獲《得》巌上泯　　巌上に泯ぶを獲ざるを

一方、明以降に輯められた総集・別集が基本的に従っている『広弘明集』では、『宋書』の09以下にあたる部分に違いがある。便宜上、句頭に冠する番号は『宋書』に引かれた句順に基づき、『宋書』にない二句は「**」で表す。

11恨我君子志　　恨むらくは我が君子の志
12不得巌上泯　　巌上に泯ぶを得ざるを
09送心正覚前　　心を送る正覚の前
10斯痛久已忍　　斯の痛み久しく已に忍ぶ
**唯願乗来生　　唯だ来生に乗じ
**怨親同心朕　　怨親心の朕を同じくするを願ふのみ

この作品の解釈の方向を、「来生」という言葉を糸口にして考察する。

謝霊運と共に劉義真とつながりの深かった釈慧琳に「白黒論」〔「均善論」〕があり、「来生」に関する議論もみえる。「来生」などという考え方は方便であって今の生こそが大切なのだと結論づけている（二）のだが、『宋書』〔巻九十七〕によればこの論は仏教を貶黜するものであるとして「旧僧」の反撥を受ける一方で文帝には賞せられて、慧琳は元嘉中に重用されたという。これに従えば「臨終詩」は、『広弘明集』が引く最後の二句があれば「旧僧」の考え方に与して来世を信じていることになるし、なければ現世を重視する慧琳の論理と同質であることになる。また、少し時代は下るが、北周の王褒「周蔵経願文」〔『広弘明集』巻二十二〕に「六趣怨親同登正覚（六趣の怨親同に正覚に登ぜんことを）」、すべての人が平等に悟りを得られますように、とある。これらを考え合わせると、『広弘明集』の「臨終詩」では「正覚」という言葉と最後の句にある「怨親」という言葉が呼応して「来生」へ希望を繋げようとして発せられたものであることになる。このような読みを導く『広弘明集』の引用は、『宋書』にいう「旧僧」的立場に通じるものであるといえる。

ところで今、先行文献をいくつか挙げてそれらが『宋書』に従っているのか『広弘明集』に従っているのかを確認すると、次のようになる。『宋書』に基づいて正文を引用しているものとして、顧紹柏［『謝霊運集校注』中州古籍出版社、一九八七年八月］、船津富彦［『中国の詩人3謝霊運』集英社、一九八三年五月］、小尾郊一［『謝霊運──孤独の山水詩人』汲古書院、一九八三年九月］、後藤秋正［『中国中世の哀傷文学』研文出版、一九九八年一〇月］、牧角悦子［「謝霊運詩考──刹那と伝統」九州大学文学部『文学研究』八四、一九八七年二月］がある。一方、『広弘明集』に従って正文を引用しているものとして、黄節［『謝康楽詩註』巻四］、大上正美［『中国古典詩聚花4思索と詠懐』小学館、一九八五年九月］、鍾優民［『謝霊運論稿』斉魯書社、一九八五年一〇月］、森野繁夫［『謝康楽詩集』白帝社、一九九三年九月］がある。このうち顧紹柏と鍾優民とを除き、他はすべて、謝霊運が来世を信じた（あるいは信じようとしていた）か否か、ということに何らかの関心を抱いて解釈している。従来の読み方の大多数は、「唯願乗来生、怨親同心朕」と、「来生」に思いをいたす二句をつけ加える『広弘明集』のような視点からなされているのだが、引用される字句自体は必ずしも『広弘明集』に基づいているわけではない。このことから、末尾の二句があってもなくても、少なくとも実際に解釈する段階においては、謝霊運がこの詩において来世という概念をよりどころにしていると前提するのが一般的になっているといえる。「謝霊運には仏教的救いがあった」、「謝霊運に仏教的な救いはなかった」という一見正反対の解釈の方向は、実は等しく『広弘明集』に導かれた読み方なのである。これに対して『宋書』では、謝霊運の眼差しは現世の側に向けられていて、「臨終詩」は、生に向かう作品として提示されていると考えられることを以下に論じていく。

筆者の関心は解釈の優劣を決めることや、『宋書』と『広弘明集』のどちらが謝霊運の作品として本来の面目を保っているかを決めることにではなく、どのように引用するかというその操作によって作品の意味する内容が転換し得るということ、すなわち引用それ自体の様相を、『宋書』の側からみていくことにある。

二、『宋書』が描く謝霊運の生涯と作品

先ず、謝霊運伝全体の構成をみる。『宋書』の本伝に引用されている謝霊運自身の作品にⅠ―Ⅶを、作品の間にある記述にA―Gを冠して標題とし、『宋書』本伝自体の構成を、重要と思われる偏激・志・文・山水といった要素に着目しつつ確認しておく。なお、篇名は便宜的に顧紹柏［前掲書］が使用しているものを使う。

A文　謝霊運は文章にかけては及ぶものがなかった（「文章之美、江左莫逮」）。

Ⅰ志　「撰征賦」並序

B偏激　門生を殺して免官された霊運は（「坐輒殺門生、免官」）、劉裕が即位すると公の場で偏激の性をあらわにした（「性偏激、多愆礼度」）。

文と志　彼に文義の人としての価値しか認めない朝廷側（「朝廷唯以文義処之」）と謝霊運自身の官界で活躍したいという意識（「自謂才能宜参権要」）との懸隔。

文　劉義真と文籍によって密接な関係を結んでいたこと（「廬陵王義真少好文籍、与霊運情款異常」）。

偏激　少帝が即位すると実権を握った徐羨之らにたてついたため永嘉に左遷される（「霊運構扇異同、非毀執政、司徒徐羨之等患之、出為永嘉太守」）。

志と山水と文　失志の中で山水の美にのめりこんでいき（「郡有名山水、霊運素所愛好、出守既不得志、遂

肆意游遨」）、所構わず詩詠するようになる（「所至輙為詩詠、以致其意焉」）。やがて周囲の反対を押し切って辞職し、始寧で隠士と交わる。彼の作品は都で絶大な人気を誇った（「毎有一詩至都邑、貴賤莫不競写、宿昔之間、士庶皆徧、遠近欽慕、名動京師」）。このような中でⅡが書かれる。

Ⅱ山水と文「山居賦」並序、注

C文　文帝が即位して徐羨之らが誅されると謝霊運は秘書監となったが、あくまでも文義の人としてしか扱って貰えない状態（「使整理秘閣書、補足遺闕」、「令撰晋書」）に不満を抱き、仮病を使って仕事を休み、度を超した遊び方をするようになる。文帝の計らいによって自分から休暇を願い出る形で始寧に帰ることになり、出発前にⅢを書く。

Ⅲ志「勧伐河北書」

D文と山水　始寧でも遊び呆けて免官された彼は、四友と山沢の游をなした（「以文章賞会、共為山沢之游」）。

山水　どんな山でも踏破しないことがなかった（「尋山陟嶺、必造幽峻、巌嶂千重、莫不備尽」）彼が山水を跋渉するその様はまるで山賊のようであった。山道は危険だからと行く手を阻もうとした王琇に対してⅣが作られる。

Ⅳ山水「贈王琇」

E偏激　実は謝霊運は、熱心に仏教を信仰する太守の孟顗をばかにして（「生天当在霊運前、成仏必在霊運後」）恨みを買っていたのである。山賊騒動があった後も謝霊運と孟顗は千拓事業を巡って対立する。孟顗に讒言された霊運は身の潔白を証明するためにⅤを書く。

Ⅴ「自理表」

F偏激　文帝の理解を得るものの、臨川に左遷される（「知其見誣、不罪也。不欲使東帰、以為臨川内史」）。臨川でも永嘉の時と同じように遊んでいた（「在郡不異永嘉」）ために糾弾される。逮捕にきた人物を逆にとらえて、謀反を決意し（「興兵叛逸、遂有逆志」）、Ⅵを書く。

Ⅵ志　「臨川被収」

G文　追っ手に逮えられたが、霊運の才を愛する文帝は免官ですませようとする（「（廷尉）論正斬刑、上愛其才、欲免官而已」）。しかし劉義康が恕すべきではないと譲らない。文帝のとりなしで死一等を減ぜられるものの、広州左遷がきまる。その途上、謝霊運がならず者を集めて謀反を企てていたとまことしやかに証言する者があらわれ、棄市が決まる。刑死に臨んでの作がⅦである。

Ⅶ志　「臨終」

H文・志　龔勝・李業と張良・魯仲連に託された意味が同じであること（「詩所称龔勝・李業、猶前詩子房・魯連意也」）、卒年、文章が世に伝わったこと（「所著文章、伝於世」）、子の鳳が夭折したことなど。

政治的に成功したいという謝霊運の志は、二大要因によって阻まれる。一は朝廷が彼に求めていたのが政治的な能力ではなく文義であったこと、一は彼の偏激の性が政治の場における人間関係に亀裂を齎してしまうこと、である。志は空転し、文義だけが霊運を霊運たらしめるという鬱屈した情況の中で、彼は自分の憤懣を偏激性を伴った山水への没入と、それを作品に結晶させることで発散するしかない。朝廷から文義だけを求められることに不満を抱きながら、その不満を文によって解消する。『宋書』の本伝で謝霊運は、自身が望んだ政治家としてではなく、あくまでも文学者として描かれる。

次に本伝以外をみてみると、謝霊運が「偏激」の人として描かれることが圧倒的に多いことがわかる。たとえば、巻三十の五行志に「民間謡曰、『四人挈衣裾、三人捉坐席』(民間の謡に曰く、『四人衣裾を挈り、三人坐席を捉る』)」とあるが、これは才能に任せていつも取り巻きを引き連れて闊歩している謝霊運が将来刑死することをいいあてたものとして引用されている。巻四十二には、謝霊運が痴情の縺れから殺人を犯したことに対する王弘の弾文が引かれ、これに関連するものとして王准之が謝霊運の殺人の罪に坐したことが、蔡廓伝【巻五十七】と王准之伝【巻六十】にみられる。また、檀道済伝【巻四十三】に謝霊運刑死三年後の元嘉十三年（四三六)、謝霊運を「志凶辞醜（志凶にして辞醜し)」と罵倒する詔が引かれる。他に、「謝霊運は知識は豊富だけれども自分を抑えることができない」という謝混の言葉も、謝弘微伝【巻五十八】に引かれる（「阿客博而無検（阿客は博なれども検無し)」)。

偏激とは対極にある人物に対する謝霊運の憧れを垣間見せるものとしては、羊欣伝【巻六十二】や王弘之伝【巻九十三】に引かれた謝霊運の言葉があり、謝霊運を文義の人として把握しているものとしては、謝恵連伝【巻五十三】と顔延之伝【巻七十三】の記述がある。

以上、『宋書』においては謝霊運が、偏激の生と志の狭間で言葉を紡ぎ続けるしかなかった表現者として描き出されていることをみてきた。

次節では、沈約の意図に沿って、つまり彼が『宋書』の読者に読ませようとした方向で、謝霊運の「臨終詩」を具体的に解釈してゆく。

三、「謝霊運伝」という文脈による「臨終詩」解釈

「臨終詩」の冒頭四句にうたわれている人物は、何れも正統ではない権力に対抗して命を落とした人々であり、こ

の四人の運命を謝霊運が自らの運命と重ね合わせたことは疑いない。しかし、人生の最後にあたって自らを重ね合わせるのに選ばれたのが伯夷でも叔斉でも嵇康でもなく、なぜ龔勝・李業・嵇紹・霍原でなければならなかったのか。そのことを考える時、「権力に抵抗して死んでいった人々」という要素だけに着目する読み方では、「已に久しく忍んでいた「痛」みや、「巌上に泯」ぶことが叶わなかった「恨」みの様相が曖昧になってしまうのでないだろうか。そこで、抵抗して死んでいった数多の歴史上の人物の中から選ばれた四人について以下でみていきたい。

王莽を認めずに絶食した龔勝〔『漢書』巻七十二〕、公孫述に仕えるか毒を選ぶか迫られて毒を選んだ李業〔『後漢書』巻八十一〕、この二人は自らの信念に従って死んでいった。ところで、『抱朴子』には、二人の潔さを称えるというのではなく、目に見える足跡を残してしまって完全に影を消し去ることができなかったことの方に関心を寄せる見方が載っている。山奥に逃れながら陸で波に呑まれるように、或いは水の中で焼かれるようにして殺されていった古人の例としてこの二人が並びあげられているのである。

若龔勝之絶粒以殞命、李業煎鼈以呑酖。

（龔勝の粒を絶ちて以て命を殞とし、李業の鼈《つつしみ》を煎《つ》くして以て酖を呑むが若し。）〔外篇　知止〕

自分の迹をくらまそうとしてそれに失敗した彼等を、『抱朴子』では「知止」の章、すなわち溢れる程の気持ちをもちながら空虚なように暮らすのが万全の策であるということを述べようとした章で持ち出している。溢れる気持ちを抑えきれなかったために死んでいった『抱朴子』の龔勝や李業の姿は、偏激の性を抑えきれずに殺されていった『宋書』の謝霊運の姿と深く通じるものがあるといえないだろうか。

嵇紹は恵帝を守って敵の刃に倒れた〔『晋書』巻八十九〕。彼は「以正伐逆、理必有征無戦（正を以て逆を伐つ、理は必ず征有りて戦無し）」と、「理」をもって恵帝のもとに馳せ参じた。

霍原は王浚に従わずに恨まれて殺された人物である〔『晋書』巻九十四〕が、興味深いのは、彼が権力に追いつめられて行く様子である。

(霍)原山居積年、門徒百数。王浚称制謀僭、使人問之、原不答、浚心銜之。又有遼東囚徒三百余人、依山為賊、意欲劫原為主事、亦未行。時有謡曰、天子在何許、近在豆田中。浚以豆為霍、収原斬之。

(原山居すること積年、門徒百数あり。王浚称制して僭を謀り、人をして之に問は使むるも、原答へず、浚心に之を銜む。又遼東に囚徒三百余人有り、山に依りて賊を為さんとし、意に原を劫して主事と為さんと欲するも、亦未だ行はず。時に謡有りて曰く、「天子は何許に在りや、近く豆田の中に在り」と。浚は豆を以て霍と為し、原を収めて之を斬る。)

権力者に睨まれて身に覚えのない言いがかりをつけられて罪人に仕立て上げられ、理由をつけて殺されたのが霍原という人物であった。これは、『宋書』に描かれている謝霊運の姿と奇妙に重なりあう。謝霊運も始寧で「義故門生数百、鑿山浚湖（義故門生数百、山を鑿ち湖を浚ふ）」という生活をしていた時に太守の孟顗に睨まれ、誣いられて臨川に左遷された。そこでも兵を興さざるを得ないように追いつめられ、広州に流される時に「謝霊運はならず者と語らって事を起こそうとしていた。今回それらの連中が謝霊運奪還を計画したが頓挫して食うに困り強盗を働いていた」という「事実」の証言[二]が得られたとして、棄市の刑が確定したのである

この詩の中で、文字の問題で意味がとりにくくなっているのが「網網」である。「銜風菌」の状態を示していることは明らかなのだが、「網網」という文字には適切な先行例がなさそうである。そこで、この部分を『広弘明集』に従って「納納」に改めて考えることが多い。「納納」であれば、「濡湿貌」〔『楚辞』九歎の王逸注〕であって「菌」の形容として通じるからである。しかし本当にそのように考えていいのだろうか。この場合問題となっているのは重言

であるから、文字の偏旁まで一致させることにこだわりすぎる必要はないのではなかろうか。勿論テキストの文字を安易に改めることは厳に慎むべきではあるが、もしも「方冊紛綸、簡蠹帛裂、三写易字（方冊紛綸し、簡は蠹ひ帛は裂け、三たび写せば字を易ふ）」〔『文心雕龍』練字〕、テキストが乱れ、虫くいや破損によって三度も転写されると文字がすっかり変わってしまうことがあるという記述を援用することが許されるならば、筆者は「網網」は「惘惘」であって、『文心雕龍』がいうところの「或以音訛（或いは音を以て訛す）」、発音によって変わる場合にあたるのではないかと考えたい。「網」も「惘」も上声三十六養韻で、『広韻』ではともに「文両切」、小韻まで同じだからである。同じように「悽」と「凄」はともに上平十二斉韻で「七計切」だから紛れることがあり得る。

そうすると、無実の罪を悲しむ『楚辞』九章の「悲回風」に次のようにあることが重要になってくる。

涕泣交而凄凄兮、思不眠以至曙。

（涕泣交はって凄凄たり、思ひて眠られずして以て曙に至る。）

撫珮衽以案志兮、超惘惘而遂行。

（珮衽を撫でて以て志を案《おさ》へ、超として惘惘として遂に行く。）

「超惘惘而遂行」は王逸の注に「失志偟遽而直逝也（志を失ひ偟遽して直ちに逝く也）」とあることから、志を遂げられずに失望している状態をあらわしていることになる。「凄凄」、「惘惘」の二語を用いることによって、失志の深い悲しみがイメージとして湧いてくるのである。「悲回風」は讒人に陥れられた無実の罪を悲しむ言葉で始まり、志高きが故に害せられることが述べられていて、謝霊運の運命と重なりあう。同じく「悲回風」の「介眇志之所惑兮、窃賦詩之所明（介たる眇志の惑ふ所、窃かに詩を賦して明らむる所なり）」という、志が讒人にはばまれて遂げられない惑いを作品に託して自分の心の内を表現するのだという決意は、孟顗に誣いられた謝霊運が「自理表」を書いたことと重なる。また、「憐思心之不可懲兮、証此言之不可聊（思心の懲る可からざるを憐れみ、此の言の聊《いやし》くもす可からざるを証す）」、何があっても志を曲げない自分の頑なさを、それでも肯定して受け容れ、それを証明しようとする強さは、以下にみていくように「臨終詩」の、特に後半09-12に通じるものである。

「自覚」という言葉は、『孔子家語』［巻二］に出てくる。孔子が斉に行った時、哭している者がいた。強烈な哀しみであったが、喪の場合とは違うことを不思議に思った孔子がその故を訊ねると、丘吾子は「吾有三失。晩而自覚。悔之何及（吾に三失有り。晩にして自ら覚れり。之を悔ゆれども何ぞ及ばん）」と答える。「三失」とは、学が役に立たなかったこと、臣節が遂げられなかったこと、親しい人との別れ、であった。そして、「夫樹欲静而風不停（夫れ樹は静ならんと欲するに風停まず）」と、静かであろうとする自分がついに静かではありえなかったことをなげく。丘吾子が死を前にして発した「自覚」という言葉は、現実を正面からみつめる、その眼差しを示すといえよう。

以上の考察に基づいて「臨終詩」を訳すと、次のようになる。

龔勝は王莽を認めずに絶食して死に、李業は公孫述に仕えるか毒を選ぶか迫られて毒を飲んで死んだ。嵇紹は理を通そうとして恵帝を守って敵の刃に倒れ、霍原は王浚に従わずに恨まれて殺された。苦しい情況の中にあって志を果たそうとした彼等の姿は、風霜に耐える植物のように健気であった。しかしその思いはついに報われることはなく、彼等は失志の深い悲しみの中で死んでいったのである。志を遂げようとする行為の気高さの前にあっては、よき人に巡り会えないことも命を絶ちきられることも大したことではない、そう考えもするのだが。現実をしっかりと見据えてきたからこそ、私は長いあいだ痛みに耐えなければならなかった。君子の志を持つ自分は巌上で命を全うすべきであるのに、志の高さゆえにそうならないのだ。このパラドックスが恨めしい。

ところで、霊運が叛逆を決意した時のⅥ「臨川被収」は、次のような詩である。

韓亡子房奮　　韓亡ぶや子房奮ひ
秦帝魯連恥　　秦帝たらんとするや魯連恥づ
本自江海人　　本自り江海の人
忠義感君子　　忠義君子を感ぜしむ

「国を滅ぼされた恨みを雪ぐために始皇帝を殺そうとした子房（張良）、趙に滞在していた時にその気迫で秦を退かせた魯連（魯仲連）、心を江海に馳せていた彼等の忠義は君子たるものの共感を呼び起こした」というものだが、『宋書』では「臨終詩」を引いた直後に「詩所称龔勝・李業、猶前詩子房・魯連意也（詩称する所の龔勝・李業は、猶ほ前詩の子房・魯連の意のごときなり）」とわざわざ断っている。確かにこの四人は志を貫く行動をとった忠義の士であるという点で共通する。しかし、両者には決定的な違いがある。張良と魯仲連は、忠義の行動によって死に至ってはいないのである。張良は後に劉邦に仕えて晩年に「願弃人間事、欲従赤松子（願はくは人間の事を弃て、赤松子に従はんと欲す）」〔『史記』巻五十五〕と仙人に対する憧れを表明しているし、魯仲連は平原君のもとを去り、最後には「逃隠於海上、曰『吾与富貴而黜於人、寧貧賤而軽世肆志焉』（海上に逃隠し、曰く『吾富貴にして人に黜けられんよりは、寧ろ貧賤にして世を軽んじ志を肆にせん』と）」〔『史記』巻八十三〕と、文字通り江海の人となっている。謝霊運が謀反を決意した時点の張良・魯仲連と、刑死寸前の龔勝・李業との間に『宋書』が共通性を見出しているということは、古人にこめられた思いの中心が死忠ではないということである。断り書きをせずに詩だけを提示しておけば、読者は自然に龔勝・李業・嵇紹・霍原に共通項を見出し、「臨終詩」のモチーフとして死忠を読み込むことになる。ところが沈約の示した対比によって、「君子」を感ぜしめているのが「君子志」であること、その「志」は、張良においては始皇帝を激怒させるような行動、魯仲連においては秦軍を退却させるような気迫としてあらわされ、龔勝においては自ら絶食して死ぬこと、李業においては自ら毒を選んで死ぬこととして示された。志を貫こうとするこの四人の行動は主体的で、極めて激しい。このような提示の仕方を含め、『宋書』の文脈に沿って「臨終詩」の意味するところを更に深く考えれば、次のようになろうか。

〈龔勝と李業は自分の志のもつ激しさを抑えきれなかったために死んでいった。嵆紹は己の「正」を信じ抜き、霍原は小人に従わなかった。じっと苦しみに耐えて志を守ろうとした古人の凛とした姿は美しい。しかし気高い精神は報われず、失志のなかではかない命を閉じるほかなかった。彼等は運命など心にかけなかったに違いない。よき時代よき人に巡り会えるかどうかは自分の力ではどうにもならないことだ。そういう力で外から命を断ち切られてしまう場合、その責任は自分にはない。しかし、本当に志を貫くためには、張良や魯仲連のように生き続けなければならない。だから私はずっと現実から眼をそらさずにしっかりみつめようとしてきた。己の志と外部の圧力との激しい相剋、決して譲れない自分とそれを許さない外部との軋轢の中で、際限のない痛みが私を言葉へと駆り立てた。残念なことに、君子の志は小人の迫害を呼び込みやすい。魯仲連や張良に共感した私は、しかし彼等のように自分の抱え持つ激しさをコントロールして迹をくらますことがついにできなかった。君子の志を持つ者は誰からも制約を受けずに巌に棲んで「自得以窮年（自得して以て年を窮む）」〔「山居賦」〕べきである。しかし志を通そうとすればその志を排除する力が介入する。私の性質は私の自由を阻む力に冷静に対処していくには激し過ぎたのだ。しかし私は決して後悔はしていない。何故なら、私にこれ以外の生き方はあり得なかったのだから。〉

死を前にしてすら現世における自分の正当性を訴え続け、最期まで来世に救いを求めることをせず死に向かう観点をもたなかった謝霊運の資質は、『宋書』に引かれる「山居賦」で既に暗示されていた。「好生之属、以我而観（好生の属は、我を以て観る）」と生きることを力強く肯定していた彼の「猜害者恒以忍害為心、見放生之理、或可得悟（猜害者は恒に忍害を以て心と為すも、放生の理を見れば、或いは悟りを得るべし）」［自注］、狩猟する者の残忍な心も、生きるということの素晴らしさがわかれば変わるかもしれない、という願いは遂に叶えられなかったが、「少好文章（少きより文章を好む）」（自注）と、若い頃から文章を好んでいた彼にふさわしく、最期まで自分の志の正しさを確信し、それを作品として提出したのである。

このような読み方は、『広弘明集』の引用に従って読んだ場合と全く異なった方向を示すものである。『広弘明集』におけるこの詩の大旨は「昔から志を守って死んだ人達がいた。夭折は仕方のないことなのだ。ただ、法蔵を結集して満足して山で死んでいった摩訶迦葉のようになれなかったことが心残りだ。結局、悟ろうとして悟れない一生であったが、来世ではせめて安らかでありたいものだ」であり、来世に思いを寄せる文脈となり、死の側から発せられた言葉であることになるからである。

おわりに

「恨我君子志、不獲巌上泯」という結びは、決して自分の今までの生き方を後悔するものではない。『宋書』の「臨終詩」は自分の生を力強く肯定するものであって、来世を夢見て人生を清算し切り捨てようとするものではないのである。この詩を、沈約が理解し、その理解に従って列伝中に位置づけたように読めば、あくまでも自分の志を貫いた偏激の表現者が、苦しみまで含めて丸ごと自分の一生を受け容れていたことを示す作品として、解釈の可能性を広げるのである。

注

（一）沙門を代表する黒学道士が「若不示以来生之欲、何以権其当生之滞」と言ったことをうけて、「中国聖人」である白学先生は「豈得以少要多、以粗易妙、俯仰之間、非利不動、利之所蕩、其有極哉。…周・孔敦俗、弗関視聴之外」と答え、また、「夫道之以仁義者、服理以従化、帥之以勧戒者、循利而遷善。故甘辞興於有欲、而滅於悟理、淡説行於天解、而息於貪偽。是以示来生者、蔽虧於道、釈不得已」と言っている〔『宋書』巻九十七　夷蛮伝〕。

（二）趙欽なる人物の「証言」は以下の通りである「同村薛道双先与謝康楽共事、以去九月初、道双因同村成国報欽云『先作臨川郡、犯事徙送広州謝、給銭令買弓箭刀楯等物、使道双要合郷里健児、於三江口簒取謝。若得者、如意之後、功労是同』。遂合部党要謝、不及。既還飢饉、縁路劫盗」。

以上、第Ⅲ部では第Ⅱ部に引き続き『宋書』を題材として、沈約が作品を引用するにあたって、『宋書』における典型化された作者の作品として提示していることをみた。そのことを通して、作品を引用する時点ですでにその作品には沈約の解釈が施されており、場合によってはその作品が原作者において有していた筈の性質を逆転させることすらあること、そこにおいては原作者がその作品を生みだした文脈とは異なる『宋書』の文脈が創出されていることを論証した。

第Ⅳ部　表現者の称揚——『宋書』論三

第1章　既成の枠の踏み越え――陶淵明の伝について

はじめに

沈約の『宋書』に隠逸伝〔巻九十三〕が立てられていることは、隠士が宋という時代を特徴づける存在の一であったことを示す。ところがここに名を連ねている陶淵明は、意外なことに『宋書』の描く「宋の時代の隠士」の典型からは微妙にずれている。陶淵明以外の一六名は名山に隠棲して仕官することを頑なに拒む姿に焦点を絞って描かれているのに対し、淵明の伝は彼自身の作品を中心に構成される。費やされる文字数も淵明が格段に多い。

本章の目的は、隠士としての言動がどうであったかを第一に問題としている筈の『宋書』隠逸伝の中にあって、陶淵明に限って作品があまりに大きな比重を占めていることを検証し、沈約が陶淵明を何故そのように扱ったのかを考察することにある。

一、時代からの逸脱

『宋書』は、劉裕の即位以前に没している人物を一五名載せている。一方で、やはり劉裕の即位以前に没した別の一四名に関して、「晋に帰すべき人物だから載せない」[巻百 自序]とわざわざ断り、以下の理由を挙げて除外している。

身為晋賊、非関後代。
(身は晋賊為り、後代に関するに非ず。)
義止前朝、不宜濫入宋典。
(義は前朝に止まれば、宜しく濫りに宋典に入るべからず。)
志在興復、情非造宋。
(志は興復に在りて、情は宋に造《いた》るに非ず。)

以上の三点から、『宋書』に載せるかどうかの基準はその人物が宋朝を是としていたか否かにあるのであって、劉裕の即位自体にあるのではないことがわかる。このことを踏まえた上で、陶淵明の卒年以前に没して『宋書』に立伝されている四一名[一](劉裕即位以前に没した一五名を含む)を検してみると、殆ど全てが劉裕のもとで活躍して建国に協力した人物か、建国後に出仕するなり、劉裕と密接に関わりを持つなりした人物であることが確認できる[二]。ところが、陶淵明の場合は違う。後に詳しく見てゆくように、曾祖父の陶侃が晋の宰相であったことから劉裕の宋朝建国に協力せず、その志を詩文中において宋の年号を用いないことによって示した[三]というのである。この記事を載せた沈約は淵明の「義」が「前朝に止」まっていたと認識していた筈であり、それならば顔延之の「陶徴士誄」のように「有晋の徴士」と認定して『宋書』には載せない方が自然であるといえる。それなのに、なぜ沈約は陶淵明を敢えて『宋書』で描かなければならなかったのか[四]。この問題は、隠逸伝に載せられる淵明が実は隠士としての類型化から逸脱して描かれているという問題と密接に関わっている。そこで以下、淵明の伝が隠逸伝の中で例外的に作品を主体として構成されていること、また、最初は隠士として描き出されていた淵明の姿が途中で微妙に変化していることを検証する。これらの問題を解明することを通して、淵明が沈約によって宋籍に帰せしめられたことの意味を考えたい。

二、類伝からの逸脱

『宋書』において、陶淵明と彼以外の隠士の記述で大きく異なるのは、引用の仕方である。淵明以外の隠士の場合には、雷次宗の伝に次宗の書いた一篇を載せるのが辛うじて認められる程度であり、残りの人物の伝では断片的な言葉や伝主以外の書いた文章を引くに止まる。巻九十一—九十四における孝義・良吏・隠逸・恩倖の各伝に範囲を拡げてみても、長編の引用はわずかに恩倖伝の徐爰に三篇あるだけである。しかしこの場合一篇は詔であり、徐爰自身の書いた二篇も事実関係を示す為に引かれたものに過ぎない。沈約は徐爰を継いで『宋書』を完成させたのだが、その徐爰はあくまでも恩倖という枠内で恩倖たる姿に比重をおいて描かれているといえる。これに対して陶淵明の場合には隠士としての姿が彼自身の作品二篇を交えて語られるだけでなく、さらに隠逸を強調しているとは言えない「与子書」・「命子詩」の二篇が引かれ、あわせて四篇もの作品によって淵明を浮き彫りにしようとしている。

以上に加え、隠士としての記述のされ方自体も陶淵明と他の人々とでは違っている。淵明以外の場合は、名山に隠棲したことや繰り返し徴せられても出仕しなかったという隠士らしい行動を描くことに主眼がおかれている。そこから読みとれるのは「事止於違人（事は人に違ふに止まる）」［隠逸伝序］隠士の姿である。ところが淵明の場合には、隠逸というポーズをとる為に名山や有力者に対する抵抗が必須とされるのではない。主眼は陶淵明の心の状態が「欣」

（「五柳先生伝」・「帰去来」・「与子書」及び有力者王弘の意を受けた友人龐通之とのやりとり）であることにこそあり、そうでさえあれば、たとえ王弘がやってきたとしても「亦無忤也（亦忤ふ無き也）」であった姿の方をこそ写し取ろうとしている。「不仕」という行為に関してはまた、後に触れるように「曾祖父が晋の重臣だったから」だという「孝」の思想に連なる理由付けがわざわざなされている。

さらに、沈約が陶淵明を必ずしも典型的な隠士として描こうとしていたわけではないことを側面から示すと思われるのは、「尋陽三隠」に関する記述の問題である。陶淵明が尋陽三隠の一であることを、『宋書』では同じ隠逸伝の周続之伝に載せる。「周続之が慧遠に仕え」「精進した」という記事の間に、次の文章が挟まれている。

時彭城劉遺民遁迹廬山、陶淵明亦不応徵命、謂之尋陽三隠。

（時に彭城の劉遺民廬山に遁迹し、陶淵明も亦徴命に応ぜず、之を尋陽三隠と謂ふ。）

一方、『蓮社高賢伝』（五）中の周続之の伝では「周続之が慧遠に仕えて精進した」とひと連なりに書くだけで三隠のことには触れず、最後に附載する淵明伝［「不入社諸賢伝」］において次のように記される。

及宋受禅、自以晋世宰輔之後、恥復屈身異代、居潯陽柴桑、与周続之・劉遺民並不応辟命。世号潯陽三隠。

（宋受禅するに及び、自ら晋世宰輔の後たるを以て、復た身を異代に屈するを恥ぢ、潯陽柴桑に居り、周続之・劉遺民と並びに辟命に応ぜず。世潯陽三隠と号す。）

陶侃の後裔である自分が別の王朝に身を屈することはできないとして出仕せず、周続之らと共に潯陽柴桑にいたため潯陽三隠と言われた、とするのである。『蓮社高賢伝』のこの後の記述は、「与子書」中の言葉と『宋書』で義煕末のこととして記される記事とを混在させており、隠士としての淵明を更に印象深く描き出そうとしている。（六）

『蓮社高賢伝』の編者が「隠」を鮮明に印象づける「潯陽三隠」の記事を入れた部分に、『宋書』は「所著文章、皆題其年月」［この前後を含め、次節（1）に引用する］と前置きした上で年号に関する記事を置く。晋宋革命で遺臣の立場をとったという重大な「事実」に読者が注意を向けたまさにその時、『蓮社高賢伝』は畳みかけるように淵明の隠を世評によって権威付けようとした。『蓮社高賢伝』は「隠」という文字を、淵明の行動に対する「客観的評価」として有効に使おうとしたといえる。一方、『宋書』はここでは「隠」という文字を使わず、「所著文章云々」という言葉を持ち出して、自分の文章を宋に帰せしめようとしなかった淵明自身の決意を示そうとした。これは沈約の興味が、「潯陽柴桑に居」た淵明の「身隠」［隠逸伝序］的な行動を読者に再確認させることよりも、自分の文章に書き添える年号に拘った淵明の、声高ではないが断固たる姿勢を読者に認識させることの方にあったことを示す傍証の一つとなるのではないだろうか。

そもそも、沈約は隠逸伝の序で、模範的とされる隠士をはっきりと否定しているのである。

夫隠之為言、迹不外見、道不可知之謂也。

（夫れ隠の言為る、迹は外に見《あらは》れず、道は知る可からざるの謂也。）

道というものが目に見える形で行動として表現できるものならばわかりやすいが、「隠」とは本来そういう性質のものではない。

豈肯洗耳潁浜、皦皦然顕出俗之志乎。

（豈に肯へて耳を潁浜に洗ひ、皦皦然として出俗の志を顕かにせんや。）

本当の「隠」は客観的に確認することができないのだから、本物であれば、あの許由のようにわざわざ川の水で耳を洗って殊更に出俗の志を人に見せつけようとはしない。沈約は真の隠士の伝など書きようがないとして、『宋書』ではとりあえず許由のような人物をとりあげるだけだというのである。（七）序の言葉を信じる限りでは、沈約は『宋書』の隠逸伝に立伝されている人物を真の隠士として顕彰する気など、最初からなかったということになる。（八）このことを裏付けるかのように、隠士としての言動に重きをおいた淵明以外の一六名の記述は短く、百衲本により確認してみると以下のようになる。

1戴顒　六六九	2宗炳　六五六	3周続之　五九一	4王弘之　七五三	5阮万齢　一四九
6孔淳之　二七〇	7劉凝之　三三九	8龔祈　一四八	9翟法賜　二〇三	10陶淵明　一六六九
11宗彧之　一三三	12沈道虔　三八九	13郭希林　一〇五	14雷次宗　七一〇	15朱百年　三八四
16王素　三三六	17関康之　三一八			

一見して明らかなように、淵明とその他の一六名との間には、文字数において顕著な差がある。このように淵明の伝が長いのは、実は『宋書』が彼を隠士らしい隠士としてのみ描こうとしているわけではないからである。それを次節で具体的に検証してゆく。

三、陶淵明像の構築

（1）隠士像からの逸脱

『宋書』陶潜伝をその構成に着目して図式化すれば、次のようになる。

A　淵明の紹介

I　「五柳先生伝」

B　出仕と辞職の間の事情説明
Ⅱ　「帰去来」
C　義熙年間の事情説明
D　陶淵明が晋の人であり、宋の作品は甲子で示したこと
Ⅲ　「与子書」
Ⅳ　「命子詩」
E　卒

先ず、Aで簡単な紹介がされ、Ⅰが引かれる。Ⅰにはいかにも飄々とした人物として五柳先生が描かれているが、これは「少有高趣[九]（少きより高趣有）」った陶淵明が自身の姿を語ったものである、と沈約は位置づけている。それは引用前に「嘗著五柳先生伝以自況（嘗て五柳先生伝を著し以て自ら況ふ）」と記し、さらに引用後に「其自序如此、時人謂之実録（其の自序此くの如し、時人之を実録と謂へり）」と念を押していることからも明らかである。すなわち、『宋書』に引用されている文脈にのっとる限りにおいては、五柳先生は陶淵明その人を象徴しているということであり、従って語り手や登場人物と作者との間の相違を考慮する必要はない。五柳先生が「著文章自娯、頗示己志（文章を著して自ら娯しみ、頗《いささ》か己が志を示）」したように、淵明も文章を著して「言其志（其の志を言）」った。Bでは必要に迫られて出仕しては帰隠する淵明の姿が、酒にまつわる挿話を交えて描かれ、さらに「我不能為五斗米折腰向郷里小人（我五斗米の為に腰を折りて郷里の小人に向かふ能はず）」と啖呵を切った淵明が職を去るにあたって賦した作品としてⅡが引かれている。Ⅱの「以心為形役（心を以て形の役）」としていた自分の官吏生活をきっぱり捨て去るのだという言葉は、この引用の前後でB・Cと説明される淵明の姿と見事に一致している。Cでは義熙末のこ

ととして王弘や顔延之を始めとして貴賤と交わりがあったことを、酒や無絃琴に関連づけて述べる。以上みてきたように、Ａ・Ⅰ・Ｂ・Ⅱ・Ｃまでは淵明の言動に重点を置いて彼の隠士としての姿を描いており、隠逸伝にふさわしい記述となっている。

　ところが、Ｄで少し様子が変わる。

　潜弱年薄宦、不潔去就之迹。自以曾祖晋世宰輔、恥復屈身後代、自高祖王業漸隆、不復肯仕。所著文章、皆題其年月、義熙以前、則書晋氏年号、自永初以来唯云甲子而已。

（潜は弱年より薄宦にして、去就の迹を潔くせず。自ら曾祖晋世の宰輔たるを以て、復た後代に屈身するを恥ぢ、高祖の王業漸く隆んなりしより、復た仕ふるを肯んぜず。著す所の文章、皆其の年月を題するに、義熙以前は、則ち晋氏の年号を書し、永初より以て来《このかた》唯だ甲子を云ふのみ。）

まず、「若い頃から官途に恵まれなかった。陶侃が晋の重臣だったことから宋に仕えることを恥じ、劉裕が台頭してからは二度と出仕しようとしなかった（一〇）」と、淵明が宋朝に仕えようとしなかった理由が語られる。淵明の伝を『宋書』に載せたことと、前二篇を引用した時点で陶淵明の伝が既に隠逸伝内の他の一六人の誰よりも長くなることとを考えあわせると、Ｄをわざわざ挿入する必然性が乏しい。『晋書』では陶淵明を晋の人とする為に好都合なこの記述が無いことによって不自然さが生まれているが、（一一）『宋書』の場合はこれとは逆に、Ｄがあることによって不自然さが生まれている。さらに「文章には必ず年月を添えたが、義熙までは晋の年号を使っていたのに、永初からは甲子で年を示すだけになった」という話を持ち出して、淵明の決意の堅さを「文章」と関連づけて具体的に示す。そして自身の「志」を伝えようとして子に書を与えたとし、内容的には極めて個人的な文章を引用する。それもⅢの一篇だけではなく、だめ押しのようにⅣも引くのである。伝を長くしたいだけならば、淵明には「読山海経」や「擬古」などをはじめとして、隠士たるにふさわしい作品がいくらでもある。それにも拘わらず敢えてこのような個人的な二篇が後半部分を構成していることによって、隠士としての淵明の像は不明瞭になる。前半に描かれた淵明の生き方がもつ魅力は、淵明を安易に既存の枠に押し込めてしまう危険性を内包する。沈約は、「事は人に違ふに止まる」隠士と淵明との質的差異を見抜き、陶淵明を矮小化してしまうそうした解釈の方向をある程度修正しようとしていたのではないだろうか。

（2）表現者としての深化へ

前節で確認したように、沈約は『宋書』の前半に描いてきた淵明の隠士としての姿を、更に引用を重ねることによって曖昧にしてしまっているが、これは『宋書』以外の淵明伝の記載と比較することによってより一層はっきりする。

（◎＝引用／○＝題名のみ／×＝作品として言及なし）

	Ⅰ「五柳先生伝」	Ⅱ「帰去来」	Ⅲ「与子書」	Ⅳ「命子詩」
「陶徴士誄」	×	○	×	×
「陶淵明伝」	○	○	×	×
『南史』	◎	◎	◎	○
『晋書』	◎	◎	×	×
『蓮社高賢伝』	○	○	×	×

大部分の淵明伝は後二篇を取り上げていないが、『宋書』にはこれらがある。Ⅲでは、我が子に対する言葉を通して父親の淵明自身が「欣」び「歓」び「喜」ぶ義皇上の人に他ならないことを語り得ていることから、そこに述べら

れている孝が単なる教説ではないことがわかる。こういう意味においても、Ⅲは「陶淵明のトータルな生のありよう」が「語り尽くされ」（一二）ていることになる。続くⅣで、読者は淵明が「斯情無仮（斯の情仮無し）」と世の親に深い共感を抱いていること、「爾之不才、亦已焉哉（爾の不才なるも、亦已んぬるかな）」と儼に深い愛情を抱いていることを感じ取り、遠い先祖から我が子へと脈々と続いていく陶氏の流れを、淵明の感情を通じて知ることができる。

『宋書』が前半と後半とで質を変じていることについては、引用作品のあり方自体からも確認することができる。例えば、想定された読者という観点からいえば、前二篇では読者は世間一般であり、後二篇の読者は具体的に我が子と限定されている。（一三）語り手の視野に入ってくる人物という点からみると、Ⅰは五柳先生の一人称の世界であり、Ⅱは稚子など家の者を加えて三人称の世界も想定される。いずれにせよ前二篇は独白といえる。これに対して後二篇においては、Ⅲの「吾」と「汝」、Ⅳの「我」と「爾」という二人称の世界が展開されており、語りかける相手が出現している。Ⅳではさらに「我祖」から「我」を経由して「爾」へ、という流れすらできている。

また、前二篇はBやCといった淵明の実際の言動に補助される形で引かれ、後二篇はDに接続されて作品のみが置かれていることからも、引用のされ方が異なっていることがわかる。『宋書』の構成に従う限りにおいて、引用作品の世界は隠士として模範的なことを述べているが故に動きがなく自己完結的であるものから、現在の自分の感慨をできるだけ正確に伝えたいと試行錯誤しているが故に常に動き続ける余裕あるものへと確実に深化しているのである。作品を並べ、補助的な言葉を補うだけで確かに生きている人物の姿を沈約が描き得たということは、他ならぬ陶淵明がそれぞれの時期にその時の自分を正確に表現するだけの力を身につけていたということである。そして『宋書』は、この四篇の作品のどれをとってみても淵明自身の言葉による淵明の伝となり得るように引用しているといえる。（一四）

Dによって淵明が晋の遺臣としての自覚をもっていたとした上で宋代にⅢⅣを書いたかのように作品を並べている

ことは、沈約が淵明を前半の記述から容易に類推されるような隠士として描こうとしていなかったことを示す。『宋書』の淵明は、五柳先生という理想的人物と未分化な状態で登場し、理想通りに生きられない現実を知って酒に象徴される隠士風の生き方を実践する。そして劉裕が即位してからは自分の人生が決して理想的なものではなかったにも拘わらず静かなよろこびと共に受け容れていることを表明した。脈々と続く流れの中にある自分の確かさを語り伝えようとする淵明は既に五柳先生から自立して、自分自身の「忘懐得失（懐を得失に忘る）」［「五柳先生伝」］の境地に達し得ている。これによって読者の前には、自分の生活を窮極の所で肯定しそれを常に誰かに伝えようとし続けた誠実な人間としての淵明が浮かび上がってくる。

また、Dに従えば淵明の作品は附される年が年号から甲子に変化したことになっているが、『宋書』はその前後における淵明の成長の迹を浮き彫りにすると共に、引用作品も淵明の実際の言動という解説を必須としない自立したものとして扱われるようになっている。

その存在によって隠逸伝という枠を踏み越えてしまう危険を冒してまで淵明の伝に後二篇が加えられたことと、本来晋に列すべき淵明を『宋書』に載せたこととの意味はまさにここにあったのである。

以上みてきたように、陶淵明は隠逸伝を始めとする類伝において例外的描写のされ方をしているが、これは「帯叙法」において例外的描写のされ方をしている鮑照(一五)を思い起こさせる。鮑照が自分の現在の生活を大切にしてそれに即した作品を書いていたことを、『宋書』では彼の言動を通してではなく作品によって浮き彫りにしようとしていた。鮑照伝の場合と同じように作品引用がなければ成り立ち得ない淵明の伝も、目立つ言動によって安易に形作られてゆく像の方にではなく、自分自身の言葉を作品に乗せようとし続けた文学者淵明の方にこそ沈約が興味をもっていたことを表しているのである。

おわりに

本章では、『宋書』に描かれる陶淵明像のもつ不自然さを検証してきた。まず、なぜ沈約は晋ではなく宋の歴史書に彼を記したのかという、時代からの逸脱の問題。次に孝義・良吏・隠逸・恩倖と類型化されて立伝される人物に対する記述が概ねごく簡単なものに過ぎない中で、陶淵明の伝はなぜその類型化から逸脱して丁寧に書かれているのかという問題。最後に、孝の体現者としての姿まで描き出されている為に隠士としての姿が不明瞭になってしまっているという、一般に要請される隠士像からの逸脱の問題。晋という時代・隠士という類型化・記述における簡潔性という、それに従ってさえいれば何ら不自然さを生じない枠を、沈約はなぜ敢えて踏み越えなければならなかったのか。

沈約の叙述における逸脱の果てに見えてきたのは、常に現在を真剣に生き、その充実感を何とか人に伝えようとし続けた陶淵明の姿に他ならなかった。陶淵明の本質を、前朝の遺臣として帰隠の道を選んだ行動にではなく、帰隠後も静に語り続けようとしたことの方に認めたからこそ、沈約は陶淵明を宋に帰せしめたのではないか。自分の生活を自分の言葉で正確に伝えようとし続けた人物としての淵明を描きたいという沈約の思い入れが様々に存在する枠を踏み越えさせた結果、偶像化された隠士ではなく、人間としての深みを増してゆく表現者陶淵明が生まれたのである。

注

（一）四一名は次の基準で選んだ。

i 『宋書』の伝において、以下の巻に立伝されている人物を除く。

①宗室関係者としてまとめて立伝されている人物

巻四十一　后妃伝

巻五十一　宗室伝

巻六十一　武三王伝

巻六十八　武二王伝

巻七十二　文九王伝

巻七十九　文五王伝

巻八十　孝武十四王伝

巻九十　明四王伝

②巻九十五－百（索虜伝・鮮卑吐谷渾伝・夷蛮伝・氐胡伝・二凶伝・自序）

ii　以下の人物を全て挙げる。

①百衲本の各巻内題に大字で記される人物

②巻九十一－九十四（孝義伝・良吏伝・隠逸伝・恩倖伝）に関しては本文で改行されている人物

iii　『宋書』の本伝を基本とし、わからない場合は『宋書』全体の記事から卒年を調べ、確定できない一六名を除く。

iv　以上により得た一四九名を卒順に並べた結果、陶淵明の卒年である元嘉四年（四二七）以前に死んだ人物は四一名となった。卒年は以下の通りである。なお、卒年は確定できないもののその前後に死んだことがわかっている人物については名前のみを挙げた。

四〇七（義熙三）　劉懐粛

四一一（義熙七）　孫処

この頃　　　　　　　庾悦
四一三（義熙九）　　王誕
四一五（義熙一一）　孟懐玉・劉敬宣
四一六（義熙一二）　謝景仁
四一七（義熙一三）　劉穆之
四一八（義熙一四）　王鎮悪・檀祇・朱齢石・傅弘之・蒯恩・袁湛
四一九（元熙一）　　劉鍾
　　　　　　　　　　（以上東晋）
四二一（永初二）　　檀韶・向靖・謝瞻
四二二（永初三）　　虞丘進・孔季恭・臧熹・王鎮之
四二三（景平一）　　孔琳之・杜慧度・周続之
この頃　　　　　　　劉瑜
この頃　　　　　　　張進之
四二四（景平二）　　劉懐慎・褚叔度
四二五（元嘉二）　　徐広・蔡廓
四二六（元嘉三）　　徐羨之・傅亮・謝晦・謝方明・王恵・賈恩
四二七（元嘉四）　　劉粋・王華・鄭鮮之・王弘之

（二一）例外の劉瑜（七一字）、賈恩（八四字）、張進之（二一六字）はいずれも孝義伝に載せられ、伝自体が極端に短い（百衲本による）。

（三）本章の目的は陶淵明の実像を知ることではなく、『宋書』でどのように描かれているかを分析することにある。陶淵明の作品が事実としてそうであったかどうかということについては、朱自清「陶淵明年譜中之問題」〔『朱自清古典文学論文集』上海古籍出版社、一九八一年七月、四六〇頁以下〕などが問題にしている。

（四）陶淵明が本来『晋書』に列せられるべきであることを、趙翼は次のように述べる。「陶潜隠居完節、卒於宋代。故宋書以為隠逸之首、然潜以家世晋臣、不復仕宋、始終為晋完人、自応入晋書内。故修晋書者特伝於晋隠逸之末。二史遂並有伝、此宋書之借、而非晋書之奪也（陶潜は隠居して節を完うし、宋代に卒す。故に宋書は以て隠逸の首と為す。然れども潜は家世《よよ》晋臣たるを以て、復た宋に仕へず、始終晋の完人為れば、自ら応に晋書の内に入るべし。故に晋書を修する者特に晋の隠逸の末に伝す。二史遂に並びに伝有るも、此れ宋書の借にして、晋書の奪に非ざる也）」〔『廿二史箚記』巻七　一人二史各伝〕。

（五）清の王謨輯『増訂漢魏叢書』による。従って本章では晋人撰とされる原『蓮社高賢伝』ではなく、その後に『蓮社高賢伝』に手を入れてきた人々の編纂意識を問題とする。

（六）『蓮社高賢伝』は、『宋書』の「与子書」にある「羲皇上人」の記事、義熙末のこととして記される無絃琴の話と廬山訪問のことを記す。さらに『宋書』の淵明伝にはない慧遠との挿話が続き、隠士としての淵明の言動が強調された記述となっている。

（七）『宋書』隠逸伝序に関しては、吉川忠夫『六朝精神史研究』〔同朋舎、一九八四年二月〕、神塚淑子「沈約の隠逸思想」〔『日本中国学会報』三一、一九七九年一〇月〕、川合安「沈約『宋書』の史論」四〔北海道大学文学部『紀要』四四―一＝通巻八五、一九九五年八月〕などを参照。

（八）このことは、孝義伝・良吏伝・恩倖伝についてもいえる。孝義伝序では「可以昭被図篆、百不一焉。今采綴湮落、以備闕文（昭を以て図篆せらる可きは、百に一もあらず。今湮落を采綴し、以て闕文に備ふ）」と、記すべき事柄がなくなってしまったから、断片的な話を拾い集めると断った上で孝義伝の人物を並べる。良吏伝でも「（立派な教化は望むべくもなくなってしまったが）採其風迹粗著者

（其の風迹粗ぼ著るる者を採りて）」良吏篇としたという。恩倖伝がマイナスの評価に基づいて立てられていることは言うまでもない。また、彼らに関する記述自体も断片的であったり、略歴を事務的に切り貼りしたかのようであったりし、短いものが多いことも隠逸伝と同様である。

（九）『少有高趣』という四文字の『少』と『高趣』とは、『五柳先生伝』制作の時期と内容とを示唆するように読める」〔一海知義「陶淵明の自画像——五柳先生伝小考」、岡村繁教授退官記念論集『中国詩人論』所収、汲古書院、一九八六年一〇月〕。

（一〇）この部分も含め、本章では、史的事実がどうであったかではなく、『宋書』の描き出す「事実」がどうであったかという観点から論じている。

（一一）清水凱夫氏は、『晋書』にD・Ⅲ・Ⅳの記述がないことについて、『晋書』編纂当時の情況を確認するという観点から、「陶淵明を晋の人とするには不可欠の記述を省いたのは、不幸な家族関係をもっていた李世民に阿った結果の曲筆である」という趣旨のことを述べている〔「唐修『晋書』の性質について」上、『学林』二三、一九九五年七月〕。

（一二）大上正美『阮籍・嵆康の文学』〔創文社、二〇〇〇年二月、三五一頁〕参照。

（一三）当時の書や詩が持っていた公的性格や幼子の識字不可能性などは、陶淵明の作品を考える場合には重要な問題である。しかし本章は、「子に書を与」えたとし「子に命《なづ》くる詩を為りて以て之に貽」ったとして、陶淵明が語りかけた読者が我が子であったのだとする『宋書』の見解を考察しようとするものである。

（一四）川合康三氏は「五柳先生伝」について、「中国的自伝の一つの型を創始したもの」とする〔『中国の自伝文学』創文社、一九九六年一月、七七頁〕。

（一五）第Ⅳ部第2章。

第2章　新しい枠の創出と、その踏み越え——「帯叙法」と鮑照伝

はじめに

沈約『宋書』では、書物の組立から当然予想される人物の重要度と、描き出されている人物に与えられた印象としての質量とが比例していないことがある。(一) このアンバランスが、『宋書』を読む上で読者の心に絶えず不協和音を響かせることになるのであるが、これは劉宋を代表する文学者である鮑照の描き方にも特徴的にあらわれている。(二) 鮑照の伝のたて方に対する清の趙翼の次のような批判は、大方の読者の共感を得るだろう。

照本才士、何不入文苑伝、而載其賦頌於本伝中。

（照は本より才士なるに、何ぞ文苑伝に入れて、其の賦頌を本伝中に載せざる。）〔『廿二史劄記』巻九　宋斉書帯叙法〕

鮑照の伝が劉義慶伝に「帯叙」されていることは鮑照の存在価値を不当に軽いものとして扱っていることになる、とする趙翼のこの批判は、しかし、『宋書』という書物の本質を掴み取る上で本当に妥当なものと言えるだろうか。本章は、『宋書』の表現法を探る試みの一環として鮑照の描かれ方を考察するものである。

一、「帯叙」という方法の創出

先に引いた趙翼の言葉について、王樹民氏は次のように述べる。(三)

宋書無文苑伝、但可与顔延之・謝霊運等共為専伝。

(宋書に文苑伝無し、但　顔延之・謝霊運等と共に専伝を為すべし。)

趙翼が鮑照の伝は文苑伝に入れられるべきであったとするのを受けて、王氏は寧ろ鮑照のために専伝をたてるべきであったとする。ところが、『宋書』を編纂した沈約はそのどちらのやり方でもなく、趙翼の用語を借りれば「帯叙」という方法によって鮑照を描く道を選んだ。読者は何故、鮑照の描かれ方に違和を感じるのか。換言すれば、沈約は何故、読者に奇異の念を抱かせかねない書き方をしたのか。

まず、専伝をたてるということに関してだが、『宋書』の伝目のたて方は明らかに編纂当時の一般的思潮を反映しているから、当時にあって評判のよくなかったらしい鮑照を表だって特別扱いすることは考えにくい。(四)また、『宋書』において一人で一伝をたてられているのは陳郡陽夏の謝氏と袁氏、琅邪臨沂の顔氏の三氏四人であり、(五)彼等と、全くの寒門であった鮑照とを同列に並べることには、(六)無理がある。(七)

なぜ文苑伝をたてなかったかについては、『宋書』の孝義伝・良吏伝・隠逸伝・恩倖伝のたて方をみれば明らかである。前章でも触れたように、『宋書』にたてられている先の四伝はいずれも、沈約が積極的に称揚する程の価値を認めていない事柄だからである。また、そこに取り上げられている人物もその大部分は決して魅力的ではなく、ただ劉宋という時代の特徴を描き出す為には無視し去ることはできない、鶏肋のような人々であるに過ぎない。

これとは対照的に、沈約が積極的価値を認める事柄に関しては、たとえば謝霊運を代表的人物として彼の伝を事実上の文苑伝としたことに顕著にあらわれているように、（八）沈約は必ず具体的人物に附随させて語る。このように考えてみると、専伝をたてなかったことも文苑伝をたてなかったことも、直接的には鮑照の価値を下げることには結びつかないことがわかる。

このことを考慮した上で改めて劉義慶伝に「帯叙」することによって鮑照を語った、という問題に立ち戻ってみると、これが必ずしも趙翼が言うように鮑照の価値を貶めるものだと決めつけていい訳ではないことがわかる。鮑照は当時の門閥貴族の社会では正当に評価されていなかった。（九）勅命を受けて編纂する史書という性格、そして実際の読者の大部分が門閥貴族であるという性格、これらはその社会に生きる他ない者にとって、表現活動の上で大きな制約としてのしかかる。制約は、それに押しつぶされてしまえば作品であることを殺してしまう。といって、制約に正面からぶつかっていけば、表現する場自体が確実に奪われる。制約からどのように逃れるか、或いは制約をいかに逆手にとって利用することができるか、そこにこそ表現者の力量があらわれてくるのである。（一〇）表だって伝をたてるほどの存在ではないと見做されていた鮑照という人物を描き出すにあたって、文学者という類型に閉じこめるのではなく、敢えて帯叙するという方法が選ばれたのは、逆に鮑照を表現者として生かすためにはこれこそが最適の方法だと認められたからではないか。鮑照は不当に低く評価されているのではなく、むしろ逆に、彼の存在を世に知らしめようとした沈約によって破格の待遇をもって描き出されているのではないか。このような観点から、以下、鮑照がどのように帯叙されているのかを改めて確認する。

二、趙翼が想定した「帯叙法」の職能

（1）適切な運用

ところで、趙翼は「帯叙法」を次のように定義している。

宋書有帯叙法。其人不必立伝、而其事有附見於某人伝内者。即於某人伝内叙其履歴以畢之、而下文仍叙某人之事。

（宋書に帯叙法有り。其の人必ずしも伝を立てられざるも、其の事は某人の伝内に附見せる者有り。即ち某人の伝内に於て其の履歴を叙べて以て之を畢え、而して下文に仍ほ某人の事を叙ぶるなり。）

趙翼はこれを「宋書所独創（宋書の独創する所）」であるとしているが、そのとき具体例として挙げている八名のうち七名に関しては「作史良法（作史の良法）」という文脈でまとめて紹介され、鮑照伝だけが否定的文脈の中で「喧客奪主（客を喧して主を奪ふ）」ものだと非難されている。

趙翼が挙げた七名は、劉遵［巻五十一］・段宏［巻六十一］・謝元［巻六十四］・孟顗［巻六十六］・何長瑜［巻六十七］・荀雍［巻六十七］・羊璿之［巻六十七］であるが、彼等と鮑照とは、描かれ方としてどのように違うのだろうか。ここでは、劉遵を例にとって検証する。何故ならば、巻五十一は沈約が『宋書』において登場人物を描き出すときの特徴がわかりやすい形で示されており、しかも、そこには劉遵だけではなく鮑照も帯叙されている関係上、鮑照との比較もし易いからである。

巻五十一の宗室伝に立伝されている人物は、次節で示す基準によって数えれば三二名である。その中で、主人公と見なせる三名の伝の分量をごくおおまかな割合で示せば、劉道憐が九、劉道規が一〇、劉遵考が三になる。ところで、劉道憐伝に附されている人物は二二名にも上るので、これらを除外し、更に劉道規の伝がそこに附載されている劉義慶伝とほぼ同じ長さであることから劉義慶伝（と劉義慶伝に帯叙されている鮑照伝と）を除外して考えれば、彼等の事実上の記述の割合は劉道憐伝が三、劉道規伝が五、劉遵考伝が三となっていることがわかる。少なくとも、分量という側面からみれば劉道規が巻五十一では最も重要視されていることになる。では、内容的にはどうであろうか。劉道規と、そこに帯叙されている劉遵の記述を分析すれば、以下のようになる。

劉道規伝にみえる最初の「劉遵」という名前から、彼が卒して食邑七百戸を追封されたところまでは三四四字（百衲本）である。これは劉道規伝全体が二一七〇字であること、そのうち劉遵登場以前だけにしぼると一三六〇字であることを考えると、決して少ないとは言えない量である。そこで叙述のあり方がどうであるかをみると、劉遵はあくまで劉道規を引き立てるために登場していることが明らかになる。劉道規の伝は、劉裕が反劉裕諸勢力の脅威に晒されていたときに道規がいかに活躍したかを描く。

まず、劉遵が登場する以前の記事をみてみると、劉道規がどれほど優れた洞察力の持ち主であるかが繰り返し語られている。戦において攻めるべきだと判断したときには、いくら周囲が反対しても断固として攻めて、勝つ。負け戦に関しては、それが劉道規の懇切な説得を無視した何無忌の暴走による結果であったことが示される。勇気をもって攻め、人心の把握にも長じている道規は、江陵が平らげられた時には劉毅を第一の、何無忌を第二の功労者に推薦して、「自居其末（自らは其の末に居る）」ような謙虚さも備えていた。以上の描写の仕方で読者の目を引くのは、劉遵登場以前の一三六〇字のうち三九二字が劉道規自身の言葉や会話であることだろう。五箇所あわせて九条ある言葉や会話は、彼の判断の正確さと臨機応変の才や勇気が、確固たる知識と鑑識眼に裏打ちされていることを効果的に示し、印象づけている。

次に、劉遵が登場してからの記事をみてみると、彼は対桓謙戦と対徐道覆戦で大活躍している。ところが、劉遵が活躍した後には「初」ではじまる時間的にさかのぼる記事が続き、勝利の原因が劉道規にあったことが説明されるのである。桓謙が江陵にやってきた時に、その地の士庶は皆内応しようとしていたが、道規は証拠の手紙を手に入れながら、読まずに焼き捨てた。そのために人心は安定し、対桓謙戦において勝利を収め、徐道覆がやってきたときにも「江漢士庶感焚書之恩、無復二志（江漢の士庶は焚書の恩に感じ、復た二志無）」かった。このとき劉遵は遊軍として徐道覆打倒に大いに貢献する。これも、「初」、もともとは周囲の猛反対を押し切って少ない兵力を割いて遊軍を置いた劉道規の遠謀のお陰に他ならなかった、とされるのである。

以上みてきてはっきりわかることは、帯叙されている劉遵はあくまでも主人公である劉道規を引き立てる役柄を負わされているということである。そもそも、巻五十一全体にあっても、劉道規は宗室として最も魅力的に描かれている。また、伝論でも「烈武王覧群才、揚盛策、一挙磔勍寇、非曰天時、抑亦人謀也（烈武王〈劉道規〉群才を覧、盛策を揚げ、一挙して勍寇を磔《やつざき》にするは、天の時を曰ふに非ず、抑そも亦人の謀なり）」と、はっきり劉道規を称賛している。

以上、趙翼が肯定的に評価した帯叙法がどのようなものであるかを、劉遵を例にとって確認した。他の六名に関しても、多少の濃度の違いはあるものの、劉遵と同じように主人公をより鮮明に描き出す役割を担っているという点では一致している。しかしながら、そもそも『宋書』において帯叙されているのは、趙翼が例として挙げる八名にとどまるものではない。これを確かめるために、次節では『宋書』の登場人物がどのような位相で描かれているかの分析を試みる。

（2）逸脱

『宋書』において帯叙されている人物を抽出する為に、本伝があるとみなされる人物を以下の手順で検索した。

①中華書局『南朝五史人名索引』で「宋」に＊がついている（＝『宋書』に本伝があると見做されている）人物をすべて抜き出す。

②中華書局標点本『宋書』の目次に挙げられている人物を確認する。

a　大字で人名上に空格がない（＝主人公とみなされている）

b　大字で人名上に空格がある（＝主要登場人物である）

c　小字（＝附録的に語られるに過ぎない）

d　a－cにより、①では＊がなかった人物を確認

③標点本本文で確認し訂正する。

④百衲本で確認する。

a　各々の巻の内題に挙げられている（＝主人公と見做されている）

b　本文で改行されている（＝主要登場人物である）

c　本文で改行されていない（＝附録的に語られるに過ぎない）

以上の結果、延べ（二二）七三八名の登場人物を検索し得る。そのうち、

Ⅰ　手順②④により、その巻の主人公として立伝されているとみなし得る者二二九名

Ⅱ　巻九十五以下の九五名

Ⅲ　『宋書』の原型を留めていない巻四・巻四十六・巻七十六の一五名

（一五名のうち主人公相当者と重複する八名を除く）以上の合計三三一名を差し引いた四〇七名が、『宋書』において正式に立伝されているとは断言できない登場人物ということになる。ところで、趙翼の定義によれば、「某人」の記述の間に挟まれているのが帯叙されている人物だから、「某人」の死の記述以前に目指す人物が出てくるかどうかを基準に分けると、先の四〇七名のうち七八名が該当する。

そのうち四五名は「親子関係などの簡単な説明に止まる」「より詳しい説明が『某人』の死後になされており、事実上普通の附伝である」「『某人』と籍貫を同じくする同姓である、または姻戚関係にあるという理由から『某人』に付随してごく簡単にしかも形式的に言及されているに過ぎない」などの理由から（一二）、まさに趙翼が言った「省多立伝（多く伝を立つるを省く）」ための機能を果たしていることがわかる。残りの三三名のうち二九名は（一三）、「重要とは言えないまでも、何らかの役割を果たしている者」「ある程度の分量をもって記されてはいるものの、その人物を削っても伝として何ら影響を受けない程に軽く扱われている者」であり、やや詳しく紹介されているとはいえるが、やはり「蓋人各一伝則不勝伝、而不為立伝其人又有事可伝（蓋し人各一伝ならば則ち伝に勝へず、而れども伝を立つるを為さざるには其の人又事の伝ふべき有り）」と趙翼が言うような中途半端な存在である。先に挙げた七名がすべてここに含まれることから、趙翼が「帯叙」と言ったときに想定していたのが、この範疇に入る人物伝であったことがわかる。

問題は残る四名で、彼等は帯叙されている他の七四名とは明らかに描かれ方が違うが、その中でも鮑照を除く三名は、ある点で似通っている。そこで、彼等の描かれ方の特徴をごく簡単にみてゆくことにする。

孔甯子［巻六十三］は、王華の伝に帯叙されている。富貴を願った二人は共に、武帝の旧臣である徐羨之等の誅滅にかかわったものの、孔甯子は誅滅の前年に亡くなってしまったこともあり、実際の功は王華に帰せられた。しかし、理論的に誅滅を正当化したのは孔甯子に他ならない。本伝には、甯子が『易』の知識を駆使しつつ損益について陳べた言葉が引用されるが、この引用だけで、王華の成人後の経歴に匹敵する分量がある。また、二人の伝の質を比べると、孔甯子の場合は彼の考えや行動が具体的かつ知的なものとして紹介されているのに対し、王華の履歴は概略を記されるに過ぎない。この巻の伝論で「元嘉初誅滅宰相、蓋王華・孔甯子之力也（元嘉の初め宰相を誅滅するは、蓋し王華・孔甯子の力なり）」と二人が併称されていることも考え合わせると、沈約が孔甯子を単なる脇役として登場させたわけではないことがより鮮明に浮き彫りにされる。

伝における描かれ方という意味で三人の中で最も活躍している孔熙先［巻六十九］については、既に第Ⅱ部第1章で論じたように、その豊富な知識と才能によって主人公である范曄を陰で操る存在である。

巣尚之［巻九十四］は主人公である戴法興の伝に帯叙される形で法興と共に恩倖伝の筆頭を飾る。孝武帝の当時、重要な処分はすべてこの二人によって決められており、長い間宮廷の内外を問わずに絶大な力を有していた。ところが、実際に生きてゆく上での慎重さは戴法興にはなく、賄賂政治を行うなど人から怨みを買うようなことをしていたために前廃帝は彼に死を賜う。これに対して巣尚之は、孝武帝という気分の変動の激しい皇帝のもとで、どうすれば逆鱗に触れずに済むかということを、その場その場の情況に応じて人に説明してやった。このお陰で命拾いをした者も多く、絶大な信頼を得ていた。彼自身も禍に遭うことなく、明帝の時代に病没するまで高い地位を保持することができた。このように巣尚之は生き方の巧みさという点で戴法興の生き方の稚拙を逆に照らし出す存在として描かれている。

以上の三人は、それぞれの場で才能や知識などにおいて、ともすれば主人公を呑みかねない重さをもって描かれており、まさに「未免喧客奪主矣（未だ客を喧して主を奪ふを免れざる）」者達である。主人公と密接にかかわりつつ主人公よりも生き生きと描かれているこの三人の伝は、帯叙のされ方として特殊だといえる。

三、「帯叙法」の踏み越えによる称揚

前節で、趙翼の言う帯叙という手法がどのようなものであるのかを具体的にみてきた。本節では、沈約が鮑照をどのように描き出しているのかをみる。鮑照は劉義慶伝に帯叙されており、劉義慶は、巻五十一の宗室伝の劉道規伝で、劉道規の死の記述の後に附載されている。このことから、義慶は道規には附属するものの、鮑照よりは重要な存在であると予想される。そうであるにもかかわらず、鮑照伝と義慶伝とは実際の叙述の分量からもそれが読者に与える印象からも、到底そのようには読めないのである。まるで鮑照の伝は劉義慶伝の従たることを拒否しているかのようでさえある。先にみた劉遵・段宏・謝元・孟顗・何長瑜・荀雍・羊璿之の七名は、引き立て役として主人公と深くかかわりを持つ。また、孔甯子・孔熙先・巣尚之の三名も主人公と深くかかわるが、それぞれの才覚が主人公の印象を相対的に薄くするという点で劉遵等とは違う。いずれにせよ、帯叙されている人物にとって、主人公はなくてはならない存在である。これに対して、鮑照の伝において、彼の主として登場している筈の劉義慶と彼とのかかわりは、陸展・何長瑜と共に「為辞章之美、引為佐史・国臣（辞章の美を為し、引かれて佐史・国臣と為）」ったと記すばかりで、それ以上ではない。その上、後に触れるように、ここに記される彼の実社会に対する唯一の働きかけは劉義慶に対するものではなく、鮑照が皇帝に配慮してわざと拙い文を書いた、というものである。このことだけをとってみれば、鮑照は寧ろ巣尚之と同じく恩倖伝に入れられてしかるべき存在の筈である。事実『南斉書』では倖臣伝の序で巣尚之と共に鮑照の名が挙げられている。『宋書』で恩倖伝に入れないからには、たとえば『南史』が劉義慶伝で鮑照の記述の直後に「所著世説十巻（著す所の世説十巻）」と記して鮑照と劉義慶『世説』とのかかわりを暗示しているよう

な、文学に関する接点を用意してしかるべきではなかろうか。ところが沈約は「其序甚工（其の序は甚だ工みなり）」として、劉義慶との具体的な接点を欠いたまま「河清頌」[一四]の序文を引く。内容からすれば皇帝に対する阿りに過ぎないととられても仕方のない作品であるが、「甚だ工みである」という沈約のコメントがあること、引用の後で沈約が鮑照の才が尽きたと言われていたことに対する明確な否定を行っていること、これらによって、鮑照は独立した表現者以外の何者でもない存在として立ちあらわれてくる。それでは、劉義慶と鮑照との文学的接点となりそうな次の事柄はどう考えられるだろうか。そもそも、鮑照は文学の士として袁淑等と共に招かれたとして登場する。これからすれば、確かに鮑照を劉義慶の伝に載せる必然性がないとはいえない。しかし、それならば、「其（袁淑）余」として鮑照と同列に並べられている陸展や何長瑜がそうであるように、ただ登場しただけで終わらせた方が釣り合いがとれる[一五]。何よりも不思議なのは、陸展や何長瑜を出し抜いて詳述が始まる鮑照の伝が完全に劉義慶伝からの取り外しが可能だということである。今、関係する部分の構成を示せば次のごとくである。

①鮑照が劉義慶の佐史・国臣になったこと

②「太祖与義慶書、常加意斟酌（太祖〈文帝〉義慶に書を与へ、常に意を加へて斟酌す）」

③「鮑照字…」で始まる鮑照の一生

④「義慶在広陵…」（義慶についての記述の再開）

このうち、③に義慶は登場しない。それだけではなく、鮑照伝の中心をなす「河清頌」の序文は、先にも触れたように、時の皇帝である文帝に向けられたものである。この引用にすぐ続けて、孝武帝とのかかわりも記される。

世祖以照為中書舍人。上好為文章、自謂物莫能及、照悟其旨、為文多鄙言累句、当時咸謂照才尽、実不然也。

（世祖は照を以て中書舍人と為す。上文章を為すを好み、自ら謂らく物の能く及ぶ莫しと、照其の旨を悟り、文を為すに鄙言累句多し、当時咸照の才尽きたりと謂ふも、実は然らざるなり。）
鮑照は、恩倖をのさばらせたことで特に有名な孝武帝の側近になったのである。（一六）ところが沈約は鮑照が中書舎人になったという記述に、「鮑照は孝武帝の意を汲んでわざと俗っぽい言葉を連ねた。それで当時の人々は鮑照の才が尽きてしまったといったが、実はそうではなかったのだ」という言葉を続けることによって、鮑照が恩倖と見做されていた情況を、鮮やかに逆転させる。沈約は、恩倖であること、才が尽きてしまったと言われていたこと、その両方にわたって鮑照を弁護していることになる。鮑照の伝は、最後に劉子頊の乱に巻き込まれてあたら命を失ったところで結ばれる。このように鮑照は、鮑照自身の才を示すために登場しており、しかも③に主人公たる劉義慶は全く出てこない。ことは以上のような質の問題だけではない。量においても、①②④の一二三五字にほぼ匹敵する一〇一一字を費やしている（一七）にもかかわらず、③は劉義慶伝から完全に浮き上がってしまっているのである。文字数をこのように主人公から明確に分離できること自体が先にみた人々との描かれ方の違いを端的に示しているといえる。つまり、鮑照伝は劉義慶伝に包摂されているようでありながら、事実上完全に独立しているのである。さらに、①②③④と読むよりも、③を取り除いて①②④とした方が文章の流れとして座りがよいようであることも、逆に③の独自性を傍証するように思われる。

以上、『宋書』に帯叙されている多くの人物の中で、鮑照の描かれ方がいかに特殊であるかをみてきた。帯叙されている七八名の約六割は、ただ名前を記すためだけに出てきたエキストラとでもいうべき人々である。残りの四割は主人公と密接にかかわってくる。殆どは主人公の引き立て役として描かれ、費やされる文字数も僅かである。やや特殊な三名は叙述の量も多く、主人公より寧ろ生き生きと描かれる。ところが、鮑照だけは主人公と殆ど切り離された形で描きだされ、費やされる文字数も多い。このようにして鮑照は、門閥貴族の社会が強いてくる寒門排除の制約も、質・量ともに従であるべき帯叙法の限界も突き破って、読者の心に鮮明に入り込んでくる。「文義を愛好」した宗室の劉義慶からも、「文は当時に冠」していた太尉袁淑からも、鮑照と同じように「辞章の美を為」すことによって下級官吏となった同僚の陸展や何長瑜からも、すべてから切り離された地点で鮑照伝だけが異彩を放っている。

『宋書』では、劉義慶は好文であったとしつつ、その記述からは歯切れの悪さが拭いきれない。

為性簡素、寡嗜欲。愛好文義、才詞雖不多、然足為宗室之表。

（性簡素を為し、嗜欲寡なし。文義を愛好し、才詞多からずと雖も、然れども宗室の表為るに足る。）

この後には、文学の士を招いて多くのものが集まってきたとも書かれている。劉義慶は、本人の意欲にもかかわらず、能力がそれに追いついていなかった人物として描かれる。また、『宋書』には、鮑照達を呼び寄せたという記述はあるものの、「所著世説十巻、撰集林二百巻、並行於世（著す所の世説十巻、撰するところの集林二百巻、並びに世に行はる）」［『南史』巻十三］という記述がない。このように、劉義慶の文才が実際には注目するに価しないことを仄めかしつつ、まるでそれと対照するかのように、鮑照伝が置かれる。しかも、その伝からは鮑照の具体的行動の殆どが切り捨てられており、伝自体が「河清頌」の序文の存在によってなりたっていると言っても過言ではなく、この作品の分量は、実に鮑照が登場するまでの劉義慶伝の長さとほぼ均しい。このいささか強引な引用によって見えてくるのは、一人の寒人が自分の生活を大切にした結果このような作品を見事に創り出したのだという姿であり、その営為の具体的な成果である。『宋書』が鮑照を恩倖伝にではなく、謝霊運伝にでもなく、宗室伝に帯叙したのは、まさにこの効果の為ではなかったか。謝霊運と鮑照の文学は、質的に大きく異なる。謝霊運に附属させてしまっては、鮑照の文学における成果を十分に示すことができない。同時に、謝霊運の文学をより鮮明に称揚するためには鮑照の文学を持ち出すことは避けた方がよい。沈約は、鮑照が文学者として謝霊運から独立した存在であること、そして鮑照が決して恩倖の徒などではなく、紛れもなく表現者だったのだということを、本章でみてきたような方法によって見事に表現し得ているのである。

おわりに

沈約は鮑照の古楽府を評しつつ、「甚遒麗[一八]（甚だ遒麗）」だとしている。「遒麗」という評語は、『宋書』では二回しか使われていない。もう一例は謝霊運伝論で建武（三一七）から義熙（四〇五―四一八）の文学事情を述べている部分にある。

歴載将百、雖綴響聯辞、波属雲委、莫不寄言上徳、託意玄珠、遒麗之辞、無聞焉爾。仲文始革孫許之風、叔源大変太元之気。

（載を歴て将に百ならんとするや、綴響聯辞、波のごとく属ね雲のごとく委ぬると雖も、言を上徳に寄せ、意を玄珠に託せざるは莫く、遒麗の辞、聞く無きのみ。仲文〈殷仲文〉始めて孫〈孫綽〉許〈許詢〉の風を革め、叔源〈謝混〉は大いに太元の気を変ず。）

これは、建安から百年を経た建武以降の孫綽等玄言派の表現活動を非難している部分で、文学のあるべき姿として「遒麗」が使われており、褒辞として用いられている筈である。ところが、『文選』巻五十に載せる謝霊運伝論で李善はここに「孫綽集序曰、綽文藻遒麗（孫綽集序に曰く、綽の文藻は遒麗なり、と）」と注している。「孫綽集序」がどういう流れの中で孫綽の文の特徴を「遒麗」とみたかはわからない。が、もしも沈約が「孫綽集序」か、あるいは同じように判断する先人または同時代人の著作かをみていたとすると、沈約はその評価を逆転させて孫綽の文を否定する場面でその評語を使ったことになる。本来の意味での「遒麗」は孫綽の文にではなく建安の文にこそあるとするこの評語が鮑照伝でも用いられていることは、沈約が鮑照を建安の文学者の末裔として受け止めていたこと、決して玄言派的な偏った文学者とは見做していなかったことをあらわしている。また、『宋書』はそのことに意識的であったことをこのような形ではっきりと示しているのではなかろうか。

謝霊運伝に帯叙されている何長瑜・荀雍・羊璿之も、劉義慶の「世説」グループであった筈の袁淑・陸展・何長瑜も、それから湯恵休も、『宋書』ではすべて文学の人とされ、一応は称揚されているが、しかしその描かれ方は鮑照と全く違っている。肯定的文脈で彼らの作品が本伝で取り上げられることはないのに対し、鮑照の場合は称賛されて引用され、しかもその引用が伝の主要要素となっている。このことをみても、沈約が表現者としての鮑照に破格の評価を与えていたことがわかる。表だって立伝することが許されない鮑照を、沈約は帯叙という方法で史書に載せた。『宋書』では鮑照の表現と実際の行動との関係にも少しく触れてはいるものの、焦点は紛れもなく作品を引用することの方にある。[一九]その描かれ方は帯叙された人物の中で際だっており、本来的には従でしかあり得ない筈の帯叙の大原則を破って、主である劉義慶の存在感を相対的に希薄にしてしまう程の効果をあげている。そしてその際だたせ方にこそ鮑照に対する沈約の高い評価があらわれている。

注

(一) 第II部第2章、及び第II部第3章において、『宋書』では袁淑や袁粲が一人一巻という破格の待遇を与えられて一応は称揚されているにもかかわらず、彼らの伝がネガティブな評価の下でたてられているものであること、また、その伝論の表現に著しい屈折がみられることを、王微や蔡興宗の描かれ方と比べることにより論じた。

なお、筆者は『宋書』をまとまりのある一篇の作品として読む立場をとっている。巻百 自序にも明記されているように、『宋書』は既成の史書を利用し、必要な部分は新たに書き加えて沈約が編纂しなおしたものである。と同時に沈約は、続けて「臣今謹更創立、製成新史（臣今謹みて更に創立し、新史を製成す）」と宣言してもいる。『文心雕龍』に「改章難於造篇、易字艱於代句（章を改むるは篇を造るよりも難く、字を易ふるは句を代ふるよりも艱し）」〔附会篇〕とあるように、既成の文章を改編することは、場合によっては新たに文章を起こすよりも困難を伴うものであり、改編者の力量が問われるものでもあり、十分な創作営為であることは疑いようがない。

（二）鮑照の評価の変遷の概略は、幸福香織「鮑照」〔『六朝詩人伝』所収、大修館書店、二〇〇〇年一一月、四六二―四六六頁〕に要領よくまとめられている。

（三）『廿二史劄記校証』〔中華書局、一九八四年一月、二〇〇頁〕。

（四）沈約が袁粲伝の立伝に迷って斉の武帝にお伺いをたてて「袁粲自是宋家忠臣（袁粲は自ら是れ宋家の忠臣なり）」〔『南斉書』巻五十二　文学伝・王智深〕とお墨付きを貰ったという挿話が伝わる。『宋書』袁粲伝論における屈折の激しい表現は、『南斉書』の伝える挿話の信憑性とは別の次元で、沈約が一般的思潮と権力者の思惑の間に挟まれていた情況をよく示している。『宋書』の伝目によって権力者なりその他の士大夫なりの反発を買うことは、沈約にとっては避けるべきことであった筈である。

（五）王鳴盛『十七史商榷』巻五十九〔沈約重文人〕の「一部宋書以一伝独為一巻者、謝霊運之外惟顔延之・袁淑・袁粲而已（一部の宋書一伝を以て独り一巻を為す者は、謝霊運の外惟だ顔延之・袁淑・袁粲のみ）」による。なお、謝霊運伝は巻六十七、袁淑伝は巻七十、顔延之伝は巻七十三、袁粲伝は巻八十九に載せる。

（六）鮑氏について、向島成美「鮑照籍貫考」〔中村璋八博士古稀記念『東洋学論集』、汲古書院、一九九六年一月、六四一―六六三頁〕に、「たとえ遠祖が有力であったにせよ」、「鮑照の当時にあっては、全くの寒門であったに相違ない」とある。

（七）同列に並べるべきだとして『宋書』を批判するものとしては、中華書局標点本の出版説明は典型的なものといえる。『宋書』では高門士族に「佳伝」がたてられているが、それとは対照的に、寒微な出身である鮑照は軽く扱われているとみるものである［三一一四頁］。これは、『宋書』の一見して明らかにわかる構成だけを対象にして考えれば確かに正しいし、『宋書』の概説としてもわかりやすい。しかし、沈約が自ら身を置く情況を切り捨てることなく纏めたのが『宋書』であることを忘れてはならない。『宋書』を生きた作品、すなわち作者が周囲との交流と自分自身との対話という二重の相互作用を持しつつ紡ぎだした作品であると位置づける場合には、修正を迫られてしかるべきであると筆者は考える。

（八）巻六十七謝霊運伝の他、目立つものとしては以下の伝がある。巻四十四（法制）、巻五十四（農業生産）、巻五十五（儒林）、巻五十六（貨幣、流通経済）、巻五十九（将帥）。

（九）六朝時代の鮑照評価に関しては、佐藤大志「鮑照と〈俗〉文学——六朝における鮑照評価をめぐって」［広島大学教育学部国語科光葉会『国語教育研究』四一、一九九八年三月。二〇〇三年二月渓水社発行の『六朝楽府文学史研究』に収められた］の的確な指摘がある。佐藤氏は、俗文学の受容という観点から、「（鮑照が）貴族たちに受け入れられるにはきっかけが必要であった。そして、そのきっかけを作ったのが沈約・謝朓らであった」とする。

（一〇）『宋書』が書き上げられた時点で読者となる人々は、沈約と同じく門閥貴族を中心に動いている社会に生きていた。そこから生じる制約に対して作者が殊更に反抗することをしなかったということ自体に、異なった時代の読者（や、同時代にあって、その現在に生きることを拒否していた読者）が過敏に反応してしまっては、作品を逆の方向に見誤る。作者が制約を考慮した上で登場人物を描いていることに対して、「高門士族だから、褒めているに違いない」と断罪してその作品を拒否する態度は、容易に制約の逆を求める感情に結びつく。すなわち、「高門士族だから、貶められていなければならない」という、自分が否定したものと本質的には全く異ならない「論理」に陥るのである。これは、曹丕と曹植の評価をする者が陥りやすいありきたりな陥穽を劉勰が嘆いたのと同じ問題といえる。

魏文之才、洋洋清綺。旧談抑之、謂去植千里。然、子建思捷而才儁、詩麗而表逸。子桓慮詳而力緩、故不競於先鳴。而楽府清越、典論弁要。迭用短長、亦無懵焉。但俗情抑揚、雷同一響、遂令文帝以位尊減才、思王以勢窘益価。未為篤論也。

（魏文の才は、洋洋として清綺なり。旧談之を抑へ、植を去ること千里なりと謂ふ。然り、子建は思は捷にして才は儁に、詩は麗にして表は逸なり。子桓は慮は詳なれども力は緩なり、故に先鳴に競はず。而れども楽府は清越にして、典論は弁要なり。迭に短長を用いれば、亦懵《くら》きこと無し。但 俗情の抑揚、雷同響きを一にし、遂に文帝をして位尊きを以て才を減じ、思王をして勢窘《きは》まるを以て価を益さしむ。未だ篤論と為さざるなり。）〔『文心雕龍』才略篇〕

権威あるものをその権威故に否定することは、評価する側の劣等感に根差した歪んだ価値観から齎される。このような「俗情」によって導き出される「結論」は、彼の否定した筈の「制約」を、実は裏側から強固に支持し補強することになる。制約は存在した。読者はそれを受け容れる他ない。制約自体がどのようなありさまであったかを追究してゆくことが不可欠なのは言うまでもないが、筆者は、制約の果てに生み出された表現がどのようなものであるかということを問題としたい。文人は同じように時代の制約を受けていた。周囲に迎合したいという欲求が先行して似たり寄ったりの作品が多く存在する一方で、それにもかかわらず、なお時に文人の個性が溢れ出してしまうのは何故か。等質であることを志向する雰囲気の中にあって、どうして文人によって異なる質の作品を創り出すことがあり得たのか。果たしてそれは個人個人の実社会における歩みの違いだけで説明できるものなのか。作品の質は、必ずしも個々が既に置かれてしまっている情況によってのみ決定されるのではなく、寧ろ情況に対する時の態度の違いと、それを具体的にどう表現するのかという態度の違いの方によってこそ、より大きく変わってくるのではないか。外的事実と内的事実とが意識的に区別され、外的事実をできるだけ正確に把握しようと努め、それを内的事実と照らし合わせることによって得られた作者自身の思考が作品に結実しているのか。それとも外的事実を歪んだレンズによって無批判に取り込み、そのまま内的事実としてしまうことによって、作者としては自信をもって書いているにもかかわらず、その作品は俗情を代弁しているに過ぎないものとなってしまっているのか。本当の思考に根差して書かれた作品は動的であり、それを読んだことによる感動が去った後に読者自身の思考を促す。しかし、借り物の思考によって書かれた作品は静止しており、読者に感動することのみを強いてくる。この違いは、作品が多数の読者を獲得しているかどうか、作者と同時或いは以前に作者と同じ事を言った人が存在したかどうかということには拘束されない。筆者は『宋書』を読むことを通してこの問題を考えて行きたい。

(一二) 同一人物の重複が六例ある。張敷〔巻四十六・巻六十二〕、張暢〔巻四十六・巻五十九〕、張悦〔巻四十六・巻五十九〕、張淹〔巻四十六・巻五十九〕は、現行『宋書』の巻四十六が沈約の原撰ではないこと（詳しくは趙宋の鄭穆の校語を参照）による。他に臧寅〔巻五十五・巻七十四〕と姚吟〔巻九十一・巻九十三〕も重複する。

(一三) 巻九十三の師覚授は、宗炳の外弟であることからごく簡単に言及されているに過ぎないので、これも除外対象とした。

(一三) 二九名は以下の通りである。滕演〔巻四十三〕・劉遵〔巻五十一〕・劉伯龍〔巻五十三〕・王脩〔巻六十二〕・段宏〔巻六十一〕・謝元〔巻六十四〕・姚聳夫〔巻六十五〕・孟顗〔巻六十六〕・何長瑜〔巻六十七〕・荀雍〔巻六十七〕・羊璿之〔巻六十七〕・孔黙之〔巻六十九〕・湯恵休〔巻七十一〕・甄法護〔巻七十八〕・賀弼〔巻七十九〕・范義〔巻七十九〕・王宜興〔巻八十三〕・任候伯〔巻八十三〕・孔璪〔巻八十四〕・庾彦達〔巻八十四〕・庾徽之〔巻八十四〕・傅霊越〔巻八十八〕・兪僉〔巻九十二〕・許氏（孫棘妻）〔巻九十二〕・許氏（徐元妻）〔巻九十二〕・孔氏〔巻九十三〕・姚吟〔巻九十三〕・孟次陽〔巻九十四〕・朱幼〔巻九十四〕。

(一四) 「河清頌」の序文に関しては、佐藤大志「六朝文人伝――鮑照（『宋書』）」〔『中国学論集』一六、一九九七年三月〕に詳しい。

(一五) ただし何長瑜については、巻六十七の謝霊運伝に、陸展を揶揄した「作品」が載せられている。「陸展染鬢髪、欲以媚側室。青青不解久、星星行後出（陸展は鬢髪を染め、以て側室に媚びんと欲す。青青解かざること久しく、星星行きて後出づ）」。

(一六) 「宋代になると、清官である中書郎も天子から敬遠され、七品官なる中書通事舎人、その下に主書令史を置いて、天子内殿における直属政府が成立した」〔宮崎市定『九品官人法の研究』同朋舎、一九五六年三月、二九四頁〕。

(一七) 文字が多く費やされているかどうかが『宋書』においては重要度と比例することが多い。『文心雕龍』では「扶陽而出條、順陰而蔵跡（陽に扶りて條を出だし、陰に順ひて跡を蔵す）」［附会篇］のが文章の構成法として大切であるとする。この部分を戸田浩暁氏は郭晋稀氏によりながら「表現を積極的にしようとする時は言葉を豪華にし、表現を消極的にしようとする時は言葉を倹約する」［『文心雕龍』下、明治書院、一九七八年六月、五六九頁］と訳出する。

（一八）久保卓哉「文学評語〈遒〉字の意味」［『中国中世文学研究』一一、一九七六年九月］参照。

（一九）「記述をこの一点（描かれている人物の人格を最もよく象徴するもの＝筆者注）に集中して、その人となりの全体を示そうと企図し」、「一方、頂点とならぬ部分はなるだけ簡略に書いてしまって、読者の注意が一点に集中するようにした」のは韓愈「国子助教河東薛君墓誌銘」であるが［吉川幸次郎『中国散文論』筑摩書房、一九六六年一月、二七―三〇頁］、沈約も『宋書』でこれと同質の描き方をしている（韓愈が沈約を経由せずに『史記』や『漢書』から直接学んだことは言うまでもないが、ここで問題にしているのは、韓愈が『史記』や『漢書』から学んだ手法の中に、沈約も使っていたものがあった、という当たり前の事実である。ある作品を読んでいく過程で、異なる作者による作品を読むことを通して理解を深めようとする場合、対立点を際立たせてゆくことによって理解する方法もあるが、共通性を見極めてゆくことによってそれぞれの独自性を理解する方法もある。両者は同じ結論を導くが、このことは忘れられがちである）。

第3章　『宋書』における表現者称揚の方法——謝霊運伝を中心に

はじめに

『宋書』では、当時活躍していた文学者について一括して論じることをしていない。本来であれば文苑伝を立ててその中で述べるべき文学一般に関する事柄は、謝霊運伝に付せられた「論」に載せられている。そこは、謝霊運個人に対する評論であるべき枠組みを踏み越えて、沈約自身の文学史観と文学提言とを披瀝する場として利用されている[一]。本章は、『宋書』における沈約の表現者称揚の方法を、謝霊運伝を中心に考察しようとするものである。

一、文学者と政治家——謝霊運伝・顔延之伝と袁淑伝・袁粲伝

沈約『宋書』で一人の人物を叙述する為に一巻が費やされているのは、謝霊運伝【巻六十七】・袁淑伝【巻七十】・顔延之伝【巻七十三】・袁粲伝【巻八十九】である[二]。『宋書』の列伝が自序を含めて六十巻であることを考えると、沈約はこの四名を極めて重視しているとひとまず言えそうである。ところが実際にこの四伝を比べてみると、袁淑・袁粲の

二伝と謝霊運・顔延之の二伝とで扱いに明らかな違いのあることがわかる。(三)

袁淑と袁粲とは、本伝における記述のされ方、費やされる文字数、伝論における評価の基準がどういう事柄に置かれているか、などの点できわめて似た書かれ方をしている。

この二人に対する記述はそれぞれの一生を時間軸に沿って簡潔に記していくという伝の基本にあまりに忠実に沿っている為に、義に死んでいった彼等の劇的である筈の人生も読者の眼にありありと迫ってくることがない。また、本伝には彼等自身の作品が載せられているものの、引用の仕方が屈折している。袁淑伝に引かれる二作品のうち、「防禦索虜議」(四)は宋王朝を守ろうとする気概に溢れた作品であるが、この引用の直後に「淑喜為誇誕、毎為時人所嘲（淑は誇誕を為すを熹び、毎に時人の嘲る所と為る）」として、劉濬に意地悪くからかわれた袁淑が憤慨して書いた抗議の手紙「与始興王濬書」を引き、袁淑の意気込みが子供じみた正義感の域を出ないことを印象づけている。袁粲伝には、自らを況えたという一篇のみを「著妙徳先生伝以続嵆康高士伝（妙徳先生伝を著して以て嵆康の高士伝に続）」けようとしたのだと断った上で載せ、引用直後に「愍孫幼慕荀奉倩之為人、白世祖、求改名為粲、不許（愍孫幼きより荀奉倩の人と為りを慕ひ、世祖に白して、名を改めて粲と為さんことを求むるも、許されず）」という記事を続ける。『宋書』では袁粲（愍孫）の方から孝武帝（世祖）の時代に改名を願い出たことがあるのだという記事だけを接続して明帝の時代に改名したことの事情説明とし（『南史』巻二十六では更に明帝の迷信深さを示す話柄が添えられている）、荀粲（奉倩）に対する憧れを袁粲が自分の実生活にそのまま反映させようとした態度として示される。これによって、「妙徳先生伝」も結局「高士伝」の真似事でしかなかったのだということがより深く印象づけられる。

また、袁淑の本伝（伝論は除く）が二五〇〇字足らず(五)であるのに対して、袁粲伝は二一〇〇字あまりと、費やされる文字数も大差ない。伝論も袁淑が一二〇字程度、袁粲伝が一七〇字足らずで、まるで劉劭の文帝弑逆に反対して殺された袁淑と、宋斉革命で宋に殉じた袁粲との間に何ら差異を認めていないかのようでさえある。そのように平板に扱う『宋書』とは違い、『南史』はこの二人の間に明らかに価値的な差異を見出していて、袁淑の伝が六四〇字程度なのに対して袁粲の記述には二四〇〇字近くを費やしている。

この疑問を解く鍵が伝論にある。『宋書』では、年齢も一周り違い、違う人生を歩んだ叔父と甥の関係にあるこの二人に殉死という共通項を見出し、その点を評価しようとしているのである。もっとも、その称揚も屈折したものである。袁淑伝では、天地は永遠だが人間の生は短いものだからあくせくしても仕方がないと、命を惜しむことの無意味さを一応提示する。しかし、理念としてはそうであっても、実際には一回限りの生だからとあくせくしてしまうのが人間の普通の姿であるとして、普通の人間の姿に肯定的態度で言及する。その上で、袁淑の殉死を「躯を投じて主に殉ずるは、世に其の人罕なり」と、極めて珍しい、従って実際の行動の規範とはなり得ない特別な例として挙げているのである。一方袁粲伝では、宋から斉へという時代の流れを見極めて対処していくことができなかった袁粲を、漢魏革命の孔融・魏晋革命の夏侯玄・晋宋革命の王経になぞらえつつも、「天命に達せず」としている。本伝における「妙徳先生伝」の扱いを思い合わせると、沈約はまるで、書物の上にのみあり得るような人生を実際に生きてしまった袁粲を、憧れに生き憧れに死んでいった人物に過ぎなかったと裁断しているようでさえある。

若乃義重乎生、空炳前誥、投躯殉主、世罕其人。若無陽源之節、丹青何貴焉爾。
（義は生より重きに若乃《いた》りては、前誥に空しく炳らかなるも、躯を投じて主に殉ずるは、世に其の人罕なり。若し陽源の節無くんば、丹青何ぞ焉を貴ばん。）［袁淑伝論］

及其赴危亡、審存滅。豈所謂義重於生乎。雖不達天命、而其道有足懐者。
（其の危亡に赴くに及ぶや、存滅を審らかにす。豈に所謂義は生より重きか。天命に達せずと雖も、而れども

其の道は懐ふに足る者有り。）［袁粲伝論］

しかし幾多の屈折があるとはいえ、袁淑も袁粲も「義」を「生」に優先させた点において一応は称揚する形で叙述されている。本伝と伝論とをみる限り、この二人は政治に生きて三公にまで上り詰め、政治に敗れて死んでいった、という点で似通っているのである。

このようにある人物の伝を歴史的事実に則って手際よく書くという、列伝叙述のあり方の見本を示している政治家二人の伝は、当然の結果として政治的側面を前面に押し出したものとなっている。袁淑・袁粲が課せられた枠組みに則ることによって政治的人物として描き出されているのに対して、謝霊運・顔延之は様々な枠組みを敢えて踏み越えることによって文学の人として描き出されている。

延之与陳郡謝霊運俱以詞彩斉名。自潘岳・陸機之後、文士莫及、江左称顔・謝焉。

（延之と陳郡の謝霊運と俱に詞彩を以て名を斉しくす。潘岳・陸機よりの後、文士及ぶ莫きも、江左顔・謝と称す。）［顔延之伝］

爰逮宋氏、顔・謝騰声。

（爰に宋氏に逮び、顔・謝声を騰ぐ。）［謝霊運伝論］

文学の人として設定された顔謝の描かれ方の具体的な違いは次節で検証していくが、ここでは、次の二点について確認しておきたい。第一に、政治の人として書かれた袁淑・袁粲の間には実人生の制約による違いの他には、『宋書』の記述において本質的な差異が認められないということである。『宋書』は袁淑なり袁粲なりを個性的に描こうとはしておらず、概ね単調な筆の運びは寧ろ彼等を「舎生而取義（生を舎てて義を取る）」［『孟子』告子上］という観念を信奉し死んでいった者として類型化の方向に傾斜させている。第二に、二袁の伝と顔謝の伝との顕著な文字数の差をみておきたい。顔延之伝は五四〇〇字近くあり、袁淑伝や袁粲伝の二倍以上、謝霊運伝に至っては、一三〇〇〇字を遙かに越えていて、文字通り桁違いである。

『宋書』で同じように専伝を立てながら、沈約は政治の人として設定した二人よりも文学の人として設定した二人の方に明らかにウェイトを置き、質・量ともに充実したものに仕上げているのである。

二、触媒としての「褊激」——謝霊運と顔延之

謝霊運と顔延之とは、『宋書』においては文学の人として専伝を立てられ、謝霊運伝論において共に高く評価されている。

霊運之興会標挙、延年之体裁明密、並方軌前秀、垂範後昆。

（霊運の興会標挙なる、延年の体裁明密なる、並びに軌を前秀に方べ、範を後昆に垂る。）

二人とも伝統を継承するに足るだけの力をもっていて、彼等の文学的到達は後生の規範になった、というのである。ところが、謝霊運伝と顔延之伝とを比較してみた時、沈約が謝霊運をこそ評価し、真に規範とするに足る文学者であると位置づけていることが明らかとなる。

一番みやすいのは、常に指摘されてきているように、沈約が本来文苑伝でなされるべき論述を謝霊運伝論でしている、という事実である。顔延之伝論には文学表現に関する記述は一切なく、顔延之とは切り離して別に伝を立てられている息子の顔竣の不孝ぶりを糾弾する内容となっている。言葉に関わる記述は、次の部分だけである。

自非延年之辞允而義愜、夫豈或免。

（延年の辞允にして義愜《こころよ》きに非ざる自りは、夫れ豈に或いは免れんや。）

これに対応する本伝の記述は以下の通りである。

顔竣は父親の属する劉劭政府を非難する論文を書いたのだが、それが発覚して顔延之は劉劭に呼び出される。劉劭は証拠の檄文をつきつけて詰問する。「此筆誰所造（此の筆誰の造る所なるか）」。顔延之が「竣之筆也（竣の筆なり）」と答えると、「何以知之（何を以て之を知るか）」と訊かれる。お前はこの策謀に関わっていたのだろう、という含みである。延之が「竣筆体、臣不容不識（竣の筆体、臣識らざるを容れず）」息子の手を親が知っているのは当然です、と答えると畳み込むように、「言辞何至乃爾（六）（言辞何をもって爾に至《いた》乃らん）」親子なんだから筆跡どころか内容だって知っていたんだろう、どうやってお前が知ったのか、その経緯を明らかにしろ、と詰め寄る劉劭に対して、顔延之は「竣尚不顧老父、何能為陛下（竣は尚ほ老父をすら顧みざるに、何ぞ能く陛下の為にせんや）」、孝の観念すらわかっていない顔竣です、どうして天下国家を正しく導くようなことを考えることができましょうか、あいつにそんな能力はありません、というのが本伝の記載である。先に引いた伝論の言葉は、延之のこの時の発言が、言辞も誠実で意味もすっきりと通っていた為に、顔延之は危機を脱することができたことを評価している。このように、顔延之伝論における言葉に関する記述は、政局における実際の言動と同次元のものとして扱われていたものであった。

これに対して謝霊運伝論は、次節で確認していくようにそれ自体が文学を語る為に設定されている。更に本伝では自注を含め全文を掲げるという異例の手段で「山居賦」を挙げて、実際の処世と直接に結びついている発言とは次元を異にする文学的言辞——処世における摩擦を経た上で醸成され、しかも作品として提示された瞬間からは作者の生からは自由になる作品——がいかなるものであるのかを具体的に示している。

言葉に対する伝論の向き合い方が違うということは、以上のような内容面からだけでなく、使われている文字数の違いからも確かめることができる。謝霊運伝論には顔延之伝のおよそ四倍、六四〇字程が費やされている。顔延之伝論の長さは、政治の人として設定されている袁粲伝論のものと等しく、伝論の記述をみる限りでも、沈約が顔延之伝と謝霊運伝とにはっきりとした差異を組み込んでいるらしいことがわかる。

また、本伝における分量の違いに着目すると、謝霊運伝の一三〇〇〇字以上に対して顔延之伝はその約四割で、五四〇〇字もない。ところが、それぞれの本伝から作品引用部分を除外すると、霊運伝が一七五〇字程度、延之伝が一六四〇字程度と大差なくなり、『南史』の文字数（謝霊運伝一八八〇字程度、顔延之伝一九二〇字程度）とも近くなる。つまり、専伝中で謝霊運伝が圧倒的長さを誇る原因は、謝霊運その人の事績を書いた部分にではなくて、伝としての許容範囲を完全に踏み越えている作品の引用にあることになる。

謝霊運伝と顔延之伝との文学的側面における格差については、主として本伝における作品の引き方によって知ることができる。

顔延之伝で引用された作品の占める割合が約七割であるのに対して、謝霊運伝では九割にものぼる。顔延之伝の四篇に対して謝霊運伝の七篇引用という篇数の違いもさることながら、顕著なのは、「庭誥」と「山居賦」という、それぞれの伝において最も長い作品の引用姿勢にみられる差別化である。

為庭誥之文。今刪其繁辞、存其正、著于篇。

（庭誥の文を為す。今其の繁辞を刪り、其の正を存し、篇に著す。）

顔延之「庭誥」は「繁辞」を「刪」って載せるというのである。これに対して謝霊運「山居賦」は、霊運が始寧の山居で幽居の美を尽くし隠士らと交わる生活を楽しんでいる時のこととして、次のような言葉に続けて、自注ごと引用する。

毎有一詩至都邑、貴賤莫不競写、宿昔之間、士庶皆徧、遠近欽慕、名動京師。作山居賦並自注、以言其事。

（一詩有る毎に都邑に至り、貴賤競ひて写さざるは莫く、宿昔の間、士庶皆徧く、遠近欽慕し、名は京師を動かす。山居賦並びに自注を作して、以て其の事を言ふ。）

「繁辞」をけずられてしまった顔延之との違いは歴然としている。沈約は「庭誥」の価値を文章表現そのものにではなくその内容に置いていた。だからこそ、内容が変わってしまわない限りにおいてその作品は第三者が大幅に改訂することが許されるのである。一方、「山居賦」は表現自体に価値があり、手を入れてしまったら「山居賦」ではなくなってしまう。「山居賦」は表現と内容とが密接不可分に結びついている作品として、しかも文学表現に興味があれば誰しも知りたいと望まずにはいられない制作過程を垣間見せる自注まで含めて丸ごと提示してみせるのである。

この二作品の引用に関連して、もう一点、興味深いことがある。顔延之と謝霊運とは、『宋書』ではともに「徧激」の人として描かれている。『宋書』ではこの二人の他に「徧激」という語でその生を形容される人物はいない。問題は、この言葉が使われる場面である。

顔延之伝では、慧琳を賞愛する文帝に、顔延之が酔った勢いで暴言を吐く部分で使われている。

昔同子参乗、袁糸正色。此三台之坐、豈可使刑余居之。

（昔同子乗に参じ、袁糸色を正す。此れ三台の坐なるに、豈に刑余をして之に居ら使むべけんや。）

「前漢文帝の時、宦官の趙同が皇帝の車に同乗すると、袁盎は威儀を正して諫言し、文帝はその言を受け容れたといいます。上よ、ここは三公が坐るべき所でありますのに、前科者の慧琳などを坐らせていいものでしょうか」。こう言われた文帝はさっと顔色を変えるのだが、顔延之伝ではここに「徧激」という言葉が使われている。

延之性既徧激、兼有酒過、肆意直言、曾無遏隠、故論者多不知云。

（延之性既に褊激なるに、兼ねて酒過有り、意を肆にして直言し、曾て遏隠する無し、故に論者多く云ふを知らず。）

ところが、すぐに続けて、「褊激」とは一見逆の顔延之の姿が記される。

居身清約、不営財利、布衣蔬食、独酌郊野、当其為適、傍若無人。

（身は清約に居り、財利を営まず、布衣蔬食、独り郊野に酌み、其の適を為すに当たりては、傍に人無きが若し。）

顔延之においては、人との摩擦によって引き起こされた感情の爆発が、自適の静寂によって解消されていくのである。そして『宋書』では、顔延之のこの試みを、彼の言語表現の活動と結びつけてはいない。

一方、謝霊運の褊激は表現活動に結びつけられている。謝霊運伝では、彼が門生を殺して免官になったことを記し、それに続けて宋代になってからのこととして、次のように述べられる。

霊運為性褊激、多愆礼度。朝廷唯以文義処之、不以応実相許。自謂才能宜参権要、既不見知、常懐憤憤。

（霊運の性為るや褊激、多く礼度に愆ふ。朝廷は唯だ文義を以て之に処するのみにして、応実を以て相ひ許さず。自ら謂らく才能宜しく権要に参ずべしと、既に知られざれば、常に憤憤を懐く。）

謝霊運もまた、実生活の上での理想と現実とのギャップに苦しんでいる。『宋書』ではさらにこの後にも謝霊運の実際の行動における褊激の様を置く。「構扇異同、非毀執政（異同を構扇し、執政を非毀す）」、と政局に口出しをした為に実力者の徐羨之に睨まれて左遷された彼は志を得ない憤懣を山水愛好に解消しようとし、辞職して始寧に山居を営み幽居の美を尽くして隠士と交わる。そしてここが重要なのだが、褊激の性を慰める為の謝霊運の山水跋渉という行動は、既に引いた部分、都での謝霊運詩の絶大な人気と「山居賦」制作へ、すなわち表現活動へと結びついていくのである。

顔延之の褊激が実際の言動に解消されていくのに対し、謝霊運の褊激が常に言語表現への契機として働いていたことに関しては、それぞれの伝の引用部分とそれ以外の部分との関係をみていくことによってより一層はっきりと確認することができる。

顔延之伝に引かれているのは次の四作品である。

①祭屈原文　②五君詠（阮籍・嵆康・阮咸・劉伶から二句ずつ引用）　③庭誥（節録）　④上表自陳

顔延之は、「文義之美」において優れているのは自分の方であるとして譲らなかった為に傅亮に憎まれ、「頗る辞義を好む」劉義真に厚遇されていた為に徐羨之に睨まれて始安太守に左遷されるが、その途上の汨潭で①を制作する。徐羨之らが誅されると中央に復帰して厚遇されるが、「好酒疎誕、不能斟酌当世、見劉湛・殷景仁専当要任、意有不平（酒を好み疎誕、当世を斟酌する能はず、劉湛・殷景仁専ら要任に当たるを見、意に不平有り）」、暴言を吐いて劉湛をはじめとする権要に恨まれて永嘉太守に左遷される。その時に怒り心頭に発して②を詠んで自序とするが、その不遜な言葉が劉湛と劉義康を激怒させることになる。その後、しばらく閑居している間に王球と情好を交え、また、晋の恭思皇后の葬式で茶番に加えられそうになった際には「顔延之未能事生、焉能事死（顔延之未だ生に事ふる能はず、焉んぞ能く死に事へんや）」と啖呵を切る。その後、平穏なひとときが訪れて③を書く。やがて劉湛が誅されて中央に復帰し、罷免され、復た復帰したところで、先に引いた慧琳を巡る文帝との確執がある。その後④で辞任を願い出るがその時は認められなかった。

以上、作品がどのような文脈で引用されているかについて、要点のみまとめた。これを見て気づくのは、『宋書』に描かれる顔延之は、自分が置かれている情況に極めて忠実に作品を書いている、ということである。①②は、左遷されるにあたって不平を述べるものであるし（①は直接的には張邵の為に書いたとして引かれているものの、それが同時に顔延之自身の心境告白に近いものでもあることは、それまでの『宋書』の記述から明らかであると思われる）、③は子孫への訓戒、④は退職願であって、どれも実際の生活と同じ地平で紡ぎ出された作品として引かれる。特に①②にあっては、実社会との摩擦が作品世界に平行移動している。換言すれば、①②の作品を単なる解説に換えてみても顔延之伝の内容は沈約の描こうとしていたものとあまり変わらない、ということである。『宋書』の顔延之は、そのような次元で作品を書いているのである。更に一点つけ加えるならば、③との対比でおもしろいのは、宋建国当初の次の記述であろう。

上使問続之三義。続之雅杖辞弁、延之毎折以簡要。既連挫続之、上又使還自敷釈。言約理暢、莫不称善。

（上　続之に三義を問は使む。続之は雅に辞に杖りて弁じ、延之は毎に折するに簡要を以てす。既に続之を連挫すれば、上又還た自ら敷釈せ使む。言約に理暢にして、善と称せざるは莫し。）

簡潔で要点を押さえた議論で相手をうち負かした人物が、「庭誥」という作品では要らない言辞を弄している。これは、始安・永嘉への左遷を経験して言葉の装飾に目覚めていったことを示すというよりも、実際の発語と作品上での発語との差であろう。（八）ただここで重要なのは、沈約が作品の上における顔延之の饒舌を、作品に必須の装飾であるとはみていなかったということである。偏激の性を言動において爆発させてしまう顔延之は、まるでその傷口を覆うかのように作品の言葉に装飾を施した。顔延之にとって作品を書くことは、実際の生の補償作用ともいえるものであり、言動の爆発によって負った傷を作品の装飾によって癒していくものであった、『宋書』はそういう方向で顔延之を理解している。顔延之にとって現実の生と作品とは、こうした意味で同じ地平にあるものであり、彼は実生活の範囲内で調和を見つけだしていくことができた為に、偏激の性をもちながら、七十三歳という年齢まで生きることができたのである。

謝霊運伝の構成に関しては既に論じた（九）ので、今は確認の為に引用作品名を挙げて簡単に述べるにとどめる。

①撰征賦　②山居賦（自注を含む）　③上書勧伐河北　④贈王秀
⑤詣闕自理表　⑥詩（「臨川被収」）　⑦臨終詩

殺人を犯すほどの偏激を抱え込んでいる謝霊運は政治に対する野望を強く持っていたが、朝廷ではただの文義の士としてしか扱ってくれない。好文の劉義真に近づくが、遠慮なく時局を攻撃した為に時の実力者徐羨之らに憎まれて左遷される。彼は挫折感を山水愛好によって慰めるようになり、幽居の美にのめりこんでいき、それを詩や賦といった作品に結晶させてゆく。文帝が位につき徐羨之らが誅されると、霊運は文帝に重用される。今度こそ政治の場で活躍できるものと思い込んだが、文帝も霊運を文義の士としかみなしてくれなかった。失意のうちに辞職を願い出、でもやはり諦めきれずに政治への意欲を示した上書をしたためる。東帰した霊運は四友と交わる。その後、山水跋渉にのめりこんでいた謝霊運は、孟顗に深く恨まれるようなことを言った為に、刑死への坂道を転げ落ちていくことになる。

霊運は、政治の場で力を発揮することが叶わない。彼は政治に対する渇望を山水美で癒すほかなくなってゆく。山水への接触は政治への思いの補償作用をきっかけとして始まる。しかし謝霊運は山水美の世界で寿命を全うすることはできない。最後には山から引きずり出されて殺されることになるのであるが、謝霊運伝は、政治をめぐる情況がどれ程ひどいかということよりも、謝霊運が自らを周囲が許しておかなくなるような情況へ追い込んでしまう、その位激しい性質を抱え込んでしまった人物であったのだということを際立たせるように書いている。

謝霊運は、偏激を生きる者が抱え持たねばならない苦しみを、山水美の世界で癒そうとする。そして、わずかに癒されるその瞬間に、山水美と様々な伝統と己の感性とが奇跡的に交錯して、作品として結晶する。しかし彼の偏激は結局彼に破滅への一歩を踏み出させてしまう。褊激の性を起爆剤として山水美を作品に結晶させるだけの能力を持ちながら、言語の世界では永遠の一瞬を易々と手に入れながら、孟顗に対する侮辱という極めて現実的な、従って容易に避けられるかに見える日常的な次元において、謝霊運は己の褊激を抑えることができなかったのである。

謝霊運は、「山居賦」において、伝統的な知識を生かして己の激情と山水美とを新たな可能性を秘めた言語表現に美しく結晶させた。「興会標挙」、すなわち情と、事を物に託する技術、この二つがぴったりとあっていて抜きんでている（一〇）、という謝霊運伝論の評価は、具体的に言えばこのことを示しているのであろう。一方の顔延之に対する「体裁明密」、つくりが（法令が明密であるように幾何学的ともいえる）緻密さを備えているとは、内容と直接関わってくることがないような工芸的な美をその特徴としていた、ということになる。一見平等に評しているかにみえる「興会標挙」、「体裁明密」という評語は、以上みてきたことから考えて明らかに次元を異にした両者の特徴を捉えたものであり、沈約は「興会標挙」の方にこそ重きを置き、文学的表現の価値を認める言葉として使っていたと言える。

三、「天成」から自覚的な受容と創作へ——謝霊運伝論

前節までで、『宋書』では謝霊運が専伝という特別な枠組みにおいて描かれていること、専伝の中で文学者として取り上げられているのが顔延之と謝霊運の二人であること、沈約は文学としての可能性を謝霊運の方に見ていたことをみてきた。本節では、謝霊運伝論がどのような見通しのもとに書かれているのかを、興膳氏（一一）の以下の記述を出発点として考察する。

思うに、沈約は宋とそれに次ぐ斉——それは現に彼が身を置いている王朝なのだが——の間に、もう一つの文

学の転回期を想定しようとする意図があったのではないか。すなわち「三変」を経た両漢・魏の文学を承けて、西晋の修辞主義文学が生まれ、さらに西晋から東晋・宋と続く再度の「三変」の後を承けて、自分たち新感覚派の文学がいまここに興るという文学史の発展的認識である。

今仮に、『三変』のそれぞれを時間軸に沿って「一変」「二変」「三変」と称することにすると、輿膳氏の見取り図は以下のように書くことができる。

古代　一変　前漢（形似）
　　　二変　後漢（情理）
　　　三変　魏　（気質）
近世　一変　西晋（修辞主義）
　　　二変　東晋（メタフィジカルポエトリィ）
　　　三変　宋
（新感覚派）　斉

筆者はこの図に歌詠の時代をも取り込むことによって、謝霊運伝論に沈約が構築しようとした世界を更に鮮明にしてみたい。

ＡＲＴの時代

歌詠（情）の時代
①変　一変　生民
　　　二変　詩経
　　　三変　楚辞
文の胚胎
②変　一変　前漢（形似）
　　　二変　後漢（情理）
　　　三変　魏　（気質）
天才の時代＝闇合の時代
③変　一変　西晋（修辞主義）
　　　二変　東晋（メタフィジカルポエトリィ）
　　　三変　宋（無自覚的規範）
学問の時代
自覚の時代＝理論応用の時代（闇合を見つけだし後昆を育てる）
1変　　斉

謝霊運伝論の最初に言及される歌詠、すなわち一番素朴な形での感情の流露が核となり、次に「文体」（形似・情理・気質）が加わり、さらにその外側を修辞の発達が取り巻く。ところで、①変から③変までは、すべて自然発生的に無自覚に進んできた事柄である。人類の誕生とともに自然に歌詠が発生し、好みの違いによって文の有様に違いが生まれ、天才達によって修辞に磨きがかかり、後生の軌範となるような文学が生み出されるようになった。しかし、偶然に頼る天才主義は思わぬ落とし穴にはまることがある。たとえば張衡の場合のように後継者がすぐに出なかったり、あるいは東晋時代に文学が玄学に乗っ取られてしまったようなことが起きてしまうのである。

皆闇与理合、匪由思至。

（皆闇に理と合するのみにして、思に由りて至るに匪ず。）

宋までの文学史に欠けていたのは、原理であった。その原理として、沈約は創作における声調の諧和を提示したのである。沈約は、謝霊運の文学を発展的に承け継ぐとはどういうことであるかを、十分に理解していた。謝霊運の文学がいかに「垂範後昆（範を後昆に垂る）」ものであっても、ただ漠然と次なる天才の出現を待っているだけでは、文学の進歩は止まってしまう。「前秀」と「後昆」との間に身を置く文学の担い手が思いをいたすべきは、どうしたらこの連鎖をより確実に繋げていくことができるか、ということである。先行作品をただ漫然と踏襲するのではなく、その作品が優れている秘密がどこにあるのか、どこから出発すればいいのかを見つけだして創作に生かし、かつ伝えて行くべきなのである。そうすれば天才によってしか成し遂げられなかった筈の仕事が、好みや時代といった枠を越えてなされるようになる。この仕組みを理解し「妙達」できさえすれば、全ての創作者がこの原理の恩恵を受けることができることになる。沈約が謝霊運伝論で宋に至る文学の歴史の見取り図を提示した上で斉の新声について論じたのは、文学におけるパラダイム転換の必要性を訴え、沈約なりの模範解答を示す為であった。本伝で「山居賦」の自注が引かれたのも、文学の受容と創作の原理の発見を促す為のいま一つのアプローチであったといえる。

謝霊運伝論で文学史の自覚を表明した沈約は、同時に文学史の未来を見通す視点、読者と作者との自由な転換が自覚的に行われるべきことをも読者の前に提示していたのである。

おわりに

本章では、『宋書』謝霊運伝が数々の枠組みを踏み越えていることを見てきた。一人一巻という破格の待遇を受けているということ、専伝の中でも叙述量が極端に多いということ、引用作品と事実の記載の量とのアンバランス、「山居賦」では自注まで引用していること、個人の伝の伝論で文学史を論じていること、などである。これらの逸脱によってみえてきたのは、表現者としての謝霊運の姿であった。

『宋書』には文苑伝がない。しかし、宋代を代表する文学者は、そういう枠組みからははずれた部分で、かえって生き生きと表現者としての本領を発揮しているかのようである。陶淵明[二二]は類伝の枠を踏み越えることによって、鮑照[二三]は帯叙法の枠を踏み越えることによって、謝霊運は専伝の枠を踏み越えることによって、それぞれ称揚されている。共通した特徴は、この三名の伝が引用作品を中心に構成されていることである。本来主であるべき伝記は完全に従の役割を担わされている。分量だけでみても、伝論を除く本伝における作品の占める割合は、陶淵明伝七割・謝霊運伝九割・鮑照伝九割である。

沈約は、枠を設定しておきながら敢えてそこから踏み出すという独特の手法で、見事に三人の表現者を描き分けたのである。

注

（一）謝霊運伝論は前半が「文学史の自覚を中国文学批評史の上ではじめて確立した」ものであり、後半が「斉の新声を論ずる」「画期的な文学提言」であったことについては、林田慎之助『中国中世文学評論史』〔創文社、一九七九年二月、「第四章 斉梁時代の文学 上 第一節『宋書』謝霊運伝論と文学史の自覚」二六七―二八五頁〕参照。

（二）「一部宋書以一伝独為一巻者、謝霊運之外惟顔延之・袁淑・袁粲而已」〔王鳴盛『十七史商榷』巻五十九 沈約重文人〕。

（三）袁淑伝と袁粲伝については、第Ⅱ部第2章、第Ⅱ部第3章で論じた。

（四）本章では以下、『宋書』引用の作品の篇名は、厳可均・逯欽立が載録しているものについてはその名称に従う。

（五）文字数に関しては、百衲本を参考にして、概数を示す。尚、後に言及する謝霊運伝については、脱落部分や小字双行部分も含めて百衲本謝霊運伝の大字部分の基本的な版式（『宋書』は半葉一八字九行、『南史』は半葉二二字一〇行）に則って算出してある。この為に出る誤差はプラスの方向に大きく傾くものであり、本章の論旨をはずれるものではない。

（六）「至乃」を複合虚詞（可訳為『以至于』、『而至于』、商務印書館『古代漢語虚詞詞典』）と考え、「何至乃爾」を、「何以至于爾」と解した。

（七）『史記』巻百一 袁盎伝。

（八）周続之とのエピソードの前に、劉裕の北伐の際に作られた詩が「文辞藻麗」であったことが記されている。但し『宋書』には作品自体は引かれていない。

（九）第Ⅲ部第3章。

（一〇）「霊運之興会標挙、延年之体裁明密」の李善注に「興会、情興所会也。鄭玄周礼注曰、興者、託事於物也。体裁、制也。謝承後漢書曰、魏朗為河内太守、明密法令也」〔『文選』巻五十〕とある。

（一一）興膳宏『中国の文学理論』〔筑摩書房、一九八八年九月、八五頁〕参照。

（二）第Ⅳ部第1章。
（三）第Ⅳ部第2章。

以上、第Ⅳ部では第Ⅱ・Ⅲ部に引き続き『宋書』を題材として、『宋書』における表現者評価の基準と方法の多様性と表現の個人からの自立について考察した。『宋書』では優れた表現者の伝はみな引用作品を軸として構成されているが、その具体的な手法はそれぞれ異なる。様々な既成の枠組みから逸脱する書き方を通して、様々な既成の枠から逸脱して自得の生活を作品とした陶淵明を称揚し、新たな枠組みを創出した上でそれを踏み越える書き方を通して、権力に寄生せざるを得ない表現情況にありながらその制約を踏み越えて存分に表現し得た鮑照を称揚した。また、生への意志のつよさが作品をすべてから自立させ得ている天才としての謝霊運を、専伝の枠を遙かに踏み越えた自注つきの作品引用という手法によって称揚し、さらに謝霊運伝論では天才に安住しない視点の導入の必要性、新たな思考の枠組みの必要性が直観されていること、受容者から創作者への自覚的な転換が表現者の未来にとっていかに重要であるかという洞察が提示されていることを確認し、結論とした。

結論

一、『宋書』の表現方法――共通了解への意志と「胸臆」流露の方法

本論は沈約の実像に迫ったものではなく、彼の作品の美に迫ろうとしたものでもなく、ある役割を果たした人物として時空の中に位置づけようとしたものでもない。だから「人と作品」という形をとらなかったし、彼の実人生にも時代情況にも詳しくは触れなかった。筆者が本論を通して試みたのは、どうしたら生きやすくなるのかを考え詰めた人間としての沈約が、そのエッセンスをどのように伝えようとしているのかを、時空を越えても理解しやすい史書編集という方法をとったことに着目して考察する、ということであった。しかし筆者の興味は、編集作業の実態を再現することにあるのではなく（そうであれば、作者や作品の実体化と本質的には変わらないことになる）、できあがった『宋書』をとりあえず丸ごと受け容れ、その上で読んでいって違和を感じる部分について、その違和感がどこから生じているのかを見極める、というところにあった。そのようにして読んでいった結果、『宋書』においては自身の生の充実への意志を言葉に置き換えて自分と自分以外の人間に発し続けた表現者たちを、沈約が従来の史書論議の枠を踏み越えるという方法で最も自在に称揚していることが判明した。

『宋書』においては、表現するに足る人物はデフォルメされてある特徴を備えた人物群の典型として描かれることが多く、その人物の個性をありありと浮き彫りにすることに熱心であるとは必ずしも言えない。その結果、ある登場人物についての記述を読んだ時にその人物がその人物として目の前に浮かんでくることは少なく、かわりに読者の側がそれまでの自分の体験の中にその特徴を備えた人物を見いだすことになる。このように、『宋書』は、沈約を通した新しいある枠組みとして人物を記述する。従って読者の側がその枠組みを無批判に受け容れ同化しようとして読む

時、『宋書』はつまらない書物となる。いくら一生懸命読んでみても、そこに個性的で躍動感に満ちた英雄を見いだすことはできないからである。そのような無個性な人物を読者自身が自分に重ね合わせてみておもしろい筈がない。筆者は、『宋書』と『史記』との一番大きな違いはこの点にこそあると考えている。『史記』の登場人物は視覚的に鮮明な具体的魅力に溢れているが、『宋書』の人物は決して視覚を刺激しない。あるのは、読者にとって身近な誰かにも必ず当てはまるような大まかなイメージ、感触に過ぎない。『宋書』を『史記』と同じように読んでみても、そこから得られるものはないといってよい。そうではなくて、沈約の提出した枠組みをとりあえず受け容れて自分なりに理解してみよう、それで理解できればそれでよし、もしひっかかるものがあるならその枠組みを踏み越えてみよう、自分で設定しなおしてみようという態度で接するならば、『宋書』は極めて示唆に富む作品となる。『史記』の面白さは小説にたとえられることが多い。小説においては、作者の創り出している世界観の中に入って行けない場合には読者であり続ける資格を失う。このような、作品と読者との一体化を志向する小説とは違い、『宋書』は読者に読者自身の思考を促そうとする。『宋書』は『宋書』の世界にとけこんでいこうとする読み方よりも、『宋書』と読者自身との同質性と異質性とを見極めるような読み方を要請する。『宋書』の読者は、『宋書』それ自体がもつ世界観とは少し違った世界観に基づいて『宋書』を解釈したとしても、そのことによっては読者である資格を失うことはないのである。

沈約は異質の者同士の共通了解への夢を持っていたのではないだろうか。人は、自分と近いと感じる存在に親しみをもった場合、思考の足を得て自由に歩き始められる。自分と近いけれども自分よりもずっと深い地点にまで達していると感じる存在と出会うと、思考の手を得て自分で物事の核心をつかみ取ろうとするつよさを得る。ここまでは心地よい思考の働きだが、ずっとこの地点に留まっているとどんな謙虚な人であっても傲慢になってしまう。そのような落とし穴に陥ることを防ぐ上において、自分と近い存在ではなく、自分とは全く違う存在がなぜそうなのかを考えることは大切である。そういう存在を理解しようとすることは思考に翼を与えるからなのだが、しかしそれはとても苦しい道行きである。沈約は、自分とは異質の存在を理解しようとしていた。そのような視点がなければ二袁の伝をあのような手法で書くことはしなかっただろうし、劉義康事件をあれほど深く捉えることもできなかっただろう。物事の受け止め方が自分とは決定的に違う存在を考える時に、自分の受け止め方で受け止めても、決して本当に理解したことにはならない。相手の感受の仕方を把握していて初めて、個々の出来事が特定の人物の中でどのような現実として固定するのかを正確に理解できる。

その場合にまず考えなければならないのは、その人の感受性が自分（そのひと本人）に対してより敏感であるのかそれとも他者に対してより敏感であるのか、ということである。勿論どちらかの感受性が完全に欠如することはないが（そのことは狂気を意味するし、発狂してしまった者からは表現は奪われる。しばしば表現のようにみえるものは実は単なる症状にすぎず、そこに個性の名に値する要素は含まれない）、必ずどちらかにより多く傾いているものである。大切なことは、その人物が自他のどちらに傾く感受性の持ち主であるかということと、その感受性によって捉えた何かをどういう手段によって自分の中に定着させ、また、人に伝えようとするかということである。様々にある手段、例えば行動・お喋り・絵・音楽・詩文などの一体どれによって表現した時に、その人固有の感受性による体験を、より深い経験にまで掘り下げてゆくことができるのか、ということである。

手段として詩文を用いる表現者のとる態度として次の三種が想定できる。第一に、なまの感情をそのまま吐露し、体験を共有する者（あるいは共有したがっている者）と感情を分かちあおうとする態度である。この場合は、典故使用にあっても屈折がない為、読者はたとえその有名な話の原典を知らなかったとしても感動することができる。第二に、なまの感情を言葉の幾何学的編みかえによって処理し、自分自身を救おうとする態度である。この場合は、典故に技術的改変が加えられる為、読者はあらゆる原典を熟知していることが要請される。第三に、なまの感情を処理して「胸臆」の言葉となるまで加工し、表現者と体験を共有しない者にも受容可能なものにしようとする態度である。この場合、典故は芸術にまで高められている為、様々なレベルでの受容が可能となる。本論でも触れたように、顔之推は詩文作者としての沈約が第三段階を体得していたとの見解を、邢邵の言を引くことにより示している。繰り返し述べてきたが、筆者は沈約の表現者としての本領は詩文よりも『宋書』編集を通してより明確に示されていると考えており、詩文作者として評価する顔之推の判断が正当なものであるかどうかについては現在のところ答えることを保留しておきたい。筆者にとって現段階で重要なのは、沈約が謝霊運伝論において、表現者の態度におけるこの発展の仕組み——叫びか自己主張か共通了解への試みか——を明確に把握しているということである。沈約はさらに声律に連なる論議を展開して、このことを自覚的に理解し体系化する視点の必要性を示唆しているが、本論で述べたように最も大切なことは、彼が謝霊運伝論において、無自覚な詩文創作者であることからの脱却、ARTISTからPHILOSOPHERへ、という展望を提示していることである。このことは、沈約が表現者の発語地点に対して敏感であったことを示す。

『宋書』では文学者がどのような地点で言葉を発しているかを、その人物の人と作品を編集することによって表現している。沈約は、①叫び——体験が導く衝動による言葉の湧出 ②自己主張——技術による言葉の編みかえ ③共通了解への試み——個々の体験から自立した作品の完成、という創作における三つの通過点を俯瞰していた。袁粲は、自分の生き方の正しさを周囲に向かって主張する為に既成の話材を利用したが、使い方が袁粲自身の言葉にはなり得ていず、表現としては素朴な叫びの域を出ない①にとどまると沈約は見なしていた。顔延之は、自分の体験が導く衝動による言葉の湧出をそのまま作品に組み立てあげた技術者的風貌を備えた②に位置する文学者として描き出されている。これに対して、謝霊運・鮑照・陶淵明は、それぞれの体験が導く衝動による言葉の湧出を、自分自身で編み直すことにより自立した作品とする③に達し得る文学者として取り上げられている。『宋書』において、陶淵明は自得の生活を、隠士像をはじめとする既成の枠組みを踏み越えて作品化した。また、鮑照は恩倖的枠組みの中で、その枠組みを踏み越える作品を書いた。陶淵明や鮑照の作品は、確かにその生から自立しており③に限りなく近いとはいうものの、彼等自身の実際の生と関わらせて読む方がより深く理解できるという点で完全に③に到達しているとも言い切れない。ところが謝霊運「山居賦」は、彼の実人生に深く関わる地点で生まれたものでありながら、作品を読む時に謝霊運の実際の生における発語の事情を知っていてもいなくても（つまり謝霊運という物語があってもなくても）、作品理解の深度には何ら影響を及ぼさない③の「闇合」の域に達するものであった。

味噌に味噌くささを求めてしまうような既成の枠組みの教条化は、袁粲における「妙徳先生伝」がそうであったように作者と作品の生命力の枯渇を結果する。また、味噌くささを排除しようとするような既成の枠組みの破壊は、范曄がそうであったように饒舌によって周囲にいる者の生命力までを奪う。謝霊運の「山居賦」のように味噌臭くない上質の味噌を目指すには、そしてそのような創作を天才による偶然の出来事としてではなく持続させていく為には、枠組みを自覚しその上でそれを踏み越えることが必要である。そしてそれこそ『宋書』で沈約が試みようとしたことである。沈約は作品を真に受容するということは、受容者であることにとどまらずに創作者となることを意味するのだということを、『宋書』で文学者を描くことにより考えた。彼には、自分が文脈を創出しているという自覚が確かにあったのである。

二、「由思至」と「闇与理合」――〈学問〉と〈ART〉

前節の最後に述べたことを言い換えると、袁粲にはPHILOSOPHYのみあってARTがなく、范曄はPHILOSOPHYもARTも否定し、謝霊運にはARTはあったもののPHILOSOPHYが無かった、ということになる。ここで筆者が「PHILOSOPHY」「ART」という言葉によって何を表そうとしているのかを提示しておく。

かなり乱暴な分け方ではあるが、できるだけ単純化して述べる為に敢えて言えば、ARTという言葉は、NATUREを支配すべき対象とみる世界観の中で、人間の勝利を示すものとして使われていた。その世界の中にあってARTは何よりもまずNATUREと対立すべきものであった。NATUREに打ち克つ為に技術（ART）が要請され、NATUREを模倣し乗り越えコントロールできるものとする為に芸術（ART）が生まれた。この文脈においては、技術と芸術は同じくARTという言葉であらわすことができる。一方、「PHILO・SOPHY」は「智を・愛する」というそのこと自体を示し、他の言葉と対立することなく使われた。というよりも寧ろ逆に、すべての学問の素地であるべきものとして、PHILOSOPHYがあった。筆者がここで敢えてこれらの言葉を使うのは、アルファベット圏の概念との対比によって沈約の世界観が鮮明になると考えているからであり、異質の概念を持ち込むことによって殊更に論を混乱させたい為ではない。ここで筆者が意図するような含意をもつ漢字圏の単語を知らないから、現段階での便宜的措置として、しかし必要欠くべからざる処置としてこれらの言葉を用いている。これらの言葉が生まれ育った文化圏におけるARTと沈約におけるART相当のものとの一番の違いは、沈約にあっては、ARTはNATUREと対になってNATUREを屈服させるものではなく、PHILOSOPHYと対になってPHILOS

ＯＰＨＹに生命力を与え続けるものである、という点にある。謝霊運伝論の言葉を使えば、「闇に理と合す」のがＡＲＴである。それは「思ひに由りて至る」ＰＨＩＬＯＳＯＰＨＹの支えがなければ奇跡的な一瞬のきらめきに終わるし、同時に「思ひに由りて至る」為のエネルギーを生み出すのが「闇に理と合す」という直観であることになる。

しかし、ＡＲＴの世界に学問、すなわち愛智・哲学・体系化といった要素を持ち込んでいる沈約の詩文が果たして文学作品として成功しているのかどうかは、筆者にはよくわからない。当時の人たちに絶賛された「八詠詩」や「郊居賦」でさえも時空を越え得ていないという感触をもっているし、今後沈約の詩文を再評価する研究が重ねられていったとしても、沈約の愛読者が急増するとは思えない。一方、『宋書』には歴史書であるという枠組みがあり、本来的に学問を目指すものである筈なのだが、実際には濃厚にＡＲＴ的である。

ＡＲＴにおいては、背後にＡＲＴＩＳＴの、それと微塵も感じさせない程に消化された生があり重ねられた修練があり、享受する側の心を揺さぶる。でもそれは享受する側にＡＲＴＩＳＴの修練や生に対する具体的な知識があるからではない。享受者は、ただ、何かを感じる。感動は意志に関係なくやってくる。しかし、意志に関係なくやってくる感動を受け止める為には、享受者自身が自分の生を消化し、またそのＡＲＴに対する経験を積んでおく必要がある。感受性は、単なる生の集積や、単なる知識の寄せ集めによっては磨かれない。よき享受者である為には、ＡＲＴの前に漫然と身を晒すのではなく、作品の背後にあるＡＲＴＩＳＴの生に匹敵するだけの生を自分の経験として持っていなければならず、同時にそのＡＲＴを俯瞰できるだけの確かな知識を身につけていなければならない。そうであって初めてＡＲＴの受容が可能となる。しかし、受容しただけでは、そこでＡＲＴの生命も終わる。ＡＲＴが生き続ける為には、触発された感性を原動力として、受容者自身が何ものかを創り出し誰かに伝える必要がある。そしてそれが実現した時、単なる偶然で終わってしまわないＡＲＴの継承が可能となる。今まで享受者でしかなかった者はその瞬間にＡＲＴＩＳＴとなり、同時にＰＨＩＬＯＳＯＰＨＥＲへの第一歩を踏み出したことになる。

沈約自身の意図としては恐らく謝霊運伝論において最も強調したかったのは「知音」としての側面であろうが、音価が時の流れに従って変化することに気づいていなかった時代にあって、謝霊運伝論は絶対的な音を前提して文学史を構築している。勿論そのことによって謝霊運伝論における沈約の主張を否定するつもりはない。たとえ音価自体は時の流れに従って変遷するにしろ、その変化の仕方はある程度規則的だし、一篇の作品全体のもつ音のイメージが時代によって激変することはないだろうからである。しかし、そのことを踏まえた上で、筆者には謝霊運伝論の価値は、「思いに由りて至る」ことが目指された声律に連なる論議よりも、寧ろそれを追究していくことにより偶然得た知見である「闇に理と合せし」パラダイム転換の必要性の実感の方にこそあったと思えてならない。

謝霊運の本領は、『宋書』の中の謝霊運自身が望んだ政治家でもあることにではなく、文学者でだけあることにあった。沈約の本領は、第Ｉ部でみた彼自身の作品が目指した政治家にでもなく、謝霊運伝論で自負していた「知音」としての面にでもなく、ＡＲＴの学問化に対する直観にこそあった。謝霊運の「山居賦」のような純粋な詩文が一方の極（ＡＲＴ）であるとすれば、もう一方の極は「知音」のような純粋な理論（ＰＨＩＬＯＳＯＰＨＹ）である。しかし、沈約が直観したのは極から極への移動ではなく、この両者をつなぐこと、一方から他方へエネルギーを汲み上げる為の通路を作り上げること（そのような意味でのＰＨＩＬＯＳＯＰＨＹを作り上げること）であった。そして彼は『宋書』の編集者としてそれを実践したのだと言える。

三、時空を越える作品の受容——枠を踏み越えることの重要性

作品の名に値するものは必ず作者の生の生々しさを出発点として生まれる。しかし優れた表現者は決して生々しさをそのまま言葉にうつしかえようとはしない。そこには必ず何らかの加工が施されなければならないし、そうでなければ作品は単なるアルバムにしか過ぎないものとなり、作者個人と自分とを無反省に同化してしまう者にしか享受しえないものとなる。そしてそのように受容された時、作品は文学ではなく単なるドグマと化す。作者の側において個人の生は、多くの人が自分のものとして受け止められるものにまでかみ砕かれていなければならない。そして読者の側において、提示されている言葉から「作者」の経験をそのまま注入しようとするのではなく、自分の生の生々しさにおいて、実感に基づいて読まれるのでなければならない。そうであって初めて、作品は読者の経験となる。作品の読解に唯一無二の正解などない。しかしそれはどうにでも読めることを意味しない。誤読は確かにある。読む側に知識と技術が十分にあり、作品が優れたものであるにもかかわらず誤読が生まれる場合、その原因は大きく二つに分かれる。一は読者が作品に対して誠実に接することをせずに自分の優越を確かめる為に作品を利用してしまうことであり、一は読者が自分の生と交わらせる前の段階で作者の提出している文字の羅列を教条化してしまうことである。これら読者の側の思い上がりによる誤読さえ回避するならば、優れた作品はあらゆる読者に開かれてある。優れた作品は、具体的な境遇の違いや表面的な考え方の違いなどは軽々と踏み越えてしまう。そしてそのような優れた作品が存在する仕方には、敢えて極言すれば二通りある。一は純粋に作品として存在する場合、一は第三者の手を経たものとして存在する場合である。

作者が徹底的に自分の内面をみつめた末に生まれる詩文は読者を高みに連れ去るが、現執筆者とは別の表現者によって再編集された書物は読者に深淵の存在を示唆する。詩文は、題材がどんなものであれ、基本的には作者が徹底的に自分と向き合った結果生まれるものであり、読者は名訳を得て（あるいは読者自身が名訳者となって）作品と一体化することを喜びとする。これに対して、編集された書物は必ず他者の紡いだ言葉を通ってきていて、読者にとっても相手の感触を楽しむことが重要となってくる。皮膚感覚が保たれているという点で、そして異質なるものを排除しないという点で、一体化を要請する詩文とは根本的に違う。そのように違っていても優れた作品が共通してもつのが、揺るぎなさの感覚である。揺るぎなさは唯一無二の何か素晴らしいもの（人・事件・描写）の中になどない。しかしかといって揺るぎなさなどない、というわけでもない。揺るぎなさは、あるものの中に、それまで自分が体験したものと通底するものを見いだした時にやってくる。そのものと自分との間に何らかの繋がりができたとき、彷徨っていた心が何らかの納得を得て揺るぎなさの確信がやってくる。その瞬間、読者はそのものと本当に出会ったことになる。詩文にあっては感覚として既知の体験が、編集にあっては思考の態度として既知の体験が、作品と読者の共通の基盤となる。

そのような共通の基盤に立って『宋書』は編集されている。沈約が単なる御用文学者にしか過ぎなかったならば、『宋書』の言葉の底に一貫した部分などなかった筈である。その一貫した部分を表現するにあたって、沈約は常に枠組みに則ることから出発している。しっかりした枠を前提とする表現の中で自在に語る沈約は、「自由」のもつ放逸の恐ろしさを知っていたに違いない。だからこそＰＨＩＬＯＳＯＰＨＹ――枠組み・持続的なものを設えておいて踏み越えるという手順を敢えて踏んだのである。忘れてならないのは、沈約が決してＡＲＴ――瞬間的なものを否定してはいないということである。樹木が大地から水を汲み上げて枝葉を伸ばしていくように、学問にもＡＲＴという命の水が不可欠である。学問の生命力はＡＲＴの支えを失った瞬間に尽きることを沈約は十分に知っていた。これを見落としてしまったなら沈約が『宋書』で実践した表現の方法の最も大切な部分を受け取り損ねることになる。学問はＡＲＴを否定した上に構築されるのではなく、ＡＲＴを土台としそこから常に活力を与えられつつ、しかもそこから更に伸びていこうとする地点で成立するのである。既成の枠組みや自分が設定した枠組みに終始身をゆだねきるのではなく、必要に応じて芽吹き成長し、もとの姿を変えていくことをおそれないところに『宋書』の表現の特徴があり、沈約はそこにおいてもっとも自在に語り得ている。

『宋書』では、行動において既成の枠を絶対化したのが二袁である。彼らは彼らにとっての歴史上の人物の言動をあるべき姿として教条化し、その確固とした枠の中で自滅していった。沈約は枠組み信奉者のもつ空しさを二袁を描くことによって示したといえる。枠を絶対化するのではなく、枠自体を破壊したのが劉義康事件にかかわった人々であり、枠組みのない恐ろしさがこの事件の構造を描くことによって示された。その一方で、枠を見据えていた人物として蔡興宗や王微が取り上げられている。蔡興宗や王微は、歴史上の人物の言動を自身で咀嚼し理解し、その枠を自分のものとした上で踏み越えることを知っていた。『宋書』は枠組みの必要性と限界を知ることの大切さを王微・蔡興宗という実在の人物の名に借りた像を構築することによって示したのである。

以上のような考察を通して、研究者の側が時空を越えて沈約の時代に行き、沈約との同化（或いは否定）を試みたりするのでなく、また研究者の超越的視点を設定して位置づけを試みるのでもなく、研究者が研究者の存在する地点から作品を解釈することが可能であることを論証した。作品は読者自らが行う翻訳を必須とし、様々なレベルでの翻訳を経ない限り受容され得ない。その翻訳は一般に時空の隔たりが大きくなるほど困難なものとなり、そして詩において最も深刻な問題となる。同じように言葉を用いていても、『宋書』のような編集された作品の翻訳の重要性は、詩を代表とする文学作品の翻訳の重要性とは性質が全く違う。極端な言い方をすれば、普通の文学作品にあっては、読者を感覚の共有空間へ連れ去る力の強さ、すなわち生の逆りが翻訳するにあたってどれだけ伝えられるかが作品の運命を決定するが、『宋書』にあっては、読者自身に思考空間の創出を促す力の強さ、すなわち、『宋書』が持つ生への意志がどれだけ正確に伝えられるかが価値を決定する。もちろん、優れた作品は柔軟で、作品の生まれた具体的な背景を受容者に強要することなく自在に時空を踏み越えて受容者の経験となり得る。しかし、沈約と筆者との間のように厳密に埋めようとしても不可能な部分が残ってしまう程の時空の隔たりがあるような場合には（実は、隔たりがないかのようにみえる同時代の人・同時代の作品においても程度の差に過ぎず、同じ問題が横たわっているのだが）、作者や作品との幸福な一体化を諦めなければならないこともある。そのような時、ではどのように、それでも読者であることが可能なのか。この問いに『宋書』はその編集という表現方法を通して答えてくれる。詩文作品と編集された作品とは、ともに言葉を使って自他と繋がりを持とうとする行為である。しかしそうでありながら、自分とは違う誰かが書いた文章を読んで一度受け容れ、その後自分の思考を表現する為に編みかえる編集という作業と、自分と徹底的に向き合って独自のニュアンスを伴った言葉を紡ぎ出す作業とは、性質を異にする。その作者が自他のどちらに傾きやすい性質の持ち主であるかによってどちらの作業に向いているかが決まる。読者としての資質についても同じことが言えるのであって、先ず確固たる自分を設定し、その上で相手と自分との共通性を見極めてその部分において一体化しようとするタイプの者は、言語の、美のレベルでの組み合わせを通して作者と感覚を共有する恍惚をより激しく求める。それに対して先ず相手を自分の中に取り込み、自分との違いを見極め共存しようとするタイプの者は、言語の、思考レベルでの組み合わせを通して人間に対する共通了解の可能性を考えることを好む。そして、本論での考察を通して、読者である筆者の側の立場の問題としてだけではなく、作者である沈約の本領もまた、他者との一体化による理解を目指す詩にではなく、他者との皮膚感覚を残した理解を必須とする史書編集という表現方法にこそあったこと、少なくとも時空を越えた読者にとっては、言語の思考レベルでの組み合わせという面から『宋書』の表現を探究する方が、言語の美という面から沈約の他の詩文を探究することよりもはるかに沈約に近づきやすいことが証明できたと思う。

以上本論では、現存するまとまった作品としての『宋書』を取り上げることにより、従来「詩人」として捉えられることの多かった沈約のもつ再編者としての力量を考えた。沈約は詩文の創作においては、声律論という枠組みを構築するという役割の一端を担ったが、自分の詩文創作においてそれを踏み越えるところまではいかなかったのではないか。寧ろ、『宋書』の編集という創作活動を通じて、枠組みを意識し創り出し踏み越えるという、自身が謝霊運伝論を書く過程で掴んだ直観を実践し得たのではないか。史料を編集することは、彼にとって読者から創作者への転換を意味した。記述自体が枠組みを踏み越える、そのような方法を用いて文学者を描くことによって、沈約は枠組みを踏み越えること、変容をおそれないことの重要性をもっとも自在に表現した。彼は『宋書』という枠の中で『宋書』という枠を踏み越える表現を獲得したのであると結論づけることができる。

初出一覧

序論

一、研究史――従来の方法の意義と限界――
二〇〇二年三月『六朝学術学会報』第三集（六朝学術学会）
（原題　沈約研究の現在と展望）

二、本論の立場――新しい接近方法の模索――
未発表

三、本論の概略――枠の踏み越えという表現方法――
未発表

本論

第Ⅰ部　時空を越えない主張――詩文作品をめぐって

第1章　政治家として見た「竹林の七賢」――山濤敬慕と向秀嫌悪――

（原題　沈約と山濤・王戎――「竹林の七賢」評をめぐって――）

一九九六年三月一〇日『青山語文』第二六号（青山学院大学日本文学会）

第2章　亜流の齎す危険性――「修竹弾甘蕉文」にみる「敗政」の位相――
（原題　沈約の「修竹弾甘蕉文」について）
一九九八年六月二〇日『中国文化』第五六号（中国文化学会）

第3章　政治に対する意欲――挫折の克服と「八詠詩」――
（原題　沈約の「八詠詩」について）
一九九七年三月一〇日『青山語文』第二七号（青山学院大学日本文学会）

第II部　人物像の構築――『宋書』論一

第1章　「智昏」の罪――劉義康事件の構造と「叛逆者」范曄の形象――
　未発表

第2章　「不仁」に対する感受性――王微伝と袁淑伝――
（原題　沈約『宋書』の「文史」と仁――王微伝と袁淑伝の比較を通して――）
二〇〇〇年一月三一日　一九九九年度　文学部『紀要』第四一号（青山学院大学文学部）

第3章　蔡興宗像の構築――袁粲像との比較を通して――
（原題　沈約『宋書』における蔡興宗像の構築――袁粲像との比較を通して――）
二〇〇〇年六月二四日『中国文化』第五八号（中国文化学会）

第III部　文脈の創出――『宋書』論二

第1章　袁粲と狂泉——作者袁粲の意図——
（原題　袁粲と狂泉）
一九九六年六月二九日『中国文化』漢文学会会報第五四号（大塚漢文学会）

第2章　袁粲「妙徳先生伝」と陶淵明「五柳先生伝」——沈約の仕掛け——
未発表

第3章　謝霊運「臨終詩」の解釈について——文脈創出の方法——
（原題　『宋書』における謝霊運「臨終詩」の解釈について）
二〇〇二年六月二九日『中国文化』第六〇号（中国文化学会）

第Ⅳ部　表現者の称揚——『宋書』論三

第1章　既成の枠の踏み越え——陶淵明の伝について——
（原題　『宋書』隠逸伝の陶淵明）
二〇〇一年六月二三日『中国文化』第五九号（中国文化学会）

第2章　新しい枠の創出と、その踏み越え——「帯叙法」と鮑照伝——
（原題　沈約『宋書』の「帯叙法」と鮑照伝）
二〇〇一年一二月二〇日『大久保隆郎教授退官紀念論集　漢意《からごころ》とは何か』（東方書店発売）

第3章　『宋書』における表現者称揚の方法——謝霊運伝を中心に——
（原題　『宋書』謝霊運伝について——沈約『宋書』における表現者称揚の方法——

二〇〇二年一〇月六日　林田慎之助博士古稀記念論集『中国読書人の政治と文学』（創文社）

結論

一、『宋書』の表現方法――共通了解への意志と「胸臆」流露の方法――

未発表

二、「由思至」と「闇与理合」――〈学問〉と〈ＡＲＴ〉――

未発表

三、時空を越える作品の受容――枠を踏み越えることの重要性――

未発表

あとがき

文学というものがわからない、そう思い続けてきた。今でもそうだ。ただ、本論をまとめていくなかで、言葉のもつ力を身にしみて感じた。「生きようよ」、この一言を伝えたくて、本一冊分の言葉を使った。それだけの時間やエネルギーを惜しみなく与えてくれる人々に、私は恵まれた。

学部時代からずっと御指導下さっている大上正美先生、先生の存在なくしてこの本はあり得なかった。

両親の経済的援助は、考える時間を豊富に与えてくれた。

青山学院大学図書館の司書の方々は、未所蔵の文献をいつも迅速に取り寄せて下さった。

ここにお一人お一人の名前を記すことはできないが、多くの先生方から、暖かい御指導を賜った。

それから、元気をくれた、何人かの大切な人たち。

環境に恵まれるということの幸せを、いま改めて思う。「生きるということ」という課題をつきつけられた、その重さに耐えられたのは、何よりも右に記した人々に支えられたからこそである。この贅沢な環境の中で、私は好きなだけ考えることができた。とても楽しかった。

未熟ではあってもなんとかひとつの論文としてまとめあげて青山学院大学大学院に博士号の申請をした。その時に主査の大上正美先生をはじめ、審査をしてくださった日本文学科の矢島泉先生、史学科の奥崎裕司先生、京都大学大学院の川合康三先生から、数々の暖かい御指摘をいただいた。

学位の取得を誰よりも喜んでくれた祖父星野重雄が刊行を待たずに旅だってしまったことが残念でならない。我が子が生きたいように生きられるよう常に最大限の配慮をしてくれる父幸雄と母海南子に心から感謝している。

本書の刊行にあたっては、汲古書院、特に相談役の坂本健彦氏より格別の御配慮をいただいた。ここに記して、謝意を表したい。

大上正美先生は、御自身の書物の刊行でお忙しい中、その貴重な時間を削りとるようにして暖かい序文を下さった。先生の還暦のお祝いに、ささやかではあるけれど、感謝の気持ちを込めて本書を捧げたい。

二〇〇四年八月二七日

稀代麻也子

な行

は行

ま行

や行

ら行

た行

索引

あ行

か行

さ行

著者略歴

稀代 麻也子（きしろ まやこ）

静岡県沼津市出身

青山学院大学大学院文学研究科博士後期課程修了

博士（文学）

青山学院大学、国士舘大学、大妻女子大学非常勤講師

『宋書』のなかの沈約
――生きるということ――

二〇〇四年九月一日 発行

著　者　稀　代　麻也子

発行者　石　坂　叡　志

整版印刷　富士リプロ

発行所　汲　古　書　院

〒102-0072 東京都千代田区飯田橋二-五-四
電　話　〇三（三二六五）九七六四
ＦＡＸ　〇三（三二二二）一八四五

ISBN4-7629-2731-7　C3022